息子・一雄にテニソンの詩「鷲」を読ませた際にハーンが描いた絵
(Kazuo Hearn Koizumi, *Re-Echo* より)

教え子の藤崎八三郎とともに富士山に登った巡礼姿のハーン(小泉時氏提供)

ルイジアナ、ニューオリンズの廃墟を撮り続けたクラレンス・ジョン・ラフリン(1905-1985)の写真、ハーンのニューオリンズをめぐる文章と響きあう。
(Clarence John Laughlin, *Ghosts along the Mississippi* より)

ハーンと八雲

宇野邦一

ハルキ文庫

角川春樹事務所

母へ

「私という一個人、――個人的な魂！　いや、私は群れである。その数は多すぎて、何億の集団に分けても、測りしれない！無数の世代が私であり、永遠の永遠からなる！」

（ラフカディオ・ハーン）

「すべてがわれわれであり、われわれはすべてである。しかしすべてが無であるとすれば、いったいそれが何になるだろう。日の光、突然の翳《かげ》りで通りすぎるのに気づく雲、そよふく風、風がやむときの静寂、誰かの顔、遠くの声、お喋《しゃべ》りする声に混じって、ときおり響く笑い声、そして意味もなく星々の象形文字がきれぎれに浮かびあがる夜」

（フェルナンド・ペソア）

〈目次〉

ハーンの著作からの引用は、主として恒文社刊『小泉八雲作品集』(平井呈一訳)および『ラフカディオ・ハーン著作集』により、出典の記載もこれにしたがっているが、他にも講談社学術文庫『怪談・奇談』、『日本の心』、『明治日本の面影』、『神々の国の首都』、『クレオール物語』(いずれも平川祐弘編)、河出書房新社刊『カリブの女』(「チータ」/「ユーマ」平川祐弘訳)、ちくま文庫『妖怪・妖精譚』、『さまよえる魂のうた』、『虫の音楽家』(いずれも池田雅之編訳)を参照した。ただし引用の訳文に関しては、訳書の該当箇所を示すが、原文を参照しながら変更し、私訳したところもある。また伝記的事実に関しては、主に『ラフカディオ・ハーン著作集・第十五巻』の年譜(銭本健二・小泉凡共編)にしたがった。

前書き

明治の日本に帰化して小泉八雲となった文学者ラフカディオ・ハーンについて、当然のことながら、いまでは様々な見方や評価がある。ハーンが集めて書き改めた怪談や奇談は、あいかわらず読みつがれている。まぎれもなくハーンには一世紀をこえて生きのびる非凡な語り部の才があった。さらに『日本瞥見記《べっけんき》』（あるいは『日本の面影』）と訳された最初の日本紀行（*Glimpses of Unfamiliar Japan*）から始まる数々の本は、いわゆる〈エキゾティスム〉の域を超えて、ていねいに明治の日本を活写し、日本と日本人の特徴を適確にとらえた本として記憶されている。ハーンの物語、紀行、日本論には、確かに「なつかしき、よき日本人」の面影がみつかる。およそ攻撃的なところのない優しい日本人の肖像だ。

しかし異世界に情熱を傾け、精力的な研究を積み重ねてきた西洋の知識人たちも、植民地支配や人種差別の精神的構造から決して自由ではなかった。そのことが二十世紀後半には、しだいに問題として浮上し、強く批判されることにもなった。西欧のオリエント研究を糾弾するエドワード・サイードの『オリエンタリズム』のような本が、そういう流れの中で強い存在感をもつことになった。

明治の日本に出会ったハーンは、まだ封建制の名残と新たな天皇制に忠実にしたがう、素朴で「利他的な」日本人に感銘をうけた。こうしてハーンのつくりあげた日本のイメージは、やがて日本人のナルシズムやナショナリズムを刺激するような役割も果たすことになった。ハーンの愛読者たちは、しばしばハーンの描いた日本を愛し、「美しい日本」を世界に紹介しながら「世界的」文学者となったハーンを愛したのである。そういうハーンが日本を美化し、神話化して、現実の日本人が生きている葛藤や複雑性をよくとらえていなかったという批判が生まれてきたのは、必然でもあった。

それにとどまらず、ハーンの日本理解がまったく不十分で不確実であり、ろくに日本語の文献を読みこなすこともできなかったと批判し、また私的書簡の中で、日本人の集団主義や無個性な点をこきおろしているハーンは、ほとんど人種差別的であると指摘するような本もいくつか現れている。

そういう毀誉《きよ》褒貶《ほうへん》が生じるようになった歴史的な経緯は理解できるとしても、私のこのハーン論はそれらのどれにもくみするわけにはいかない。その理由は、この本の中で述べていく。

一部の例外をのぞいて、多くのハーン研究は伝記的事実にむけられ、あるいは作品の出典研究にむけられている。そのためか、アメリカのジャーナリスト時代から始まるハーンの執筆活動の多様性と一貫性が、十分浮かび上がってきていないという印象を受ける。当然ながら、ハーンの膨大な著作から浮かび上がってくるハーン像は、どうしても断片的であるしかない伝記的データよりも、はるかに複雑で多様なのである。

ハーンは、十九歳のときヨーロッパからアメリカにわたり、まず南北戦争後の合衆国のカオスの真《ま》っ只中《ただなか》で、ジャーナリストとして自分を鍛えあげた人である。これと並行して、フランス文学の翻訳をし、また世界の諸地域に関する文献を渉猟《しょうりょう》しながら、豊かな物語世界を構築し、世界の文学に対して広い視野をもっていたのである。そういう経歴のなかで、やがてクレオール語とその世界に出会い、西洋文明に対する批判を強め、合衆国を脱出してマルティニック島に住み、ついには日本にたどりついた。西洋の文明（道徳、宗教）とは異なる、よりよい文明を必死に模索してハーンが流浪し続けたことを、誰も否定することができない。

ハーンの書いたものでいま読みうるものをできるだけ読み解いて、その思考の多様性と一貫性に触れてみるなら、ハーンがただのエキゾティスムとして日本を熱愛したとも、じつは陰では西洋文明の立場を放さない差別主義者だったとも、彼の日本理解が正しいとも、間違いだとも断定することはむずかしくなる。

この本で、主な課題にしようと思う点を以下にあげてみる。

1　アメリカのカオスのなかでのハーンのジャーナリズム活動と、独自のエキゾティスムに牽引《けんいん》された広大な文学研究のあとをたどって見ること。

2　日本に来る前、マルティニック島に滞在して書いた『仏領西インドの二年間』は、クレオール世界の紀行、民俗学、民話、歴史などを集成した書物で、ハーン自身の文学と、未知の世界の探求とを、たくみに結合させている。このすぐれたクレオール研究を無視して、ハーンの日本論を語ることはむずかしい。

3　まず日本との出会いをしるした『日本瞥見記』をはじめとする初期の日本論には、まさにハーンの繊細なエキゾティスムが表現されている。ハーン自身のモチーフが強く反映されているが、そこに映しだされた日本は決して単なる詩的幻影ではない。いったいハーンが、日本の何に対して、どのように感銘したのか、つぶさに再考してみる必要がある。

4　この第一印象からハーンの日本論はしだいに深まり、歴史的な展望のなかで日本の葛藤を考察し、最後の『日本――一つの試論』にいたる。はじめはかなり理想化していた日本の美学や道徳に、ますますハーンは「個性の欠如」を見るようになる。また近代化の波に巻き込まれて、帝国主義、軍国主義に傾いていく日本を憂慮するようになる。このようなハーンの揺らぎもまた、再考をうながす。

5　ハーンが東京帝国大学でおこなった講義に現れる世界文学的眺望に注目すると、

独自の文学論、思想、詩学の展開をそこに読みとることができる。東京のハーンは日本人のようにして、切実に西洋の文学を論じ、十九世紀末の思潮を共有していたのである。について考え続ける一方で、ほとんど同時代におけるヴィクトリア朝イギリスの一知識

本書の書き手は、外国の文献を読むことに多くの時間を費やしてきたこともあって、異世界の他者に出会うこと、そしてそういう出会いをする自己とのあいだに、一体どんなことが起きているのか、いつも考えざるをえなかった。十九世紀後半には、世界のいたるところで、このことがはっきり、思想の問題として浮上するようになっていた。日本ではなく中国と深いかかわりをもったフランスのヴィクトル・セガレンのエキゾティスム（異国趣味）に関する考察に強い刺激を受けたことがある。私はセガレンにうながされて、歴史、他者、ナショナリズムのような問題を、あてどもなく考え続け、『他者論序説』（書肆山田刊）という本として何とかかたちにしたが、確かにそれはまだ「序説」にすぎなかった。

ラフカディオ・ハーンとして、また小泉八雲として知られているこの作家の放浪の軌跡をたどることで、私はもう一度「エキゾティスム」、「他者との出会い」、「他者としての自己」のような問題を、もっと具体的に考えなおすことができるのではないかと予感した。もちろん一冊の本を書くことは、多くの予想しないものに出会うことである。書き進むう

ちに、ラフカディオ・ハーンと小泉八雲のあいだに、巨大な星雲のような広がりが開けるように思った。日本を探求し続ける一方で、東京の大学で英文学を中心に講義していたハーンは、同時代のイギリスの文学者たちと、じつに多くのことを共有して、ほとんどその一員のように思考していたことも見えてきた。

アメリカでもマルティニック島でも日本でも、ハーンはつねに「小さきもの」を注視してきた。つましい生活の細部、場末の音楽、クレオール料理、町の物音、墓碑銘、虫の鳴き声、玩具《がんぐ》、女性の髪形……。そのリストは限りなく続く。ハーンのこういうマイナー志向は、かなり徹底したものだった。ハーンが偉大な文学者であったかどうか、私にとって、それはあまり重要なことではない。この本を書きながら確かに見えてきたことは、そんなふうに小さなものにむかうハーンの知覚が、人間も生物も、あくまで連続したひとつの生命の環《わ》のなかで捉える巨大な世界のイメージとともにあったことである。ハーンはそのようなイメージを、仏教の「輪廻《りんね》」の中にも発見したが、決してそれは単に神秘的な宇宙観だったわけではない。

小さいものへの豊饒《ほうじょう》な感覚に導かれた彼の作品は、西洋と東洋という区分も、それぞれの国境も、あるいは自我や精神の輪郭をも透過する生命の流動を、いつもまなざして書かれたのではないか。ラフカディオ・ハーン＝小泉八雲に出会うこと、それはすなわち、二つの名前のあいだに開けた広大な世界と、そこにひしめく群れに出会うことであった。

序章　ハーンと世界

一　日常生活の詩

ラフカディオ・ハーンの講義を聴いた日本の大学生たちのノートをもとに編まれた膨大な講義録は、じつに読みがいのあるものだ。ハーンは、シェークスピアから、イギリスロマン派、ヴィクトリア朝にいたるイギリスの代表的文学者について、また、あくまで彼自身の趣味で選んだあまり目立たない作家・詩人についても、非常に生き生きと語っている。一国の文学史を、最古の時代から同時代にいたるまで、こんなふうに血の通った言葉で語ることのできる人物は、今も昔もそう多くはないはずである。それだけでなく、ハーンはフランス、ロシアばかりか、古代ギリシアの牧歌や北欧のサガまで視野にいれて、広大な世界文学論を繰り広げている。決して教科書的な知識を平板に網羅するのではなく、また聴くものを圧倒するような博識や体系を披露しているのでもない。自分の趣味を率直に披《ひ》瀝《れき》しながら、作家たちをじつに親密な距離にひきよせて語っている。しばしば彼は、ほとんど注目されたことのない書き手が残した作品のひそやかな細部に着目するのだ。

たとえば「非常に珍しい小さな本におさめられた、ひとつの非常に珍しい類《たぐ》いの詩」を残したウィリアム・コーリーという十九世紀の詩人について、ハーンはある講義で語っている。「オルガンの鳴り響く中にあっては、彼が自分の小さな笛を吹いても、聞いてもらえることはほとんどなかった」★1。ハーンは、偉大な名前の間に隠されたこの目立たない学者詩人の本『イオーニカ』をとりあげて、その「ギリシア風」に注目するのだ。

ハーンが引用する詩のなかで、そのコーリーは、「争いのない天国の歓び」について語る教会の説教者に対して答えている。「ただの弱い人間にすぎない私は人間にすがることにする」。キリスト教の「天国」よりも大切なものは、あくまで現世であり、地上の人間であり、「死んだ一人の友の声」である。じつはキリスト教ばかりか、東方の諸宗教も、現世への執着を厳しく戒めてきたのである。ハーンによれば、この詩のギリシア風の思想は、「現在は永遠に続くものではないからこそ、どうして現在を楽しむのを拒むことがあろうか」という、一見ありふれたものである。

どうやらハーンの宗教観はかなり複雑である。彼は一生、宗教について考え続けた。プロテスタントとカトリックが厳しく対立してきたアイルランドで育ちながら、早くからキリスト教への違和感をはぐくんでいた。ヨーロッパの文明や宗教の圧力から逃れるようにして、アメリカへ、カリブ海へ、そして日本へと移動するうちに、やがて仏教に帰依するかのような姿勢を示した。宗教とともに、道徳への深い関心も失ったことはない。ハーンがここで示唆している「ギリシア風」に、ハーンの宗教観をすべて還元することは決してできない。しかしこのさりげない「ギリシア風」へのこだわりが、ハーンの終生の大きなテーマであったことは確かだ。

　おそらくハーンはギリシア人の母から生まれ、ギリシアで初めて光を見たことを決して忘れたことがないはずである。「この世のことだったか、前世のことだったか、知るべくもない。しかし空は今よりもずっと青く、この世界の近くにあり、熱帯の夏にむかって航行していく汽船のマストのすぐ上にあるようだった」[★2]。この不思議に鮮明な記憶は、二歳まで過ごした子供の脳に刻まれたギリシアの光と、おそらく無縁ではない。

　ウィリアム・コーリーの『イオーニカ』には、ところどころに著者自身の手になる古代ギリシアの詩の翻訳が含まれている。これを通じてハーンの講義は、ギリシア最大の牧歌詩人といわれるテオクリトスのほうに話題を移していく。テオクリトスの「牧歌」の中には、コマタスという名の牧人にして詩人という少年が出てくる。コマタスは、神々とミューズたちを喜ばせようとして、主人に内緒で仔山羊《こやぎ》を生け贄《にえ》としてささげたのである。これに怒った主人は、木の箱の中にコマタスを閉じ込めてしまった。「神々がほんとうにおまえの味方なら、きっと救ってくれることだろうよ」。一年たって主人が、子供の骨しか残っていないはずの箱を開けてみると、「コマタスは元気で生きており、美しい歌をうたっていた。その年の間中、ミューズたちが蜜蜂《みつばち》を送り、蜜で彼を養ってくれたからである。蜜蜂はとても小さな穴から箱の中に入ることができた」★3。まったく子供じみた話にすぎない。少年はさして苦しんだわけでもなく、箱から出ようとして、もがいたわけでもない。まるで、その小さな箱の中が最高の居場所であるかのように、ミューズのつかわした蜜蜂に養われ、そこで無邪気に歌を歌い続けていた。こんなふうに無抵抗の、小さな天使のような存在は、ハーンの多くの作品の中に繰り返し現れる（たとえば「おばあさんの話」★4）。

そしてハーンは同じ講義の中で、彼が教える大学生たちにも、テオクリトスのように、日本の田舎に行って農民の日常生活の詩を研究することをすすめている。そのような仕事なしには、この国では「いかなる偉大な新しい文学もとうてい生まれえない」と言う。ハーンのこのような示唆をじかに受けとった学生がいたかどうかはわからない。しかしハーンからじかに教えを受けていなくても、やがて柳田國男《やなぎたくにお》のような人物が現れて、確かに日本でも農民の日常生活の一大研究が実践されたのである。柳田は、決して新しい文学を生み出すためではなく、むしろ近代文学と訣別《けつべつ》するようにして「民俗学」を選んだ。それはさておき帝国大学の講師として、ハーンが講義していた内容は、野心的で拡張主義的な大日本帝国の方向とは、まったく正反対の小さいものを志向する〈文学〉であった。

二　ギリシア的、北方的

ウィリアム・コーリーの「偉大で素朴な美しさを備えた、かわいらしいギリシア風の習作」についての講義のあと、ハーンはやはりテオクリトスを取り上げて、名高い「牧歌」（十五番）について語っている。舞台は二千年前のアレクサンドリアで、二人の女が、祭りの日にいっしょに神殿にでかけようとしている。いまは遠くに住んでいる女が祭りを口実に、友達に会いにきたのである。二人の女のまったくありふれたお喋《しゃべ》りが続く。ハーンの「講義」は、テオクリトスの英訳をさらに嚙《か》み砕くように語りなおしながら、ときどきこういうコメントをはさむだけである。「自然に、半ば子供みたいにあわてたり、小言を言ったり、ぺちゃくちゃ喋ったりするまだ娘みたいな若妻。女主人があわてているのを笑みを浮かべながら世話している辛抱強い召使の少女。友だちの新しい着物を見て、いくらぐらいしたのだろうかと思い、やがて値段をきく客。われわれはこの三人をいっしょに見ることができる」[★5]。祭りの人ごみをかきわけてやっと神殿に入り、美しい少女司祭がアドニスの賛歌を歌うのを聴いてうっとりした女たちは、さっそく急いで帰らなくてはならない。「ディオスクレイデスはまだ夕食を食べてないし、すぐ機嫌をそこねるのよ。夕食を待たされているときはそばに近寄らない方がいいわよ」。一部始終、いまも世界中の場末で繰り返されているようなやり取りばかりである。

「それはあたかも、ある窓を通してわれわれが二千年前の生活をのぞいているようなものである」★6とハーンはいう。ハーンの文学がどこにむかっていたか、よく伝える一節である。こういう凡庸な会話と光景が「ある窓を通して」見えるとき、もはやそれは凡庸なものではなくなり、驚異となる。たとえば小津《おづ》安二《やすじ》郎《ろう》の映画の人物たちのまったく凡庸なやり取りが、カメラのフレームを通してのぞかれ、フィルムに定着されたとき、それが何かしら奇跡的な様相を呈することと、これは無関係ではない。

大学での多くの講義で、ハーンは英文学の王道といってよい作品についても雄弁に語っている。だから、ここに引用した講義は、むしろまったくマイナーな補足的部分にすぎないといえる。しかしハーンの個性は、こういうところにかえってよく現れている。まったく無抵抗に、何も知らないかのように、箱の中でミューズのつかわした蜜蜂とともに生き、詩を歌い続ける子供、そして女たちのこまごまとしたやり取りの、映画のように鮮明なヴィジョン、ギリシアの牧人たちの素朴な恋歌。日本に関心をもってからのハーンは、ますますこういう主題を日本に発見することに集中していったように思える。しかしこれは彼の文学的一生をつらぬくモチーフであった。もっと大規模な、荒々しく見える文学でさえも、こういうつつましい角度から見る視線を、ハーンはもっていたのである。

けれども、ハーンの宗教観と同じく、やはり彼の美学、文学も、ただひとつかふたつのモチーフに還元することはできない。テオクリトスについての講義に現れたようなギリシアの子供、庶民、女たちの明るい、ナイーヴな、つつましい生のイメージは、たしかにハーンの中で日本と結びついた。日本の寺や神社の境内で、子供たちはまったく無邪気に遊んでいる。ヨーロッパの教会ではありえないことだ。日本の寺社で祈りをささげる人々の挙措はまったく簡潔で、石のカテドラルにおける祈禱《きとう》や告解の重さをもたない。日本に着いたハーンはそういう日本人の軽やかさにも、さっそく注目したのである。

けれども、ハーンはそれとは対極にあるどす黒い悪、憎悪、恐怖、暴力、狂気の歴史にも、まったく敏感であった人物である。アメリカ時代のハーンは、ジャーナリズムの仕事を通じて、しばしばアメリカの「どん底」の世界に立ち会った。アメリカに行って、やがて有能なジャーナリストとなったハーンは、この時代のジャーナリズムによってしたたかに鍛えられたにちがいない。十九世紀後半のアメリカの社会的不正、貧困、悲惨、人種差別、暴力を冷徹に見つめる視力は、十分すぎるほど身についていた。それだけではなく、彼は暗く重い幻想や恐怖や葛藤《かっとう》までも内面にかかえていた。それはヨーロッパ北方の神話や心性とも、ゴシック的な重圧とも、決して無縁ではない。ハーンが講義録で、とりわけイギリスの詩人や作家たちをていねいに紹介し、読解していくときには、そのように荘厳な傾向もまざまざと感じられるのである。

三　混沌をつらぬく体質

ハーンの漂泊の人生と文学が密接な関係をもっていることは明らかである。当然ながら、かなりの数におよぶ伝記的研究がすでにあって、ハーンの系図にさえもさまざまな〈兆候〉が読まれてきた。かつてイギリス西部にはロマ（ジプシー）の間にハーンの名があって、確証するのが難しいが、父方ハーン家の遠い祖先はロマであったともいわれていた。ハーンの名前は、生地のギリシアの町リュカディア（現在のレフカダ）からきたラフカディオと、英国の軍医であった父の生地アイルランドの守護聖人パトリックをつらねている。母ローザ・アントニオ・カシマチは、二歳のハーンをつれてアイルランドにわたるが、夫のチャールズ・ブッシュ・ハーンは、海外に赴任したまま、ほとんど戻ってこない。結局ローザは、ラフカディオをアイルランドの父方の親類に託し、ギリシアに戻って再婚してしまう。ハーンの父チャールズも、昔の恋人とよりをもどして再婚してしまうので、ラフカディオは幼くして両親から見放され、かなりの財産をもつ大叔母のもとで養育されることになった。

ハーンの年譜には、母のローザは一八八二年にギリシアのコルフ島の精神病院で死んだ、と記載されている。軍医だった父親のほうは、マラリアにかかってスエズ運河を航行する船の中で死んでいる。その死はローザよりも早かった。ラフカディオは財産家の大叔母サラ・ブレナンの援助によって、あまり不自由なく子供時代をすごした。しかしこのブレナンが破産してからは無一物で放り出され、ロンドンをさまよい、やがてアメリカにわたることになる。この頃二十歳前だったハーンには、もう帰るべきところも、帰る理由もなかった。もはやパトリックの名前は捨てて、ただラフカディオ・ハーンとだけ名乗るようになった。

母親ローザがギリシアに帰ってから生んだ弟ジェイムズとは、幼少のときほんの少し会っただけだった。しかしハーンが、アメリカから日本に出発しようとしていた頃、この弟が手紙を書いてきて文通し始めている。ジェイムズもまたアメリカに住んでいたのである。「おまえはあの黒くてきれいな貌《かお》を覚えていないのか？　野生の鹿のような大きな茶色い眼《め》が、おまえの寝ていた揺りかごのうえからのぞきこんでいたはずだ。声も覚えていないのか？」[★7]こんなふうにハーンは母の記憶を、弟といっしょに掘り出そうとする。自分も色が黒かったことを強調し、ジェイムズの娘グレイシィの写真をみても、やはり「オリエントの血がもつ異常な力」がこの児にはひそんでいる、などと手紙に書き、「おまえはグレイシィを造るのに、私の魂の一部を盗んだにちがいない。この子は確かにおまえよりも私に似ている」などと言いだすのである。またジェイムズにあてた手紙の中で、自分を捨ててギリシアにもどった母ローザが、いかにアイルランドでは孤立し、苦しい思いをしていたにちがいないかを説明して、あくまでもローザを弁護している。

ラフカディオ・ハーンの母系への、また「ギリシア風」への執着は、異様なほど徹底している。ハーンの文学のいたるところに、母性的な存在が繰り返し現れることも事実である。一方で父の記憶はパトリックという名前とともに、ほとんど抹消されたかのように見える。ところが、ほとんどイギリス的といっていいような抑制、潔癖、気難しさ、道徳性、保守主義といった性格もまた、やはりハーンの特徴であった。しかし彼の名前の中にはっきりと刻まれていた父と母の出自に、ハーン文学の特徴を還元することは、とうていできない。すでにギリシア（的）であれ、アイルランド（的）であれ、その特徴をただ簡潔に定義してかかるなら、きっと間違うことになる。

それでもハーンの思考と感性の複雑なゆれの中には、いくつか基軸のようなものがある。それがギリシアに結びつき、アイルランドに結びつくことは確かなのだ。父親の記憶に結びつくアイルランド的なものをハーンは抑圧する傾向があったが、ハーンの文学と思想には、ケルト的な、あるいはスカンディナヴィア半島まで広がる北方ヨーロッパ的体質のようなものもまた、深く浸透している。

そのハーンは、ジャーナリズム活動を通じてアメリカの現実に出会い、やがてアメリカ南部からカリブ海にいたるクレオール世界に出会うのである。そのあとには日本で小泉八雲となるハーンがいるのだから、まさに八面六臂《はちめんろっぴ》の人物ともいえる。しかしハーンという人物の全体像を、いくつかの文化の合成物のようなものとして論ずることはできない。アイルランドも、ギリシアも、アメリカ、クレオール、そして日本も、それぞれに巨大な混成的世界をなしている。ハーンをそれらの総合として考えるなら、私たちがそのハーンとともに直面するのは、ほとんど世界そのもののカオスである。ハーンには確かにそういう面があって、それが大きな魅力でもある。しかしハーンの複雑さを横切るまぎれもない体質、あるいは性格のようなものがあって、それが次々いろいろな対象に出会っていった、ということができる。そのような体質や体液の水準からハーンの足跡をとらえるようにしないと、比較文化論のような方面に話が広がって、ハーンというたったひとつの坩堝《るつぼ》の中で、ていねいに練りあわされ熟成された精神的産物の特性が見えなくなってしまう。

四　「第二級の偉大な散文作家」

「もし私の貧相な文体があなたに何か伝えているとしたら、あなたはそこに見分けるはずです。とてもちっぽけな、突飛な、奇矯《ききょう》な、むらのある、直情的な、神経質な傾向（a very small, erratic, eccentric, irregular, impulsive, nervous disposition）を。ほとんどあらゆる点で、これはあなたと反対ですが、私たちに共通な傾向とは美を愛しているということです」。これは一八八五年の手紙で、まだ日本に着く前に、オコーナーという出版人にあててハーンが書いた一節である。ハーン自身の体質のいわば的確な自画像といえる。ハーンの初期著作集に序文を書いたフェリス・グリーンスレット（Ferris Greenslet）は、ハーンのこの一節を引用しながら、ハーンを英文学においてサー・トーマス・ブラウン、トーマス・デ・クインシー、ウォルター・ペイターなどの系譜につらなる作家と位置づけている。つまり彼は「第二級の偉大な散文作家のひとり」だと言うのである。もう少し長生きして、彼の「古めかしい頽廃《たいはい》的なスタイルの概念」を脱却すれば、第一級の作家でありえたかもしれないが、とグリーンスレットは言うのである。

いうまでもなく作家を評価する基準は、まったく相対的で、変化しうるものである。ハーンをただ世界的な「文豪」として持ち上げることのできた時代は遠くなった。欧米で、日本を紹介する彼の書物が広く読まれた時代があった。そういう時代には、日本人から見れば、ハーンはまったく日本を超越した世界の作家であった。けれども、ハーンは彼の時代の文学的形式を大胆に革新するような小説や詩を書いていない。また自国の大衆に広く受け入れられるような圧倒的な通俗的作品を書いてもいない。窮乏の果てにアメリカに着いて、ようやく文筆で生計がたてられるようになってからは、さらにまた日本に旅立った。日本やマルティニック島を研究し紹介する画期的な書物のほか、わずかな例外を除いて、彼自身の文学作品とは、東西の文献からとりあげた素材を再構成し、語りなおす〈再話もの〉であった。

彼が「第二級の偉大な散文作家」として、トーマス・デ・クインシーなどの系列にいれられているのは興味深い。ハーンはみずから講義録『英文学史』で、このデ・クインシーについて、愛着をこめて語っている。デ・クインシーは、『イギリス人阿片吸引者の告白』のように風変わりなエッセー的散文を書いた学識豊かな作家であった。ボードレールに影響を与えたことでも知られている。ハーンは、「感情においてはロマンティックな作家でありながら、文章においては第一級の古典主義者である」として、この作家を「散文の貴公子」として認めている。

ハーンが講義で紹介しているのは、『天体の構成』という作品の一部である。デ・クインシーは、その論文めいた奇妙な文章の最後で、天使に導かれて無限の宇宙を旅した男について書いている。翼をえて次々宇宙の驚異を目撃した男は、最後に「天使よ、もうこの先には行きたくない」と絶望して言うのである。「私をすぐ墓場に横たわらせてください。この無限の迫害から逃れるために。宇宙に終りがないことがよくわかりました」[★8]。デ・クインシーについて語るハーンは、端的に自分自身の文学的傾向を披瀝しているのだ。いわば血としてはロマン主義者であるが、古典主義的な厳密なスタイリストでもありたい（それゆえ「古めかしい頽廃的なスタイル」などとも言われる）。これを両輪としながら、宇宙にまで拡《ひろ》がるファンタジーを展開することができるとしたら、最高である。

もちろんハーンの文学を構成する基本要素はこれで尽くされるのではない。

ハーンは重厚な長編小説を書かなかった。詩についても驚くべき博識と感受性をもっていたが、彼自身の詩作はほとんど知られていない。彼が「第一級」に分類されないのは、このことも手伝っている。しかし講義録『人生と文学』によると、彼がまったく意識的に、ある散文の〈ジャンル〉を選んでいたことがわかる。この世界における小説の題材はすでに尽きてしまっている、と断定しながら、将来の散文では「エッセーと素描文《スケッチ》」が大いに開拓されることになる、と学生たちに語っている。「キケロの随筆小品」を見るがいい、と言うのだから、このジャンルの歴史はずいぶん古い。「素描文」は無数の形式をとりうるから、「あらゆる文学的能力の表現に対して考えうる最大の領域を提供する」[★9]とさえ言うのである。ハーンは、そのうえ多忙な現代人は、長い文章を読んでいる余裕がないので、短い散文はまったく現代に適していると指摘し、日本の古典にはすぐれた素描文が数多くあることも指摘している（『枕草子《まくらのそうし》』や『徒然草《つれづれぐさ》』のことを言っているのだろう）。一見わかりやすい理由だけをあげているが、ハーンのこういうエッセーと素描文へのこだわりは、まったく本質的なものだった。

　このようなハーンの見解に関して、さまざまな異論がありうる。そもそも現代においても、小説というジャンルの勢力はいっこうに衰えていない。しかしハーンは彼なりの確信をもって、エッセーと素描文をいわば「第一級」のジャンルとみなしつつ、散文の作品を書き続けた。そしてエッセー・素描文として、さまざまなタイプの散文を書き分けた。当時の新聞が、報道と論説だけにかぎらず、フィクションやルポルタージュにわたるいろいろな読み物を許容していたので、ジャーナリズムは彼にとって、さまざまなタイプの散文を実験する格好の場になった。全体としてマルティニック島の紀行であり、クレオール研究ともいえる大作『仏領西インドの二年間』は、紀行文、素描文、散文詩、物語の再話、短編小説、対話の記録、哲学的随想、民族学的報告など、さまざまなタイプの散文を精妙に配置した作品なのである。

また彼が日本について書いた本も、しばしば異なるタイプの散文を注意深く編んだ成果なのである。現在入手可能なハーンの文庫版翻訳は、しばしばジャンル別や主題別に編集されている。これではハーンの散文作品の変化にみちた構想が、まったく見えなくなってしまうことになる。ハーンみずからの構想と美学を感じとるには、彼が設計したままに彼の著作を読む必要がある。それによって見えてくることは少なくない。いつのまにか、そういうふうに剪定《せんてい》され、整理されてしまったハーンのほうが、人口に膾炙《かいしや》することになったのではないかと私は憂える。

五　大きくて小さい作家

物理学者であり、すぐれた随筆家でもあった寺田《てらだ》寅彦《とらひこ》は、『小泉八雲秘稿画本』（「妖魔《ようま》詩話」）をとりあげて、こう書き始めている。昭和九年のことである。「小泉八雲というきわめて独自な詩人と彼の愛したわが日本の国土とを結びつけた不可思議な連鎖のうちには、おそらくわれわれ日本人には容易に理解しにくいような、あるいは到底思いもつかないような、しかしこの人にとってはきわめて必然であったような特殊な観点から来る深い認識があったのではないかと想像される」[★10]。この物理学者の示した繊細な慎重さを共有したい。日本人小泉八雲になったせいで、ハーンは日本において、じつに親密な距離感で読まれてきた。美しく、清楚《せいそ》で、素朴な日本のイメージが、彼の作品の翻訳と、彼自身の伝記的エピソードとともに定着した。ハーン自身についても、妻の節子が語る怪談を書きとめながら、暗い部屋の中で震えている心優しい人物の姿が定番になった。

日本人は、ハーンが望んだ以上に、そして事実以上に、ハーンを日本化して読んできたのではないか。確かに、ハーンの日本への愛着は、彼の文学者としての生涯で、大きな意味をもっている。しかしハーンは日本に魅了されながら、約十冊にわたる本のなかで、日本を観察し、理解し、解釈し、やがて失望し、また憂慮し、世界史的展望の中で東洋と日本を考え続けた。これと並行してハーバート・スペンサーの思想から圧倒的な影響を受けて、歴史哲学的な思索を根気強く続けた。しばしば文学者である以上に、哲学者のように彼は思索している。彼の創作や再話は、そのような思索と交替するように配置されていて、いわばより大きな展望の中にくみこまれている。そういうハーンのたえまない敏感なゆらぎは、日本化した小泉八雲の静かなイメージと、そのイメージにもとづく研究や出版によって見えなくなっていないだろうか。

ハーン研究のあとをたどり始めると、伝記的研究を超えて、ハーンの文学と思想の全体を考えようとする試みは、きわめて少ないことが痛感されてくる（あとでとりあげるベンチョン・ユーの『神々の猿』は、それを試みた稀有《けう》な本のひとつである）。日本に帰化したハーンの足跡のほうが、いつも注目されて、ハーンの膨大な作品や講義録のほうは、そのごく一部が読み解かれているにすぎない。しかし、ハーンはもっと世界的である、もっと深遠である、もっとスケールが大きい、と私は言いたいのではない。日本の作家としては、ハーンはまったくマイナーで、そもそも日本語で作品を書いていない。ヨーロッパの作家としては、とりわけ十九世紀末の日本を本格的に紹介し、西欧のエキゾティスムをかき立てたことで記憶されている。作家としての力量よりも、書いた本の主題がユニークなことで評価されてきた。このことを見ても、やはりマイナー作家のあつかいなのだ。じつはその、かなり意識的なマイナーぶりにこそ、深遠なものが含まれていないか、と私は考えはじめている。

彼は東西の世界について壮大な博識と問題意識をもっていたが、大きな問題を考えるために、小さいことを徹底して究めようとした。彼の中には広大な歴史的発想があったが、他方で彼自身の言う「とてもちっぽけな、突飛な、奇矯な、むらのある、直情的な、神経質な傾向」が、彼の思考と文体に深く浸透していた。ハーンは、確かに大きくて小さい、奇妙な作家といえる。彼の大きさと小ささの結合の仕方が特異なのだ、と言ってもいい。ということは、大きいという点でも、小さいという点でもユニークであるということだ。

ハーンの作品に登場する人物たち、日本人たちの純真さ、ナイーヴさ、一途さからして、ハーン自身の性格がそのようなものとして推量され、ハーンの作品はしばしば日本人にとって近づきやすく、わかりやすいものとみなされてきた。それはハーンの作品と人物の確かに重要な一面であり、ハーン自身がめざしたことでもある。けれども十九世紀の西洋と東洋を、内面においても外面においても、じつに多様な側面から見つめたハーンの精神には、巨大な迷路ができあがっていた。彼は自分の中の巨大な混沌《こんとん》を首尾よくまとめあげることなどできなかった。彼の著作を読むと、いたるところで、私たちは混沌として散乱するものに出会うのだ。彼の作品は、全体として、十九世紀の歴史的、思想的混沌のあるサンプリングそのものであるといってもいい。そのような混沌は、二十世紀という新しい時間の堆積のあとでは、ますます見えづらいものになり、注目に値するとも思われなくなっている。

アメリカのジャーナリスト時代に彼は、エルネスト・ルナンについて触れている。正確には、ルナンを論じたジュール・ルメートルの評論について書いている。当時のフランスの代表的な東洋学者であり、神学を離れて聖書を歴史学的に研究するという大胆な試みに着手したルナンについて、ハーンは皮肉をこめて書いている。「誰ひとりとしてこの作家が何者なのか、しかとつかめなかった」。「理神論者なのか汎神論者《はんしんろん》なのか、享楽主義者なのか不可知論者なのか、それともキリスト教徒か異教徒か」[★11]。ルナンのこういう混沌とした性格は、ある程度まで、同じように東洋と西洋の境界を越えようとした十九世紀人ハーンのものでもあった。

六　声、聴覚、感覚

「私は群れである」(I am a population!) と書いたハーンの精神の中には、確かに大きな群れ、そして混沌があった。『仏の畑の落穂』の「塵《ちり》」(Dust) という文章が、私の頭でずっと響いている。「私は自分自身が幽霊であり、また自分が幽霊に憑《つ》かれているという二重の感覚をもっている。世界の闇《やみ》で輝く驚異的な妖怪に憑かれているのだ」[★12]。「私は自分の精神が私にとって王国であるとあえていおう。いや！　それはむしろ幻想的な共和国であって、南アメリカでかつて起きたよりももっと多くの革命によって日々動揺しているのだ。そして理性的ということになっている名目上の政府は、このような無政府状態が永続することは好ましくないと宣言する」。「私という一個人、——個人的な魂！　いや、私は群れである。その数は多すぎて、何億の集団に分けても、測りしれない！」[★13]。これは日本で仏教に触れて深く共感し、静かな悟りの境地に達したという人の言葉とは思えない。しかしスペンサーの進化論的哲学を信奉したハーンにとって、一つの魂は、過去に進化の過程で生き死にしたあらゆる生物の〈記憶〉をはらんでいて、そもそも〈群れ〉であり、〈群れ〉によってもたらされたものにほかならない。だから一人の人間は、無数の人間、無数の生物の〈幽霊〉に憑かれている。決してただ恨みや、憎しみなどに憑かれているのではなく、無数の喜び、悲しみ、感覚、声、記憶に憑かれているのである。

アメリカ時代のハーンが書いた記事は、研究家によって根気強く収集され、その多くは日本語訳著作集にも収められている。その中に「声の不思議[★14]」という、大変印象深い短文が収められている。死者の声は、いったいどこに行くのか、とハーンは問うている。一八八〇年のことで、やがて普及する録音の技術のことなど、まだハーンの視野にはまったく入っていないようだ。鳥の声も、楽器の声も繰り返し聞くことができるが、死んだ人の声は二度と聞くことができず、記憶にとどめることもできない。「顔や容姿、手の形、感銘を受けた事柄などは思い出すことができる。だが、死滅した声を脳裏の共鳴箱に蘇《よみがえ》らせることはとりわけ難しい」とハーンは、あくまでも人の声の特殊性を主張している。そして「この世が始まって以来、人間の耳に響いた無数の声には、一つとして同じものはない」と、ひとりひとりの声が絶対に特別であることもまた指摘している。

しかし声はどこにいくわけでもない。たとえ現在のように録音によって保存されるとしても、声は唯一のものであり、いつまでも記憶の中で響き続ける。それは言葉でもなく、純粋な音でもなく、言葉と音の間に漂う印象を刻むだけである。声は故人の身体の「共鳴箱」から発し、その人の精神の痕跡《こんせき》を刻んでいるが、それは身体でも精神でもない。ハーンの短い文章は、「声の不思議」について語るだけで、それ以上にはこの不思議を解明していない。しかし、こんなふうに声に耳を傾けるハーンは、確かにかなり特別な聴覚の持ち主であった。

西成彦《にしまさひこ》の『ラフカディオ・ハーンの耳』は、そのことに注意をうながした本で、ハーンの読み方に新しい方向を開いた研究である。ハーンの作品は、長い間しばしば東西の〈文化〉の出会いをしるすものとして、〈異文化〉の中で生成された〈文学〉として読まれてきた。そんなふうにあらためてハーンの聴覚に注意をむけることは、〈文学〉や〈文化〉の中をくぐりぬけて、ハーンの感覚と身体そのものに、その体質、体液に注意をむけることにつながる。

もちろんハーンは、耳だけが鋭かったわけではない。少年時代に、遊んでいるときのふとした事故で片目の視覚を失い、もう一方の眼も極度の近視であったとしても、ハーンはまた精密に見るひとでもあり、色彩にとても敏感であり、達者なデッサンを描くことができ、文章でも非凡な描写の力を示している。〈正確な描写〉は、同時代のフランス文学の自然主義的傾向に影響を受けたハーンのオブセッションでもあった。つまりハーンの感覚がもつ重要な意味は、決して聴覚に限定されるものではない。問題は、ハーンの感覚がどんなふうに働いて、彼のユニークな旅と表現を導いたか、ということなのだ。彼の鋭い感覚は、いつも彼の思考を、未知の世界と問題のほうに導いていったといえる。彼のエキゾティスムは、終始この感覚に牽引《けんいん》されたのである。

七　いくつかのエキゾティスム

ハーンは、松江のように、当時まだ古い日本の姿がよく残されていた町に住み、その松江の女性と結婚し、やがて小泉八雲となって、最後まで明治の日本とともに生きた。そういう人物の日本探求は、とうていエキゾティスムと呼べるようなものではなく、もっと本格的で、地に根をおろしたものだったという見方が当然ありうる。エキゾティスムとは、しばしば遠い未知の国の風物や生活に対する趣味であり、その対象は熱帯の森であったり、砂漠の風景であったり、タヒチの女であったり、ある種の紋切り型とともにある。それでも小泉八雲はやはりラフカディオ・ハーンであって、四十歳まで日本から遠い世界で生き、英語で書き続け、日本に根をおろしても、決して日本の内部に癒着してしまうことなく、日本を見つめた。そういう彼の立場を、私はあえてエキゾティスムと呼ぶのである。

ハーンより少し若い世代のフランスの作家ヴィクトル・セガレン（一八七八―一九一九）は、軍医として、とりわけ中国に深くかかわり、いくつかの独創的な書物を残している。彼はエキゾティスムそのものを考察する本を構想して、興味深いメモを残している。★15

十九世紀後半のヨーロッパは、帝国主義的な傾向を急速に世界に広げていった。ごく一部の例外的な文物にしか登場しなかった異世界の、オリエントの題材が、それにつれて急速に普及していった。アメリカ時代のハーンの記事の中にはインド、中国、アラビア、日本に関するものが相当数あり、それほどこの時代にはすでに文献も豊富にあり、オリエントは読書人たちの熱い興味の対象でもあった。セガレンはそんなふうにエキゾティスムが普及し、紋切り型を定着させるなかで、鋭い意識を持って、エキゾティスムそれ自体を考察した。その結果「絶対的な主観主義」として、彼自身のエキゾティスムを定義したのである。

熱帯の椰子《やし》、砂漠の駱駝《らくだ》、そして日本の芸者について語るエキゾティスムは、まったく自分から他者に近づくことなく、安全な距離から心地のいい観光的イメージだけを作り出していた。そういうエキゾティスムは自己と他者の距離をまったく意識せず、自己の「主観」自体を問うこともない。そこでセガレンは、異世界の他者を正しく認識することよりも、むしろ「絶対的な主観主義」によって、他者との距離を鋭く意識し、「自分の存在の反響」を、「恒常的な転移」によって語ることをすすめる。異なること、異なるものに出会い、それを把握することは、その「異なり」に衝突して変化する自己を発見すること、変化の中で自己を把握することである。セガレンは「普遍的エキゾティスム」として、そういう距離や転移と、それにともなう葛藤を肯定している。彼は通常のエキゾティスムのさらに外に出る強烈な意識的、主観的エキゾティスムを主張していたのだ。

ハーンは、フランスにおけるエキゾティスムの代表的作家であったピエール・ロティや、やはりエキゾティスムの詩人といってよいテオフィル・ゴーティエなどから大きな影響を受けた。彼らの作品だけでなく、フロベールの作品のなかでも最もエキゾティックといえる『聖アントワーヌの誘惑』を翻訳している。一般的な東洋趣味という範囲を超えて、エキゾティスムは早くから、ハーンの文学と思想の中に深く浸透していたのである。もちろんハーン自身は、デカルトやパスカルの哲学的伝統の延長線上で思考するセガレンのように、強烈な自意識を通じてエキゾティスムを再定義するようなことはしない。日本に数週間滞在したにすぎないロティが、その体験をもとに書いた『お菊さん』についても、「その解説も推論もことごとく間違っているかもしれない」が、「ただ見たままを正確に叙述」しており、「これと同じことのできる人はほかにいない」[★16]と、ハーンはロティのエキゾティスムに対してまったく寛大だったのである。

ハーンが日本で書いた本のひとつに『異国風物と回想』*Exotics and Retrospectives*があって、まさに彼はエキゾティックという言葉を用いている。富士登山、そして日本人の虫の道楽、墓地の卒塔婆《そとば》に記された文字の読解などからはじめて、やがて彼の「回想」は時代も場所も超えた考察に入っていく。マルティニック島の記憶が蘇り、クレオール語の引用が始まる。彼のエキゾティスムは、時空を超えて、無数の生と魂の無数の過去（いわば前世）の間を漂いはじめるのである。ハーンもまたエキゾティスムが普及した時代に、たしかにエキゾティスムのさらに外に出るようなもう一つのエキゾティスムを発明した。それは自己意識の断層にエキゾティスムを宙吊《づ》りにするようなセガレンの厳密な発想とはちがっている。むしろ彼は、時空を超えて世界にさまよい出るような、彼独自のゆるやかなエキゾティスムをつくりだしたといえる。

八「確かに矛盾だらけ」

エキゾティスムの作家は、しばしば政治的に微妙な立場に立つことになる。彼は、民主主義、自由と人権を少なくとも制度上の原理とする欧米社会の外に出て、異世界の美、風景、生活に熱狂し、しばしば一体化する。そういう作家は、その異世界が欧米の価値観や制度のはるか遠くで、封建的な拘束や風習を保存しているときには、そのような拘束や風習さえも賞賛すべきなのか。賞賛できなければ、少なくとも許容すべきなのか。アメリカのジャーナリスト時代のハーンは、新聞記事という制約の中で、政治的不正を告発し、犯罪、貧困、売春についてのめざましいルポルタージュを書き、黒人、ユダヤ人、クレオールなどのマイノリティにいつも強い関心をもっていた。すでにアメリカ時代に、東洋に関する書物を数多く収集し、異国の物語を書き改める作業を始めていたハーンは、アメリカのマイノリティにさえも、ある種のエキゾティスムをもって対応し、しばしば彼らに共感し、彼らを擁護《ようご》しようとした。しかし、ジャーナリストとしてのハーンは、一方では過剰な自由主義をたしなめて、道徳的な調和を説くような保守的主張もしばしばしたのである。

東京帝大の講義でも、イギリスのロマン派詩人たちの多くが革命的な意見の持ち主だったことを説明し、彼らの詩を讃《たた》えながらも、やはりロマン派の政治的過激さには距離をおくような姿勢をしばしば示している。『心』に収められた「ある保守主義者」という一文は、ハーンのこのような姿勢をよく反映している。明治以前に武家社会の中で厳しく躾《しつ》けられて育った日本の青年が、やがてキリスト教に目覚め、ついでキリスト教を批判する近代思想を知り、実際に同時代の欧米社会を見聞しに外遊する。近代文明の「貪欲《どんよく》さ」、「残酷さ」、「偽善」、「醜悪さ」、「傲慢《ごうまん》」を間近に見、これに辟易《へきえき》して、彼は日本にもどってくる。彼は日本に近づく船から見る富士山の美しさに感激し、「古来の日本の中で最良のもの」を保存する決意をして、保守主義者として祖国に落ち着くのである。これは少なからず、晩年のハーンの心境を、日本の知的青年の体験に投影した作品であったにちがいない。いったい「この宇宙は道徳的なものなのか？」これが、この保守主義者の内面の叫びである。これは確かにハーン自身の叫びでもあった。ハーンが東京で講義をしている頃には、ニーチェがヨーロッパで話題になり始めている。ニーチェは、ダーウィンの進化論に刺激されながら、生命の進化に照らして、人間の生を新たに位置づけようとした。人間の道徳や宗教は、しばしば生の「意志」を歪《ゆが》めていると考えて、それらを激しく批判することになった。ハーンは講義の中でニーチェの「超人」の思想を「進化論の誤解」として一蹴《いっしゅう》しており、ニーチェの思想そのものにはほとんど触れてはいない。しかし「人類を超えた状態」における道徳とは何かという問題は、「話すだけの価値がある」と言うのである。キリスト教的な道徳に対して強い嫌悪と抵抗を示し続けたにしても、それとは別の、道徳への関心を、たえずハーンは持ち続けた。彼は日本語学と日本学のパイオニアであったチェンバレンへの書簡（一八九五年二月）で、こう語っている。「世界はこんにち唱道されるがごとき民主主義の全期間中うんざりしつづけることになるでしょう。未来の専制政治は、過去のどんなそれよりも酷《ひど》いものになるでしょう」[★17]。チェンバレンは、日本に着いたハーンの就職を後押しし、やがてハーンの友人となった。二人の間には、多くの興味深い書簡がかわされた。

ハーンの予測はまったく悲観的で、じつはどんな政治にも希望を抱いていない。自分はあらゆる信念のあいだをさまよってきたので、その結果もうどれかの信念や価値を支持することはできなくなった。「保守」と「急進」、「平民」と「貴族」が衝突することは不可避であることも知った。「たとえ民衆の欲求に共感するとしても、やはり人は階級と秩序の美的かつ道徳的価値を認めるでしょう。あるいはまた自分が貴族に属するとしても、やはり人は、偉大で善良で不幸で、道徳的で不道徳的で、悪徳にみち美徳にみちた民衆こそが、未来のすべての希望の真の土壌――すなわち「人間」のうちにある神性の領域なのだということを理解するようになるのです」。書簡の中に表明されたこういう考えは、かなり混沌としていて、それだけ率直だと感じられる。

こうした彼の政治的意見は、アイルランドでは父方の家系の貴族的な雰囲気の中で育ち、アメリカでは無一物から始めて新聞記者になり、合衆国の「民主主義」と、その「どん底」を観察し、マルティニック島では、まだ後を引いている奴隷制や植民地的状況をじかに目撃した軌跡の結果でもあった。「イギリス的な」保守主義は、彼のなかにずっと保存されていたかもしれない。しかし日本でのハーンが「保守主義者」であったとすれば、それはこれだけの体験に含まれた大きな振幅の結果であった。

ハーンの講義録『詩論・詩人論』には、ウォルト・ホイットマンに関する講義が含まれている。[★18]すでにハーンの時代に、アメリカの革命的な詩人として声望が高かったホイットマンについて、「その影響は非常に有害かもしれない」と語り始め、ハーンはいかにも保守的な意見を述べている。ホイットマンの作品は、まったく稚拙で、粗野で、紙にぶちまけた「コーヒーのしみ」のようなもので、詩と呼べるようなものではない、とこきおろしている。ホイットマンに対する世の過大な評価は、彼の下品さや稚拙さが囂囂《ごうごう》と批判されたことへの反動にすぎない、とまで言うのだ。

しかしさらに読み続けると、やがてハーンはホイットマンの「よい側面」について語り始めるのだ。その「簡潔さと荒削りで技巧を凝らさない魅力」を指摘して、長々とホイットマンの詩を引用している。「ホイットマンは社会的な意味での人類の統合に関する新しい思想を持つことになったのだ。それは民主主義についての新しい考え方であった」と最後にはうんと評価を高めている。これほど「正直な人」はいないと結論しながら、「けれども、二度と読むには値しない」と、もう一度ひきずりおろしている。この講義を聴いていたのは明治の帝国大学の学生たちなのである。ハーンは講義で、当時の日本の政治体制にいささか遠慮しながら語っていたかもしれない。しかしホイットマンの斬新さを、腹立たしいかのように批判しながらも、彼の詩が提出した新しい民衆のイメージを敏感にとらえ、その新しい声を聴き取っている。「ぼくが矛盾していると言うのかね。それならけっこう、ぼくは確かに矛盾だらけ」というホイットマンの詩の一節は、まさにハーン自身のことでもあった。

九　ハーンの宇宙

ハーンの文学は、とてつもなく大きい面と、また異様に小さい面をもっている。彼の『怪談』と、明治の日本についての心優しいエッセーに、いつのまにかなじんでしまった私たちは、この大きさと小ささが、かなり異様なものを含んでいることに、鈍感になっている。ハーンが、異国からやってきて、エキゾティックな日本にできるだけ一体化するようにして、聞き続け、書き続けた日本の物語は、いまでは使い慣れた手鏡のように、なつかしい日本のイメージを映し出してくれる。ハーンは、近代の日本人が、生活や風俗の細部に関して「日本的なもの」の鏡像を自覚的に形成し始める以前に、そのような鏡像を描くことのできた先駆者のひとりであった。異国のひとであったからこそできたことである。

れることになる。

やがて、民俗学や文学や哲学において、日本人みずからによってそのような鏡像が形成さ

けれども、ハーンのこのような発見と創造は、幼少期からの流浪の軌跡と、彼が遍歴してきた風土と社会、それにつれて形成され蓄積された感性、知性、教養に深く根ざしている。ハーンの日本は、キリスト教世界と異教世界の間にぶ厚く結晶した複雑な鏡面に映し出されたものだ。彼はギリシア、アイルランド（ケルト）の異教的世界、キリスト教のヨーロッパ、新世界の都会の場末、マルティニック島のクレオール世界をめぐった後に日本にたどりついた。この作家の一生に含まれる時間の重層をもう一度たどりなおし、もうひとつの異教的世界、もうひとつのクレオールとして日本を見ることは、ハーンの新しい読みの可能性を開くにちがいない。

ハーンはしばしば比較文学や比較文化の枠組において研究されてきた。そのあとには、欧米の植民地支配の歴史を論点とする文化研究（カルチュラル・スタディーズ）から影響を受け、ハーンのエキゾティスムを批判的に読むような見方も現れた。ハーンは確かに「美しく繊細な」日本のイメージを作り出して、日本人のナルシズムやナショナリズムをかきたてることもしたのである。しかし、ここで私は、ハーンを肯定するか否定するかの議論から離れて、ハーンという多面体そのものを読みこんでみたい。ハーンのエキゾティスムそのものが含むさまざまな局面に光をあててみたい。

ハーンの書いた短い、さりげない文章からは、決してひとつの地名や、歴史上の固有名に還元できない感覚の波がつたわってくることがある。彼は霜や露や、蛙や虫のような微小な存在について、しばしば書いている。『アメリカ雑録』には、冬の窓ガラスについた霜の結晶を描写する一文が冒頭に収められている。「その結晶の多くはとてつもなく大きく、色こそついていなかったものの、アラビア風の唐草模様にそっくりで、まるで『千一夜物語』に描かれている水晶宮のムーア式アーチに施された奇妙な透かし彫りのようであった。微妙に入り組んだ模様が見事に組み合わさっている場合もみられ、中世の修道院の彩飾の名工たちが、世に名高い祈禱書や写本の装飾に用いた、幻想的な渦巻き模様の発想の源になったのは、これではないかと思わせた。古代の陶芸の達人たちの手になる、優雅な壺《つぼ》の取ってのデザインに見られるような、鋭い葉をかたどった渦巻き模様が、左右対称に並んでいるかと思えば、ダマスコ細工の模様が、その上に刻まれた古代アラビア文字のように、所々乱れをみせているといった趣のもの、そのまま霜の精に生えた翼の羽となってしまいそうな、比類のないほど精妙に織り上げられた羽模様もみられた★19」。

一瞬現れては氷解してしまう霜のはかない模様の描写は、渦巻きの装飾模様、アラビア文字へと連想を広げ、瞬時のうちに幻想はアラビアやケルトにまで遠く及び、巨大な時空をかけめぐっている。ここでもハーンはただ博識を披瀝しているのではない。ひとつの霜の結晶にも、一滴の露の球体の中にも、無数の微粒子が連鎖して巨大な時空を形づくっていることに注意をうながしている。「一滴の露の中には、目に見える以上の世界が映し出されている。計り知れない神秘を宿した目に見えない世界が、そこには再現されているのだ。この一滴の露の内にも外にも、絶えざる動きがある」★20。

あの哲学者ライプニッツの思想が思い出される。ライプニッツは、森羅万象を構成し、それ以上分割しえない究極の個体として「モナド」を考えた。この「モナド」は、どれをとってみても他の「モナド」と異なっている。それには、無数の襞《ひだ》が含まれ、あらゆる「モナド」は異なる判明さの度合いにおいて世界を映し出すのだ。したがってモナドの数だけ、世界はある。ハーンは、ライプニッツを引用するわけではないが、微小なものへの彼の関心は徹底しており、しかもそれはひとつの一貫した哲学とともにあった（まるでライプニッツの理論を、コンパクトに書き換えるかのようにして、いくつかの驚異的短編を書いたのは、あのボルヘスである。ボルヘスとハーンとの間に、比較して語るべきことが何かあるかどうか、いつか考えてみたいことだ）。

ライプニッツよりもはるかにハーバート・スペンサーの哲学に傾倒したハーンにとって、あらゆる生命も、魂も、それ以前に宇宙に存在したあらゆるもの、生起したあらゆる出来事の記憶、痕跡を含み、それらを反映している。過去に存在したものは、何ひとつ失われることがない。必然的に、世界は幽霊にみちみちている。死者たちが生者を呪うからではなく、すべては同時にいたるところにあって、始まりも終わりもないからである。日本に着いて仏教の輪廻転生《りんねてんしょう》の観念に納得する前に、ハーンはすでに、さまざまな思想や教養を参照しながら、キリスト教的伝統を斥《しりぞ》ける思索を続けていた。日本は、ハーンのそのような遍歴と探求の到達点に現れた。

そういう思索を手放さなかったハーンの文学は、精妙な知性の文学であると同時に、濃密な感覚の文学である。始まりも終わりもなく、すべてがすべてと連鎖し交渉《こうしょう》しあっている世界において、たったひとつの音のなかにさまざまな響きを聴き分け、ほんのわずかな光の振動に、無数の光を見ることが、たいへん重要になってくる。

「轡虫《くつわむし》の鳴き声は、蒸気がもれるようなシュシュというか細く鋭い音から始まり、徐々に高まってゆく。それからカスタネットを打ち鳴らすようなカタカタという迅速な乾いた音が、突然加わる。そして、すべての機関が全開し、活動をはじめる。すると、さっきのシュー、シューという音とカタカタという音の上に、銅鑼《どら》を打ち叩《たた》くような急速な音が入り混じってくる。やがて、この最後の音が鳴り止《や》むと、次にカスタネットの音が止み、それから蒸気の音が止まるのである」★21。「また昆虫の胸、腿《もも》、膝《ひざ》、足にあるあの不可思議な耳——人間の聴覚の限界を超えて音を聴き取るあの耳は、一体何なのか。妖精のようなメロディを奏でるまでに進化した鳴音器官の構造。流れる水の上を歩くあの驚くべき足。蛍のともしびに光を灯《とも》す化学——つまりわれわれの電気工学ではとうてい真似《まね》しようもない、冷たく美しい光を生み出す化学」★22。

昆虫をめぐる、このような微細な描写は、ただ正確さをめざしているのではない。ハーンの描写は、それ自体で感覚の微粒子を生み出し、微粒子を交錯させてさらに感覚をみたすのである。昆虫を観察し、とりわけ虫の鳴き声に耳を傾けようとするハーンにとって、昆虫とはそれ自体、驚異的な感覚器であり、それゆえ「昆虫の美しさには何か妖怪めいた、不気味なものが漂っている」[★23]。ハーンにおいては、霊性とみえるものが、まったく具体的、唯物的な感覚的データにしっかり結びついている。

そして虫の音を聞こうとするとき、ハーンは虫にそなわった耳に注意を傾け、蝶《ちょう》の羽の精巧な配色に注目しながら、そこに眼が描かれていることを指摘する。「その青い虹彩は澄み切っていたし、その瞳を繊細な一筋の淡い光が横切っていて、まるで絵に描いたようであった」[★24]。聞かれるものは、また高度に聞くものであり、見られるものもまた、強度に見るものである。ハーンの世界では、明らかに人間は、ただ一方的に作るもの、見るもの、支配するものではない。虫たちもまた、人間を聞き、見つめている。

ハーンの怪談や奇談への一貫した興味は、現代的なホラーの世界とはずいぶん異質なのである。幼少のときから魑魅魍魎《ちみもうりよう》を見てきたという彼の性向を、たとえば幼くして母と別れたという不遇な生い立ちに還元することもできない。日本の民話や伝承や風俗を描いているときのハーンは、一貫して低い声で、小さいもの、ひそやかなものについてだけ、語ろうとしている。またそのような物語だけを、「再話」の対象にしている。しかし、ハーンの幻想的思考が、ミクロコスモスからコスモスへと、たちまち通路をうがち、時空を疾走するかのような瞬間がある。「生きた闇が流れ出て、わたしのまわりで無限の煌《きら》めきを震わせている姿を見ていたのだ。煌めきのひとつひとつは心臓のように鼓動し、海の発光生物のように色を発していた。つづいて光は、銀色に輝く光の糸のように、無限の神秘の中へと流れ去っていった……」[★25]。

そういえば、ハーンの講義録の中には、ウィリアム・ブレイクに関するものがあって、そこでブレイクは「イギリス最初の神秘家」と呼ばれている。日本びいきの優しいマイナー・ポエットに見えたハーンは、日本に不時着したもうひとりの、まったく特異な「神秘家」でもあった。

第一章　アメリカのジャーナリスト

一　修業時代

カール・ロスマンという名の少年が、一家の女中を妊娠させてしまったというスキャンダルがもとで、ヨーロッパから旅立つことになり、大西洋を渡る汽船に乗ってニューヨークに到着する。港に着くなり、奇妙な騒動にまきこまれ、トランクを紛失したりする。はじめはたったひとりの身寄りで、アメリカで成功している叔父に面倒をみてもらうが、すぐにこの叔父からも見放され、あてどのない彷徨《ほうこう》がはじまる。ホテルのエレベーターボーイになり、やくざな人物たちにつきまとわれ、おかしな女歌手に出会ったりする彷徨の果てに、カールはオクラホマの得体のしれない劇場の求人に応募して、オクラホマに旅立っていくのである。それから先のことはわからない。

生涯アメリカに行ったことのないカフカの、あの『アメリカ』という小説は、主人公が、この奇妙に明るい未来にむかって旅立つところで中断している。

こんなふうに無数のカール・ロスマンがアメリカにやってきた。ラフカディオ・ハーンもその中のひとりであった。幼少のハーンを引き取って育てた大叔母サラ・ブレナンが破産してからは、かつてこの大叔母の使用人であった人の家に身を寄せてロンドンを徘徊《はいかい》する。結局、一八六九年、十九歳のとき、ラフカディオはニューヨークに渡る。ほとんど一文無しで遠い親戚《しんせき》のいるシンシナティに着くが、この親戚からはろくに面倒を見てもらえず、しばらくホームレス状態で放浪する。やがて印刷屋の手伝いや秘書の仕事などをしながら、雑文の類《たぐい》を書いて雑誌に投稿するようになる。こうしてハーンがたどりついたのはオクラホマ州の劇場などではなくて、オハイオ州シンシナティの印刷所であり、やがてはその町の新聞社なのであった。

アメリカに着いた当初の時期に彼が書いたものには、散文詩もあれば、「科学と迷信」をめぐる論説的な文章、書評や展覧会評など、かなり多様だった。二十歳のハーンは、何ひとついい条件にめぐまれてはいないが、とにかくひたむきに読書を続け、書きたいことが山ほどある青年であった。初めは誰も面倒を見てくれない無一物の境遇であったが、知性と感性には十分めぐまれていた。

アメリカ時代のハーンの執筆活動はじつに混沌《こんとん》としている。伝記的な事実として間違いなく重要なことは、まず二十四歳にして、残酷な殺人事件を巧みに伝える新聞記事によって、一気に記者としての声望を高めたことである。そしてそれ以上に印象深いことは、ハーンの下宿先で料理人をしていたという混血の女性と結婚式をあげたことである。この女性アレシア・フォリーは「有色人」とみなされ、当時の州法はこの二人の結婚を認めなかった。二人の同棲《どうせい》を受け入れる家はなく、ハーンは新聞社も退職せざるをえなかった。のちにハーンが死んでから、アレシア・フォリーはこの結婚の有効性を主張して裁判を要求したが、ついに認められなかった。この「結婚」は約三年続いて破綻《はたん》した。この関係が、若いハーンのデリケートな性格に深い痕跡《こんせき》を刻まなかったとは考えられない。そういういきさつもあってか、シンシナティ時代のハーンは、この都市の黒人の生活に並々ならぬ関心を抱いたのである。

この時代のアメリカは、南北戦争が終結してからまだ十年もたっていない。シンシナティは、いわば南北アメリカの境界に位置し、戦争以前から南部の奴隷を解放して北部に送るルートの要《かなめ》であった。オハイオ河の河港の周囲に発展し、美しい景観にめぐまれた都市で、さかんに交易がおこなわれ、豚を中心とする食肉生産の一大拠点でもあった。シンシナティの新聞記者ハーンの記事は、現在の新聞のそれとは比較にならないほど多様で、かなり長い文章も多かった。ときには記事として本格的な論説やフィクションを書くこともできた。それらの文章の多くでハーンは、黒人の生活、彼らの音楽、そして彼らの歴史に特別な関心をむけている。こうした一連の「研究」は、のちにハーンがおこなうクレオール語とその文化の探求につながり、さらに日本への旅をも準備することになった。

アレシア・フォリーとの日々は、彼女が申請した裁判における証言によって、ある程度まで具体的にわかっている。しかしハーン自身はこれについてわずかしか語っていない。むしろシンシナティの波止場を舞台にしたドリーという娼婦《しょうふ》の話（「ドリー——波止場の牧歌」、『アメリカ雑録』）のような物語的な記事が、ハーンの愛した女性を髣髴《ほうふつ》とさせる。これはルポルタージュである以上に、ほとんど短編小説といっていいような作品である。最初の数頁《ページ》は、もっぱらドリーという女のつまびらかな肖像なのだ。「ドリーは焦茶色の肌をした肩幅の広い波止場の娘で、牝豹《めひょう》のようにしなやかな力をそのかっちりした肢体に秘めていた」「その大きな、黒い、きつい、じっと見つめる両眼の上には、メドゥーサのように、いつも濃い、黒い眉毛《まゆげ》が、永劫《えいごう》の苦悩の徴《しるし》のように皺《しわ》を寄せていたが、その影深い眉毛さえなかったならば、その顔立ちはさぞかし若々しくて柔和なことだろうに、と思われた」[★1]。この時代のハーンは、ていねいに言葉をつらねることによって、克明に肖像や風景を描くための古典的技量を鍛え上げた。これに比べると、日本に住んでからのハーンの文体は、ほとんど淡彩といっていいほど簡潔なものになっていったが、アメリカ時代のハーンはしばしば絵の具を塗りこんだ精巧な油絵のように描いた。彼は、みずからを「印象主義者」と称することもあったが、それはまだ十分に具象的だった初期のフランス印象派を思わせるのだ。

ドリーという女の体には「黒人の血」が流れているが、その「奇妙な身のこなしと風変わりないでたちはどうしてもあの多情なエジプト女を連想させずにはおかなかった」。こうしてハーンの描写は、古代エジプトのレリーフに及び、エジプト風のエキゾティックな女としてドリーの肖像画を描きこんでいくのである。男まさりのドリーは巧みにピストルをさばいた。夜明け前に河で、薄い服を着たまま抜き手を切って泳いだ。字が読めなかったが、毎日河を通り過ぎる船について、あるいはヴードゥー教の呪術《じゆじゆつ》について、延々と語って聞かせることができた。ヴードゥー教は、カリブ海一帯のアフリカ出身の奴隷のあいだに広まった民間信仰で、ハーンはこれを調査した記事をいくつか書いている。

そのドリーの恋人がある日酔いつぶれて乱闘に巻き込まれ、懲役刑になってしまったのである。ドリーの誇らしい優雅な生活ぶりは一変し、囚人になった恋人の保釈金を払うために体を酷使し、一切合財を売りたたいて保釈金を手に入れ、ついに恋人を解放してやる。けれども恩知らずの男は、ドリーを捨ててどこかで結婚してしまう。体を酷使した果てに病気になったドリーは、この薄情な恋人が昔贈ってくれた、壊れた銀時計を握りしめたまま死んでしまう。

アメリカ時代のハーンはこういうメロドラマ風の作品を、しばしば書いている。しかし、新聞記事としてはかなり長いこの文章において、ドラマの内容となるかんじんな出来事についての報告は、むしろ恬淡《てんたん》で、あっけない。ドリーがどんな女であったか、いわば彼女の肖像画を描くことに、ハーンはずっと多くの言葉を費やしている。出来事を語る以上に、人物や情景をよく見つめようとしている。これはハーン文学の、おそらく無視できない特徴である。そしてこのときも同時にハーンの耳が、敏感にはたらいている。死にゆくドリーのかたわらで、「ああ、とても嬉しいじゃないか、イエス様がよみがえった、わたしを天につれていってくださる」という奴隷たちの賛美歌のリフレーンが響く。さらにその歌声を突き破って、港に入る郵便船の汽笛が聞こえてくる。見ることと聞くことに感覚を傾けているハーンは、まだ映画のない時代に、まるで映画のように、こういう場面を精細に構想している。

ハーンは、こまめに警察に出入りして情報を漁《あさ》る事件記者でもあった。彼は「浮浪罪」で留置所送りになった少女について、メモ帳に「札つきの売春婦」と書きこんだ記者（ハーン自身のことか）の使ったcyprianという単語に耳をそばだてる。「〝cyprian〟という言葉を選んだのも、官能の罪を匂《にお》わせる、その語の柔らかな〔S〕音の響きのためだったろう。しかし古典に由来する名詞や追憶には、どんな途方もない罪悪を連想させるものでも、どこかに古代世界の晴朗さが漂っている」★2。単に「キプロス島の人」を意味するにすぎないこの語cyprianは、やがて放蕩《ほうとう》者、娼婦を意味するようになっていた。古代のキプロスが、アフロディテを崇拝する悪徳の島であったからである。ハーンはこの柔らかいSの音から、古代ギリシアに思いをはせ、偉大な遊女たちの歴史を語り始める。知と美学において卓越していたギリシアは、また「才知と美貌《びぼう》をもって鳴った遊女たち」を生み出した。そこでハーンは、古代の娼婦について綿々と語り、そのあとでまたシンシナティの警察署の現場にもどり、たったいまそこの留置所で自殺をはかった娼婦のことを書いている。「あと何回かの感化院送り」、「その先は解剖室」……。

男性を圧倒する官能的女性の幻想を書きしるす一方で、ハーンはこんなふうに、同時代のアメリカの都会で虐げられる人びとの惨めな生活を見つめ続けている。ハーンのこの二つの傾向は、アメリカ時代の作品に繰り返し表れた。奇妙な二重性といえる。この時代のハーンは、残された膨大な新聞記事といくつかの書物を読んでいくと、二重どころではなく、何重にも入り組んだモチーフをかかえていたことがわかる。しかし彼はただ複雑さを増殖させていくわけではない。彼の複雑さをつらぬく純一な基調といったものも、読み進むにつれて、やはり確かめられるのだ。

この時代のハーンの文章の大部分は、地元の新聞に署名なしで書かれたものであった。駆け出しの記者ハーンは、手当たりしだいに題材を集めて、新聞社の上司や読者の反応を気にかけながら書き続けたにちがいない。書き手としては修業時代でもあり、しかもジャーナリズムという枠で執筆されたこれらの文章を並べて読むなら、混沌として映るのは当然であり、そのことがまた魅力的でもある。今では『ハーン著作集』の欠かせない一部となっている多くの新聞記事が、確かにハーンによって書かれたものなのか、情熱的な研究家たちによる点検作業の精度を信頼するしかない。仮にハーン自身のものでない文章がそこに混じっていたとしても、それはあまり気にかけることではない。あの時代のアメリカで、ハーンという固有名のまわりに、影や空気のように寄り添った無数の存在も含めた全体が、ハーンという存在であると思えばいいからである。日本でのハーンの作品にも、やはり数多くの声と手（妻の節子や翻訳者やインフォーマント）の援助と参加による作品という性質が、確かにあるからである（「私は群れである」）。

二　音楽を見ること

後年ハーンは、アメリカ時代のことを振り返って、教え子のひとり落合貞三郎に、こう書いている。「二十代の青年だったとき、私はあなたとよく似た体験をしました。私が生きていた場所で、まったく嫌悪されていたある人びとの味方をする決心をしたのです。彼らを嫌悪する人びとは道徳的に誤っている、と私は思ったのです。そこで私はぶしつけにも彼らに賛同し、彼らの側についたのです。すると他のみんなが私に話しかけることをやめたので、私はこの連中を憎みました。そのとき私は物事を理解するには若すぎたのです。私が没頭した問題よりも、もっと大きな別の道徳的問題があって、実はそれが全体的な障《しょう》碍《がい》のもとだったのです。みんなこの問題をどう表現してよいかわからなかった。ただそれを感じていただけだった。何年かたって私は自分がまったく誤っていたことに気づいた

――私は錯覚していたのです」[★3]。

ハーンが味方した人びととは、とりわけ黒人および黒人とみなされる混血の人びとであった。そのためにあえて黒人女性と結婚するということ以外にハーンが試みたことは、新聞記者としてできるだけつまびらかに奴隷制時代の黒人の記憶を伝え、また同時代の彼らの生活、仕事、貧困、そして音楽について記事を書き続けることだった。この時代に、差別は糾弾しようとしても、あまりにも明白に厚い壁としてあった。しかしハーンの孤軍奮闘のあとは、アメリカ時代に執筆した一連の記事の中に、はっきりと残っている。第一の本格的な文章は、「堤防の生活」[★4]と題された記事で、シンシナティの荷揚げ労働者の溜《た》まり場、娯楽、歌、ダンスについて書いたものだ。ハーンはとりわけ「いまだかって活字になったことがない」といいながら、奴隷制時代の黒人の歌を書きとめている。

「鉄道の話　蒸気船と運河の話／どんな話でもするがいい／リーザ・ジェーンさえいなかったら／この世に地獄はないものを」、「ケーティはおいらを抱きしめ／口づけの雨　泣くんじゃないといいながら／生きてる人　その中で／おいらが一番好きだとさ」、「モリーはいい娘で　悪い娘だった／おお　モリー　漕ぐんだ　モリー」。これらは、ハーンが記録したそれぞれ異なる歌からの引用である。「哀歓」、「甘美」、「憂愁」といった言葉で、ハーンはこれらの歌の調子を形容している。中には全部歌えば二十分にも及ぶ長い歌もあり、その「節まわしが速くて快活なことは驚嘆に値した」。この歌を全部歌うことのできる歌い手はめったにいなくて、それだけで評価に値したという。歌には短い合唱部分があって、それを「二、三十人の男たちが、地の底から響いてくるような低い声で一斉に歌う」。これらの歌詞には、新聞に載せられない生々《なまなま》しい文句も含まれていた。この時代には、まだ「ブルース」という歌のジャンルがはっきり認知されていなかったようだが、そのような歌声をハーンは敏感に受けとめた。

ハーンはまた、泥酔して警察署に連行されたみすぼらしい男が、河を往来する汽船の汽笛を模倣するという芸を披露したときのことを書いている。「彼はいきなり、中をへこませた両手を口もとに当てて厚い胸をふくらませ、蒸気の笛の叫びのように部屋中に震動する、長く深みがあり、よく響く声を吐き出した。深い鼻音で始めたが、徐々に蒸気の汽笛に似せて深みと声量を合わせていったのが驚くほど完璧《かんぺき》だったので、それが終わったときすべての聴き手は思わず感嘆の声をあげた。蒸気の汽笛に独特の金属的な低音が、その音響のあらゆる深みに応じて模倣されたばかりでなく、鼻孔の何か並外れた用い方によって、この黒人は低い調子から高い調子にわたる合図の、ときどきの突然の変化をも表現した」[★5]。ハーンは、この汽笛の名人が、それぞれの船に固有の響きをとらえ、それを音楽に劣らず表情と記憶に富み、「広い範囲の感覚力を備えた生き物のように」模倣することに、細かい注意をむけている。

ハーンの報告は、さらにあやしげなダンスホールに移っていく。バンジョー、ヴァイオリン、ヴィオラ・ダ・ガンバの演奏で、港の風来坊たちがホールの踊り子といかがわしいダンスを踊る。それでも踊り手たちの変化に富んだ、しなやかな、素早い身のこなしは驚異的なのだ。ここに出入りする面々は、たいていピストルでなければナイフを隠し持ち、しょっちゅう警察の厄介になっている。ダンスホールは秘密の賭博《とばく》場でもある。ドラッグやアルコールに溺《おぼ》れるものも多い。

ハーンの「スケッチ」はこんなふうに終わっている。「喉を焼く酒と酔いのまどろみの中で見る夢の数々、狂おしい音楽と陶酔を誘う奇想天外な踊り、堤防の上の家で彼らの帰りを待ちわびる、白い、あるいは黒い女たち、彼女らのひるがえす衣服の明るい彩り、太々と響きわたる汽笛、紫の水面に赤く踊るカンテラの灯、頭上でたえまない運行を続ける白い星々、暗い河の上をすぎていくなじみの船の船室にともった灯り、巨大な船のもつ鉄《くろがね》の心臓の力強い鼓動……」。これらの船は、いわば死の船でもあって、その日ぐらしの荒くれ者を、「冥土《めいど》の堤防」★6へと少しずつ送っていくのである。最後には「動物的悲惨」と、ハーンはまるで突き放すような調子で彼らを待つ運命を予告しつつ、この文章を終える。とりわけ歌と踊りに敏感な耳を傾け、あくまで人びとの身ぶりや挙措を注視するハーンの感覚的スケッチは、月並みな新聞記事の域をまったく超えている。

ハーンは他にも「黒人の寄席演芸」や「バンジョー・ジムの物語」のような記事で、シンシナティの溜まり場の音楽、漫才、ダンスについて詳細に報告している。後にニューオリンズに着くとさっそくクレオールの俗謡を蒐集《しゅうしゅう》しはじめるハーンの〈音感〉は、ここでも敏感にはたらいている。仮に現代にひきよせるなら、ハーンの音楽への関心は、ほとんど忘れられかかっていたサルサやブルースに秘められた偉大な音楽の力に注目し、それを掘り起こしたヴィム・ヴェンダースの『ブエナ・ビスタ・ソシアル・クラブ』や『ソウル・オヴ・マン』のような映画の発想にとても近い。ハーンは黒人の音楽を聴くと同時に、いわば、この音楽をほとんど見ようとしている。厳密に言うなら、このような音楽を奏でる人々の身体を、しっかり見つめようとしている。もちろん汽笛を再現するあの男の芸も、ハーンにとって、そのような視覚的〈音楽〉の一部をなしている。

演芸場は居酒屋に通じており、ハーンの観察はここにたむろする男たち、そしてとりわけ女たちの肌や髪形、アクセサリー、服にいたるまで、細かい特徴を見逃さない。そして「黒人の寄席演芸」というルポルタージュは、ときおり盛り場の喧騒《けんそう》の外に不思議な注意をむけ、舞台の端の半開きになったドアの外の夕闇《ゆうやみ》について書いたりするのである。「空一面に星が出ていたので、さざ波の立つ川面《かわも》の色よりも深い紫だった。ケンタッキーの山々の稜線《りょうせん》はうねって連なり、蛇行する河岸に点在する黄色い灯火は、視界のとどくかぎり連なり、蜿蜒《えんえん》たる一本の曲線を描いていた。ときおり冷たく甘やいだ川風が、そっと吹き込んでくる。ほの暗いろうそくの火が揺れ、煙草の煙はもうもうと青みを帯びて漂い、輪になり、激しい音楽、湧《わ》き上がる笑い声、これらすべてが一つに混ざり、銀色の月光の

射しこむ闇へと流れ出ていく」。★7

その後も、コーラス、掛け合い漫才、ダンス、ダンス、笑劇と続いて、笑い転げる観客の描写が続いた後で、夜もふけた頃、もう一度この物語の舞台は一転する。音楽はやんで、みんなが肩を寄せ合って静かに飲んでいる。そこに突然、建物全体を揺らす騒音が聞こえてくる。「ワイルドウッド号だ」という叫びが上がる。外の闇の中を巨大な白い蒸気船が近づいてくるのである。船は黒い恋人たちを乗せている。港では褐色の女たちが待っている。みんながこの船を出迎える。この唐突なクライマックスを読んで、私は思い起こしていた。これはフェデリコ・フェリーニの映画『アマルコルド』の最後のシーンに似ているではないか。『アマルコルド』はおそらく北イタリアの港町における、映画監督自身のつましい少年時代の物語であったが、最後の場面では、巨大な豪華客船を、そんな船とは無縁のつましい日常を送る民衆たちが、お祭り騒ぎをして見送るのである。ハーンは、もちろんそういう映画など存在しない時代に、まったく映画的といっていいイメージと音声からなる港町のスケッチを描いた。物語よりも、はるかに聴覚と視覚に訴える光景のほうに集中した。知覚をめぐるこういう入念な造形は注目していいことと思われる。

そしてハーンの声、音、音楽、歌への執着は、じつに特筆すべきである。日本に着いてから集めた怪談のうち代表的なもののひとつ「耳なし芳一のはなし」は、「鬼神をも泣かしむ」達者な琵琶《びわ》法師について語る。ハーンはまた、虫の鳴き声を楽しむ日本人の風習にとりわけ興味をもって、長い文章を書いた。大学の講義では、英語の物語歌（バラッド）について、あるいは英仏の俗謡について長々と講義している。アメリカ時代には古代の音楽を研究していたクレイビール教授と文通しながら、古代ギリシアの詩人ピンダロスのオードやサッフォーの竪琴《たてごと》がどんな旋律を奏でたか、バビロン捕囚のあとユダヤ人が持ち帰った歌、バイキングの歌、ローランの歌の調べがどんなものであったかに思いをはせ、ぜひ教えてもらいたいというのである。[★8]

　こういう場合も、ハーンのギリシアへの思いはとりわけ強い。高度な詩的言語を作り出していたギリシア人は、それにふさわしい完璧な調和と形式を備えた崇高な音楽をもっていたにちがいないと、ハーンは確信している。[★9]一八八四年にニューオリンズで書かれた「最初の祈禱《きとう》時報係」[★10]は、そのようなハーンの声と歌への特別な関心を、みごとに凝縮させたエッセーである。祈禱時報係（Muezzin）は、高い塔の上からイスラム教徒たちに祈禱の時間を告げるために歌ったのだ。最初の時報の歌い手は、ビラールという名のアフリカの黒人、アビシニア人で、盲目であった。歌い手は、高い塔から、神のようにイスラム教徒の町を見下ろすことなどしてはならなかったからである。ビラールは奴隷出身で、多くの迫害に耐えて信仰を守り通した屈強な男であり、超自然的な甘美な声で時報の歌を歌った。「神は偉大なり！　神は偉大なり！」。伝説によって推論するなら、その声は「かん高くて女々《めめ》しいアラビア人のテナーとは鋭い対照を示す声で、並はずれた声域と声量のあるバリトンであると想像してもよい」[★11]と、ハーンは書いている。ハーンの声（音）への異様なこだわりが、ここでも示されている。

アラビア、そしてペルシャの歴史には、多くの卓越した歌手のエピソードが記されている。その多くが黒人で奴隷出身であったことにハーンは注目している。この歌い手たちは甘美な声によって駱駝《らくだ》たちを興奮させたので、駱駝は疾走し、あるいは精力を使い果たして死んでしまうことさえあった、という逸話を引用している。伝説的な時報の歌い手ビラールは、このような歌手の伝統の頂点に祭りあげられている。文献を読んだ結果、マホメットの時代のアラビアには三つのメロディあるいは様式が認められていた、とハーンは説明する。

第一に――直調と呼ばれたもの。武人の朗唱やラクダ追いの歌にふさわしい厳粛な、英雄的様式である。

第二に――転調または混合調と呼ばれたもの。声や調子の非常に多くのさまざまな動きや効果音から成り立っている。

第三に――軽快調または迅速調として知られていたもの――「心を動かし興奮させ、生真面目《きまじめ》な心さえも動かし惑わせる」。

かつて奴隷であり、ラクダ追いでもあったビラールは「直調」の旋律で歌ったにちがいないが、ときには「転調」に分類されるような旋律を、即興によって繰り広げることもできたにちがいない。こんなふうにハーンは楽しげに仮説を展開しながら、アラビアで行われた即興的朗唱の伝統について語り、「一語一語の発声が無限の変化に富む声の唐草模様、花模様、震音、抑揚を伴っている」この歌の細部をめぐって想像を広げていく。前に引用したように、ただの霜の結晶について、「その結晶の多くはとてつもなく大きく、色こそついていなかったものの、アラビア風の唐草模様にそっくりで、まるで『千一夜物語』に描かれている水晶宮のムーア式アーチに施された奇妙な透かし彫りのようであった」と書くことのできたハーンの幻想的な視覚が、ここでは聴覚においても想像をはばたかせているのだ。

ビラールはマホメットの死後には隠遁《いんとん》して、もはや歌うことがなかった。のちにマホメットをついで二代目カリフとなったウマルの求めに応じてただ一度歌い、その崇高な声は、長く語り継がれることになった。「あらゆる勇士の顔を涙がしとど流れて、朗唱の最後の旋律は、嗚咽《おえつ》の嵐の中に吸収され消えてしまった――といわれる」[★12]。ハーンと同時代のある研究家が、エジプトで歌われる祈禱時報歌を採譜している。それによれば、「第二部の終止部はみな、自然であるべき短音階主音ではなく、その代わりに短音階第二音で終わっている。こうして詠唱は、宙ぶらりんな未完結の印象を与えるのである」。ハーンは、このような歌の構成が、決して完結することのない礼拝の時間そのものに重なることを指摘している。

かつて奴隷であった黒人の聖なる歌手に関するこの精妙な物語は、ハーン自身のエキゾティスムと感覚の行方を、そのまま正確に表現する貴重な作品といえる。「最初の祈禱時報係」という一文は、アメリカ時代におけるハーンのジャーナリズム、ジレッタンティズム、そして文学者のキャリアを結晶させた、ひそかな傑作といってもいい。

三　親密な死、死者、死体

シンシナティで新聞記者として声望を高めていった二十代のハーンは、じつに多様なジャンルの記事を書きながら、しだいに彼の文学的要求とジャーナリズムを融合させていった。十九世紀にはジャーナリズムに深くかかわりながら創作した作家たちの例が数多くある（ディケンズ、ドストエフスキー、チェーホフ、ポー、キプリング……）。ハーンがアメリカで書いた記事は膨大で、まだすべてが日本語の著作集に収めきれていないほどである。確かにこれらはハーンの文学を語るにあたって無視することができない。これらはまたアメリカのこの時代の世相や生活を知るためにも、じつに豊かで貴重な史料でもある。やがてジャーナリズムの制約と、彼自身が追求しようとした文学は、ハーン自身がときどき述懐するように、妥協しがたくなっていく。しかしアメリカ時代のハーンが執筆した多様な記事は、それ自体でていねいに読解してみる意味が十分にある。

記者ハーンの声望をはじめて高めたのは、シンシナティで起きたある殺人事件を、ただ報道する以上に、生々しく物語った記事で、それは「皮革製作所殺人事件」と題され、ハーンの死後に初めてアメリカ時代のテクストを編んだ一冊『アメリカ雑録』（*An American miscellany*）に収められている。

その事件とは、ほぼこういうものだった。あまり身持ちがよくないといううわさの、ある娘が妊娠した末に腫瘍《しゆよう》にかかって死んでしまった。その父親が、娘を妊娠させたという男を憎んで殺した。父親は、息子および他の仲間ひとりと手を組んで男を襲い、まだ生きていたはずの男を工場の高熱炉に投げ込んだ、というものである。怨恨のからんだ殺人事件としてはむしろありふれたものに思えるが、詳しい調査の結果、二十四歳のハーンは、残酷な殺人の現場をかなり精密に再構成したのである。ハーンの筆は、とりわけ犠牲者の死体の描写において面目躍如とする。「棺の清潔な白布の上に置かれた遺体は、急いで見た眼《め》には最初、人体というより形の崩れた半焼けの瀝青炭《れきせいたん》の塊に似て見えた。よほど胃の強い人間でなければこの屍体《したい》は正視できないが、近づいて観察するとその遺物の恐るべき状態がだんだん判然としてきた。——半焦げの腱《けん》によって互いに引吊《ひきつ》られ、半ば溶けた肉によって恐ろしい状態で膠状につながりボロボロに崩れかかった人骨の塊と、沸騰した脳髄と、石炭と混ざって煮凝《にこご》りになった血」。「脳漿《のうしよう》はほとんどすべて沸騰してなくなってしまったが、それでも頭蓋《ずがい》の底部にレモン程度の大きさの小さな塊が残っていた。バリバリに焼け焦げて、触るとまだ温かかった。焼け焦げた部分に指を突っ込むと、内側はバナナの果実程度の濃度が感じられ、その黄色い繊維質は検屍官の両手の中で、まるで蛆虫が蠢いているように見えた」★13。

ところどころ「剝《む》き出した歯が鬼気迫るほど白く光って」とか「生きたまま高熱炉の中に押し込まれ」といったセンセーショナルな文句を短い見出しにして、まるで「実況中継」するようにハーンは殺人事件を物語っている。死体のありさまを語る筆致は、検屍官や解剖学者のように醒《さ》めていて、残酷な描写を饒舌《じょうぜつ》に重ねるハーンは、どこか楽しんでいるかのようにさえ見えないこともない。いまなら「三面記事」に分類されるこのような犯罪報道においてさえ、ハーンの凡庸でない筆力が感じられる。この時代のジャーナリズムにおいて、犯罪報道は決して「三面記事」にとどまらない重要度をもっていた。警察の協力をえながら生々しく犯罪の状況を伝えることは、そのまま犯罪を制裁するという社会的意味をもったが、それと同時に、暴力、残酷、倒錯をスペクタクルとするジャーナリズムのエンターテインメント的本領を発揮する機会でもあった。つまりハーンの新聞記事は、決してハーンの個人的な独創に属するものではない。むしろハーンという若者は、同時代の趣味や要求を敏感に察知することのできるしたたかな才能の持ち主であった。そのことが印象的なのだ。

ハーンはこういう記事を書いた時代に、前に触れたように、シンシナティの、その多くは黒人であった荷揚げ労働者の盛り場やそこの音楽やスペクタクルについて、ほとんど調査研究的といえるルポルタージュを書いている。シンシナティの暗い部分、犯罪や売春や薬物中毒の状況についても記事を書いている。シンシナティの主要産業のひとつであった食肉生産、つまり屠場《とじょう》の日常について書き、肥料製造、廃物回収、墓掘り、墓石製造のように脚光を浴びることのない仕事の現場をつぶさに報告している。民生委員に同行して、悲惨な生活を送る貧しい黒人たちの状況を報告している。黒人たちが奴隷として生きた時代の話を詳しく聞きだしている。

ハーンの姿勢はほぼ一貫していて、あれこれ道徳的な見解を述べるよりも、ただ正確に自分が見聞きしたことを伝えようとしている。そういう意味では、当時の新聞が要求する内容と、彼の社会的現実に対する姿勢が、よく共存しえて、全体として貴重な成果を残しえたといえる。ハーンがしたことは人道的な価値や理念を力説することである以上に、当時のシンシナティの闇の領域を至近距離でひたすら見つめ、それに耳を傾けるということであった。そして「葬送文学」という記事が示しているように、ハーンがもっとも早い時期に書いた記事のひとつは、当時のアメリカで書物にまとめられていた膨大な墓碑銘の記録に関するものであった。彼はこれと似た記録の作業を、日本に着いてからも、墓地の卒塔婆《そとば》の文字を解読しながら続けるのである。これは彼の幽霊への関心とも関係しているが、ハーンはまったく若くして、確かに闇の領域、死の領域にひきつけられ、魅入られていた。放浪民、無宿者、芸人、被差別民への彼の関心は一貫しているが、それに劣らず死の領域(墓、墓碑銘、殺人、死刑、死体、屠畜等々)への関心は一貫している。だからシンシナティでのセンセーショナルなデビュー作「皮革製作所殺人事件」の残酷な描写だけを、あまり大げさにとりあげて論じるには及ばない。この時代のハーンが新聞という場で表現し、そこで徐々に鍛え上げていったことの意味は、おそらくそういうセンセーショナリズムとはちがう平面にある。

『アメリカ雑録』には、他にもかなり「猟奇的」といえる気味の悪い傑作記事が含まれている。たとえば「人間遺体の利用に関する覚え書」あるいは「毒殺の歴史」といった類《たぐい》の文章である。ハーンは遺体を冒瀆《ぼうとく》する不敬な使用法についてつぶさに書いている。死刑になった男の皮をなめして医学書を装丁する、というような例外的注文を受けたという皮なめし職人の話から始めている。ここでハーンは、最近の事件を報道しているのではなく、むしろローマ、アステカ、トルコ、ギリシア神話、ヒンズー神話、エジプト、フランスにわたるさまざまな書物にみえる事例をあげて、死者の頭蓋骨、脂肪、血液、皮膚、骨、内臓までが「使用された」例を次々引用している。中にはフィクションにすぎない逸話も混じっている。

これらの記事は、ブッキッシュな博識のあいまに、死体処理についてのほとんど即物的な記述が続くという点では、「皮革製作所殺人事件」に通じるものである。「運よく筆者の手に入った、ある風変わりなアイルランド史によると、ケルト族の昔の首領の中には、敵の脳髄を恐るべき攻撃用武器に変えた者がいたという。脳髄を、特殊な方法で形を損なうことなく石灰岩の硬さにしたものを強い皮紐《かわひも》に付けると、致命的な威力を持つ飛び道具になったのである」。

またハーンがすでに熟知していたらしいイギリスロマン派の詩人からは、ロバート・サウジーの作品（『外科医の警告』）中の「わたしは死人の脂でろうそくを作った。／寺男はわたしの奴隷だ。／胎児は瓶に詰め、／墓から奪った心臓、肝臓は乾かした」というような不気味な詩句を引用している。

「毒殺の歴史」のほうは、ヴードゥー教の魔術の話からはじめて、やはり古今東西の毒薬に関するエピソードを多々あげている。「ホラチウスは、もつれた髪に何匹もの毒蛇を冠のように巻きつけたカニディアが、一人の少年を責め殺そうとしている従者たちにむかって、墓地から引き抜いた野生のイチジクの木、イトスギの枝、ひきがえるの粘液で汚れた卵、ふくろうの羽、飢えた雌犬の口からもぎ取った骨、それにイオルコスとスペインの毒草を手にいれるように命じる場面を詩に書いている」[★14]（傍点引用者）。こういう奇妙な材料で恐ろしい薬が調合されるという話である。「人間遺体の利用に関する覚え書」でも、ハーンはやはりサウジーの詩集から、「絞首刑となった後、街道にさらされた死体の、左右どちらか一本の手をとる。それを屍衣に包み、残っている血を一滴残らず絞り出す。次に、硝石、塩、唐がらしを全体によくまぶし、陶製の容器に入れて、十五日間そのままにしておく」★15（傍点引用者）というような一節を引いている。こうして死者の脂肪から作られたろうそくの呪《のろ》いに対抗しうるのは、「黒猫の胆汁、白い雛鳥の脂肪、それに鳴きふくろうの血」から作った油である、などと書いてもいる。

こういう引用や言及において、ハーンはさまざまなオブジェを次々列挙しながら、死者の遺物からなる、ある詩的イメージを提供している。確かに死体の「使用法」や「毒殺の歴史」は、後のナチズムの強制収容所における〈死体利用〉さえも想起させて、うすらさむい面がある。

けれども注目すべきなのは、ハーンがまるで生来の傾向としてもっていたかのような死の領域への親しさであり、死者と死体への奇妙な親密さである。ばらばらの断片になって、「不敬に」扱われる死者の遺体を、あえて目をそむけずに見つめる彼の姿勢である。もちろんその大部分は、彼の豊富な読書（蔵書）を通じて収集されたエピソードによっており、これらは、人間的な価値の次元から離れ、死によって別のオブジェとなった身体の物語である。シンシナティで書いた記事のひとつ「火葬にすべきか、土葬にすべきか」のような文章でも、ハーンはやはり死体について語っている。「地球上に死体がまき散らされている。その深層はひとつの広大な納骨堂であり、そこには何世紀にもわたって、わずかばかりの期間を生き長らえ、そのふところに倒れ伏した生命のない肉体の塊、どうしようもなく不快な物質の一片となった人類の遺骸が蓄積している。われわれが誇りとし、そのためあくせく苦労し、お互いに先を越そうとするわれわれの肉体、またわれわれがしばらくの間甘やかし、養い、着飾ろうとする肉体は、何のためにあるのだろうか」[★16]。

こんなふうに書くハーンは、有機的・肉体的な生の輪郭をまるで透過するような視線で、生と死をみつめている。これらの文章に見える死、死体、死者との親密さは、当時の新聞の読者たちの、残酷、恐怖をスペクタクルにする単なる猟奇趣味とは、おそらく少しちがう次元にあるものだった。

四　翻訳者ハーン

アメリカ（そしてカリブ海）のハーンは、約二十年間、ジャーナリズムを生活の糧にしながら、じつに多方面にわたる記事を書き続けた。この時期に彼が単に記者という以上に作家として、完成の域とはいわないまでも、かなり成熟をとげていたことは確かである。

ここまで私は、ハーンが当時のアメリカにおける都市の現実に密着しながら、彼独自の知覚と観察の力を発揮して書いた文章を中心にたどってきた。けれども、これと並行してハーンは、日本での怪談・奇談の収集と再話につながっていくような幻想的な試みを続けていたのである。すでにアメリカで彼は、幽霊の物語をいくつも書いている。それにはしばしば出典があり、『アメリカ雑録』の冒頭に見える「杉の間」や「さまよえる亡者たち」には、後の東京での講義（『文学の解釈』）でも言及されるブルワー・リットンの作品（*The haunted and the Haunters*）が影を落としている。アメリカのハーンは『カレワラ』（フィンランドの叙事詩）、『タルムード』、『マハーバーラタ』や仏典、あるいはアラビアの伝説などからも数々の物語を集めて書き改め、『飛花落葉集』（*Stray Leaves from Strange Literature*）という本を編んでいる。『中国怪談集』（*Some Chinese Ghosts*）もまた、研究家たちによって採集され翻訳された中国のテクストをもとに、ハーンがもう一度訳し、語りなおした物語のコレクションである。若いハーンは古書をこまめに渉猟《しょうりょう》し、なみなみならぬ蔵書をきずきあげていた。つまりハーンはただ手ぶらで目をつむって、夢想や幻想にふけりながら書いたのではなく、じつに勤勉に古今東西の本を読み、膨大な数の書物のあいだで翻訳し、再話し、創作したのである。

いつのことだったのか、伝記的な調査によってもよくわかっていないが、ハーンは十代の一時期にフランス（おそらくルーアン近郊の教会学校）で学んだことがあり、かなり本格的なフランス語を身につけていた。ジャーナリスト、作家になってからも、彼の読書の重要な一部はフランス語によるものだった。すでに駆け出し記者だった時代から、折りに触れてフランス文学の翻訳をしていた。ほぼ同時代に進行していたフランスの自然主義、象徴主義について、驚くほど精通していた。フランス語は、彼の文学的教養と感受性の重要な一要素になっていたといえる。新聞にも、ときどきフランス語の作品を訳出し、あるいはフランス語原典の訳書の批評もしている。日本での講義の中でも、英語圏の文学だけでなく、ボードレール、ゴーティエ、フロベール、ゾラ、ロティ、ネルヴァルについてまで言及している。

ベンチョン・ユーの『神々の猿』（池田雅之監訳、恒文社）というハーン論は、最初の文章で、いきなりハーンがどのような翻訳者であったか語り始めている。まるでハーンの文学が、翻訳の作業から生まれたかのように。これはすぐれた見識というべきである。『ボヴァリー夫人』の、単に「素足」（*pieds nus*）を意味するにすぎないフランス語を、「バラ色の足」（*rosy feet*）と訳したりする英訳にハーンはがまんがならなかった。[★17]英語とフランス語の両方によく通じていなければ判断がむずかしいところもあるが、とにかく『ボヴァリー夫人』の文体の屈折したところを恣《し》意的に省略したり、生々しいところをぼかしたりする訳には、ハーンはまったく反対で、むしろ「直訳」をむねとした。もちろんただ直訳したわけではなかった。ユーは原文と対照しながら、ハーンの翻訳作業について書いている。「原文の複雑なニュアンスを訳出しようと努力すればするほど、ハーンは直訳主義にとどまらず、意訳の方法に向かうのである」。[★18]

たとえばフロベールの『聖アントワーヌの誘惑』の訳で、フランス語の原文では、単に「太陽」であり「舌」であるものを、ハーンは「金色の太陽」とか「宝石の舌」と訳している。色彩に関してはとりわけ敏感であったハーンの文体は、こういう部分では決して禁欲的ではないし、独特の解釈によって、必ずしも直訳でない語彙《ごい》を適用することがあった。ハーンの直訳はもともと作品への強い愛着からきている。その愛着を確かめるようにして、自分が感じたことをさらに強化するような言葉の造形作業に、彼は集中したにちがいない。〈翻訳〉というよりもむしろ〈翻案〉であり〈再話〉であるような作品においても、ハーンはおそらく同質の作業をしたのである。すでに世界に存在する無数の本を読み、翻案し、変形し、反復すること。新しい本を書くことは、すでに存在する本を読み改め、書き直すことでしかない。これは決して創造的な作家の発想ではないかもしれない。すでにあらゆることは書物に書かれてある。そういう痛切な思いの中で、作家は何を書けるのか。ハーンはそういう問いに早くも直面した十九世紀の作家のひとりであった。のちにラテン・アメリカに現れる作家ボルヘスは、まさに本の宇宙に関するこのような思いをめぐって、それだけを主題にした奇妙な作品によって記憶されている。ボルヘスには、すこしだけハーンの生まれ変わりのようなところがある。

ハーンの幻想や夢想は、しばしばロマン主義的に見えるが、その幻想、夢想が、いつでも書物の操作とともにあるという点は、もはやロマン主義的ではない。フロベールが生涯を通じて書きなおし、三通りのヴァージョンを残した『聖アントワーヌの誘惑』を、ハーンは英語に訳していたのである。この訳はハーンの生前には、活字にならなかったものだ。

エジプトのキリスト教聖人アントワーヌの前に、壮大な絵巻物のように、官能的なシバの女王、エジプトの女神イシス、異教の神々や怪物が次々出没し、仏陀さえもが誘惑者として現れるという物語である。聖人の信仰をまどわす奇怪な異端的議論がくりひろげられる。この作品は、キリスト教外の異教にいつも強い関心を持ち続けたハーンのエキゾティスムを、大いにかきたてたにちがいない。

『聖アントワーヌの誘惑』は、フロベールの作品の中でも、もっともブッキッシュなもののひとつで、もうひとつの異様な作品『ブヴァールとペキュシェ』と、その点では双璧である。聖人の信仰を試そうとする悪魔・悪徳との対決というエキゾティックな物語を書くために、フロベールは膨大な文献を参照し引用した。確かにそれがこの物語の執筆を終わりのないものにした一因であったにちがいない。

ミシェル・フーコーが、『聖アントワーヌの誘惑』について長いエッセーを残している。興味深いことに、今ではハーンによるこの作品の英訳とフーコーのエッセーの英訳が一冊になった本が存在する。フーコーはこう書いている。「十九世紀はある想像の空間を発見したのであるが、前の時代はおそらくそんな想像力を思いつくことさえしなかった。この新しい幻想の場とは、もはや夜、理性の眠り、欲望の前に開かれた不確実な空虚などではなく、反対に覚醒《かくせい》であり、あくことのない注意であり、博識への熱狂であり、つねに待ちかまえる注意力なのである。これ以降、幻想的なものとは、印刷された文字の黒く白い表面から、閉じられたまま埃《ほこり》をかむった本から生まれる。本が開かれ、忘却されていた言葉が宙を飛びかうのである」★19。そもそも聖アントワーヌをまどわす誘惑的な幻想は、どれもこの聖人が開く本のページから湧き出てくるのである。ハーンの幻想もエキゾティスムも、彼の膨大な蔵書と読書から生まれた。少なくとも、それなしにはありえなかった。このような現象は決して十九世紀に始まったものではないにちがいない。しかしこの時代においてまさに特徴的な「想像の空間」が書物との間につくりだされ、そのような「空間」を、ハーンさえもが共有していたということは、大いにありうることである。

五　愛と契約

ハーンが愛読したもうひとりのフランス語の作家・詩人テオフィル・ゴーティエの『クレオパトラの一夜』の訳は、ハーンが出版した最初の本ということになる（一八八二年）。『聖アントワーヌの誘惑』と同じく、奇《く》しくも舞台はエジプトなのである。異教的、そしてかなり官能的なこの訳書に対する評判は、ハーンが期待したようなものではなかった。しかしハーンがこの作品に執着した理由は、とてもよくわかる。

『クレオパトラの一夜』は、クレオパトラがエジプトの神殿に詣《もう》でたあと、ナイル川を下る華麗な船に乗って宮殿にもどるところから始まる。「なんて退屈なの。このエジプトは私をぐったりさせておしつぶしてしまう。あの空は、あの過酷な青の空は、冥府の深い夜よりも悲しい」。ゴーティエは、クレオパトラをとりまく豪奢《ごうしゃ》な光景を、ギュスタヴ・モロー風とでもいおうか、厚塗りの微細な描写で描き続ける。不遜《ふそん》にもこのクレオパトラに恋心を抱く二十歳の「黄金の肌をした」若者がいて、五十の櫂《かい》によって疾走するクレオパトラの船を、小船に乗って追いかけている。美しく勇敢な若者の名はメイアモンという。彼は高貴な家の息子だが、それでも女王を恋するとは、手のとどかぬ空の星を恋するようなものである。

しかし死ぬほど退屈しているクレオパトラは、目新しい気慰みを必要としている。メイアモンはクレオパトラの船に矢を放つ。この矢には求愛の言葉を書きつけたパピルスがまきつけてある。女王の聖域を侵す不届き者の捜索が始まるが、メイアモンは巧みにのがれる。やがて宮殿に戻ったクレオパトラのもとにしのびこむ。女王は贅《ぜい》を尽くした巨大な浴室で湯浴《ゆあ》みしているところである。そこでメイアモンは許されない愛を告げる。即刻捕らえられ処刑されても仕方がないところである。しかし死ぬほど退屈している女王は、一夜だけあなたを歓迎しましょう、そのあとあなたは毒杯を飲むのです、と告げ、宮殿で豪奢な愛の宴《うたげ》を繰り広げ、メイアモンに陶酔的な一夜を許すのである。夜明けに、約束どおりにメイアモンは、毒杯をあおって死ぬ……。

こういうゴーティエの物語を、若いハーンはひまをみつけては熱心に翻訳していたのだ。この種の豪奢なロマンティスムは、後のハーンが見せる日本の〈怪談〉への執着とはあまり関係がないと思われるかもしれない。しかし、この物語におけるクレオパトラとメイアモンとの関係は、少なからぬことを意味している。美しい女は、ほとんど暴君としてふるまい、恋人の運命を決定する力をもっている。女王クレオパトラの権力よりも、彼女の意志そのものに、そういう決定力がそなわっている。恋する男は、ひとつの契約を結ぶことによって愛を授けられる。この愛と死の契約とは切り離せない。美しく純情な若者メイアモンに、ことさら自虐的、被虐的傾向などないが、じつはこの関係は、典型的に〈マゾヒズム的〉である。

ただしいまマゾヒズムについて語るには、いつのまにか性倒錯の一カテゴリーとして定着してしまったマゾヒズムではなく、何よりもまずハーンより少し前の世代のオーストリアの作家ザッヘル＝マゾッホのことを思い出さなければならない。

確かにマゾッホの小説では、愛する女性に苛《さいな》まれることを喜びとするかのような男性の物語が、執拗《しつよう》に反復される。女性はある絶対的決定力をもち、彼女を愛する男性との間に契約を結ぶのである。男性にとってはまったく不条理な一方的契約でも、これは愛の契約であり、この契約こそが愛の内容そのものを形成する。契約と感情という相容《あいい》れないものによって、この愛ははじめから大きな挑戦を受けることになる。強大な権力をもつ女性と恋人は、ほとんど母と息子のような関係を結び、契約によって愛を守っている。こうしてこの愛は父権的な存在が介入しえない聖域となる。そういう意味でマゾッホの愛は、ほとんど近親相姦《そうかん》的な愛なのであるが、そこに契約が介入することで、おたがいにはりつめたエロス的、他者的関係を持続するのである。

マゾヒズムという言葉は（そしてサディズムも）じつにいい加減に用いられるようになって、マゾッホのマゾヒズムが一体なんであったのか、いまではすっかり見えなくなってしまった。マゾッホの愛は、ヨーロッパの歴史に深く浸透していた父権的な構造に対する深い批判を含んでいた。マゾッホは、母と子のエロス的原理を中心におく新しい〈民主主義〉を提唱していたのである。マゾッホは、ハーン自身がマゾッホについて詳しく書いた形跡はないが、彼はこのマゾッホの小説を高く評価し、友人チェンバレンにも強く読むことをすすめていた（「ところで、ザッヘル＝マゾッホをご存じでしょうか」[★20]）。

後にハーンは自身の講義（『文学の解釈』）で、明治の男子学生たちを前にして、冒頭でいきなり「女性は一個の神である」と述べ、「女性汎神論《はんしんろん》」について語っている。「騎士道愛」にも見られたような、この理想的女性の観念を理解しなければ、西洋の文学を理解することは難しい、と講義を切り出しているのである。

確かにこのような大胆な女性観は、ハーンのすべての著作をつらぬいている。ハーンの中でそれは「理想的女性」の表象を超えて、ほとんどマゾッホ的な性愛の哲学に近づいていた。ハーンの幽霊物語のなかでも、幽霊はとりわけ女性であり、現世の男性と「契り」を結ぶが、「契り」はしばしば「私が機《はた》を織るところを見てはなりません」、「私のことを人に話してはなりません」という禁止であり、この契約を破ることは愛の終わりを意味するのである。幼少にしてギリシア人の母に見捨てられたハーンは、確かに文学史の中に綿々と存在する「捨て子」たち（夏目漱石、芥川龍之介、中島敦等々）として、母を恋う物語を反復し続けた、という解釈も成立しうる。★21 しかしハーンの中で「母を恋う物語」は、ただそういう域にとどまらず、マゾッホ的な発想にまで深められ、かなり特異なものになっていた。

アメリカ時代のハーンの創作の中で、こういう観点から見てとても印象に残る秀作「カルマ」がある。女王でも女神でもないが、若くつつましいそのヒロインもまた、マゾッホ的女のひとりなのである。彼女もまた、自分を恋する男に「契約」を要求する。その契約とは、「あなたが私に知ってもらいたくないことを、すべて書いてください」というものである。長々と煩悶《はんもん》したすえに青年は、自分の犯した罪を告白し、女にわかれをつげる。その罪の内容については、おぼろげな説明しかない。どうやら青年は、過去に不義の愛を経験し、子供をつくったことがあるようだ。しかし青年は結局、他の女性との間に生まれた子供をつれてもどってきて、ヒロインと結ばれるのである。この物語で、愛の終わりは、例外的にハッピーエンドなのだ。「カルマ」は、『クレオパトラの一夜』ともちがっていて、ヒロインはつつましく、とりわけ道徳的な女性に見える。しかし、絶対的な決定力、意志力をもって現れ、とりわけひとつの破局的契約を要求するという点では共通している。このように強大な女性の存在と、愛の契約というテーマは、ハーン文学の根底に流れ続けた。そして女性という存在には、男女同権というような文脈をはるかに超える原理的な意味が与えられていた。

六　アメリカの幽霊

ハーンの文学的ファンタジーが膨大な書物の間にあり、まったくブッキッシュな環境の中にあったこと、そしてそのファンタジーの中心にいつも強力な女性のイメージがあったことは、ハーンを読み続ければ、多かれ少なかれ誰でも気づくことで、ここで特に新しい指摘をしたとは思わない。しかしこのブッキッシュな幻想とマゾッホ的な女性の存在は、ハーンの中で、十九世紀から二十世紀への歴史的な曲がり角を背景にして、他にはないユニークな文学空間を形成していくのだ。大切なのはそのことである。そしてもちろんハーンのファンタジーのもうひとつの重要な要素は〈幽霊〉である。それはハーンがファンタジーの次元ではなく、シンシナティやニューオリンズの現状を報道しながら、死や闇の領域になるべく近づこうとしたこととも大いに関連している。

シンシナティの盛り場シリーズのひとつといっていい「バンジョー・ジムの物語」ではダンスホールで死霊たちのパーティが始まる。「ホールは踊り子たちで一杯で、皆はさながら妖鬼《ようき》のように荒々しいしぐさで踊り狂っていた。よく見ると空樽《あきだる》を並べた列を横切《よぎ》って放置してある壊れた仕切りドアの上に、背の高い、痩《や》せたデイヴ・ホイットンの突っ立っている姿が見えた。死んだはずのこのヴァイオリン弾きが、彼の大好きな曲『アーカンソーの旅人』を狂おしげに弾いている。そして踊り子たちの中にジムは死んだ昔馴染《なじみ》の顔を認めることもできた――ウィニー、踊り子のシス、エム、それにマット・フィリップス、その他盛り場の死んでしまった娘たち」[★22]。陽気な音楽とダンスとともにもどってくる死霊たちの踊りは、不気味である以上にノスタルジックである。死霊のダンスは、死者への親密な思い、死の領域との親しさとともにある。

けれどもハーンはまた「破られた手紙」のなかで、次のような悪夢を描いてもいる。

「私は彼女に話しかけようとするが、幻の波のように私自身も声が出ない。そのとき、私は彼女に接吻《せつぷん》しようとした。すると、全然知らぬ間に突然、音もなく二人のあいだにひとつの「影」が、女の「影」が入り込んだ。そしてその顔は、ずっと以前に死んだものの顔だった」[★23]。

こういう悪夢において、もちろん幽霊は感情的な記憶とともに現れ、怨念をもって生者を冥界にひっぱりこもうとする。そんな悪夢を呼び寄せる無意識について、とりわけ無意識における罪悪心について、私たちは精神分析学者のようにハーンの場合を分析することもできるだろう。しかし、ハーンにとって幽霊とは何かという問いには、もう少し時間をおいて徐々にせまりたい。

アメリカ時代のほとんど最後期のエッセーのひとつ、まさに「幽霊」という記事（一八八九年）で、ハーンはあたかも世界の幽霊と和解するかのように語っている。「あなたはつきまとわれている——たとえ、あなたの道がロンドンの冬の茶色がかった暗がりの中にあろうが、赤道直下の日中の紺碧《こんぺき》の輝きの中にあろうが——あるいはまた、あなたの足跡が雪の中に辿《たど》られようが、熱帯の海岸の燃えるような黒い砂の中に辿られようが——はたまた、北国の松の黒い木陰に憩おうが、椰子《やし》のひょろりと細長い木陰に休らおうが——あなたには、たえず、至る所で、ある種のやさしい存在がまとわりついている」★24。もはやこれらの幽霊は、特定の人の霊ではなく、多くの親しい顔、忘れがたい声が溶解して合成され、「時間の隔たりによって、か細くはあるが言うに言われぬ、いとしいものになったのである」★25。これら無数の死霊は、憎しみや恨みによってもどってくるのではなく、共感や愛情によって訪れて、たがいに溶け合い、響きあう。死霊たちが善良だからではない。そもそも死霊たちは、そういう心理的な次元に存在しないからである。というのも、魂だけでなく、あらゆる生命は、無限にまでとどく振動を死後にまで伝えるのであり、現在のあらゆる生は、過去の無数の生の記憶を自分の中に含むからである（I am a population!）。スペンサーの進化論的哲学にますます傾倒するようになったハーンは、彼をしばしば襲う死霊の幻想を、徐々に大きな生命思想と結びつけるようになる。

第二章　クレオールの真っ只中へ

一　ニューオリンズを発明する

一八七七年は、ハーンの生涯にとって、後の日本への旅にも劣らない大きな転換の年となった。同棲《どうせい》していたアレシア・フォリーとの関係が悪化したことが大きい原因であったかもしれない。ハーンはシンシナティを離れることを決意し、新聞社（『コマーシャル』紙）を退職し、その特派員として記事を送り続けるつもりで出発する。テネシー州のメンフィスまで汽車で旅をし、そこにしばらく滞在したあとミシシッピー河を船で下ってニューオリンズにむかう。メンフィスという名は、いやおうなく古代エジプトの廃墟《はいきょ》を思い浮かばせる。そこからニューオリンズまでの旅でハーンの印象に刻み込まれるのは、まさに広大な廃墟のイメージであり、ミシシッピーは「亡霊の川」なのである。「雨や白い霧が立ちこめると、メンフィスの憂鬱《ゆううつ》は冥界《めいかい》の三途《さんず》の川そのものと化す。木で作られたものはすべて、奇妙な呻《うめ》き声とひび割れる音を出し、石や漆喰《しっくい》でできたものはすべて、溶解の苦しみのさなかにあるように汗をしたたらせ、断崖《だんがい》の煙った突端の向こうにミシシッピー河がぼんやりとかすんで流れる。それは亡霊の川、ステュクスの大河、青白いもやが堤の上を幽霊のようにたなびき、亡霊の渡し守である風を待っている[★1]」。

しかし、やがてミシシッピー河を下っていくハーンの前に開けるのは、オハイオ川の北部の優美な風景も色あせてしまうほどの、壮麗な熱帯の景観である。「風景の緑は、青で色づけされたかと思うほど濃い緑から、金がふんだんに散りばめられたかのように輝くエメラルド色まで絶えず変化していった[★2]」。砂糖と綿花の国ルイジアナのまばゆい光と色彩は、たちまちハーンの画家的感性を魅了する。南部の風景は、ハーンの中のギリシアの記憶をかきたてるようだ。けれどもメンフィスですでに予感されていた重たい亡霊の印象も、とぎれることがないのである。南部の「楽園」は、いたるところ荒廃している。奴隷制時代の大農園は廃れ、いたるところに廃屋が広がる。ルイジアナでは、激しい生命力の噴出と、廃墟や亡霊の陰鬱な雰囲気が、入れ子状に共存している。

ニューオリンズは、地球上のいかなる都市にも似ていないが、一方では世界の数々の都市の記憶をよびさます、とハーンは書いている。かつてフランス領であり、ついでスペイン領となったこともあるルイジアナの首都は、古いフランスの記憶を保存し、しかも多民族が共存する開放的な港町である。フランス語に堪能で、ニューオリンズでも、同時代フランスの作家を翻訳し続けるハーンにとっては、それだけでも十分魅力的であるが、フランス語から派生したクレオール語が現に使用されていて、それ以上にハーンを惹《ひ》きつける。こうしてニューオリンズは、〈クレオール世界〉への入り口となり、次にはやがて彼を日本にいざなうことになる〈エキゾティスム〉を強力にかきたてたのである。

熱帯の強烈な生の感覚、消滅しつつある貴族的・奴隷制文明の廃墟と死霊、フランスの記憶、あらゆる民族や言語が交錯する国際都市、クレオール世界……。この時代のニューオリンズのこれだけ豊かな要素を発見し、観察し、吸収するために、ハーンほどふさわしい人はまれだった。これらはすべて彼自身のジャーナリズム活動の無尽蔵の源泉となったが、それ以上に、彼の新たな文学的創作をうながした。ハーンはこの時代に『飛花落葉集』と『中国怪談集』のように、異世界の物語を翻案した短編を集めた本を出版する。またニューオリンズから近いメキシコ湾沿岸のグランド島を舞台にして、本格的な小説『チータ』を書くのである。

ハーンがニューオリンズ時代に書いた膨大な記事を集めた *Inventing New Orleans* という本が二〇〇一年に出版されている。編者の S. Frederick Starr は序文に書いている。ハーンが精力的に書き続けた膨大な記事は、当時のニューオリンズという都市のイメージを定着させ、後のアメリカ人が、そしてニューオリンズの住民自身が、この都市に対して抱く「見方」を形成することになった、と。シンシナティですでに目立っていた黒人やアウトローや貧困層などのマイノリティに対するハーンの関心は、ますます顕著になっている。クレオール語とその世界は、とりわけこの頃のハーンの関心の的となり、彼はクレオールの料理やことわざについての本まで出版することになる。ニューオリンズのハーンは、シンシナティ時代以上に、まったく彼独自の関心に忠実な文筆活動を続けたのだが、結果としてはニューオリンズという都会の肖像を「発明する」ことになった。ハーンは後にも、そういうことを、カリブ海のマルティニック島についても、あるいは日本についてさえも、なしとげてしまうのである。

二　死霊の町

世界中から来た船がにぎやかに集うニューオリンズ港の活況を描写し、ベランダやバルコニーの多い開放的な町並みや景観、とりわけその豊かな色彩のヴァリエーション、市場にあふれるこれまた色とりどりの果物や商品、そして人びとの色を、ハーンはいくつかの記事で堪能しながら描いている。自分のルーツをギリシアとみなしたハーンは、南方、そして熱帯への志向を、情熱的に表明している。しかし、それ以上に印象的なのは、ハーンのペンが描いた「雨のニューオリンズ」であり、死霊たちのニューオリンズなのである。「雨の日のニューオリンズの湿気は、驚異的なものとして映る。北部の人間にはとうてい、そうした湿気がどんなものかわかりようがない。それは雨雲から落ちてくると同時に、地面からはいあがってくる。木造部分から滲《にじ》み出し、石から汗となって出てくる。それは幽霊のようで、神秘的で、説明しがたいものである。堅牢《けんろう》な壁も頑丈な戸も、それの侵入を食い止めることはできず、窓も戸も締め出すことはできない。それならいっそ亡霊を閉じ込めようとするほうが、まだましというものだろう。鋼鉄のかんぬきも石の防壁も、同じく役に立たず、石はくずれ、鋼鉄はレプラ（ハンセン病）のような赤錆《あかさび》に侵される」[★3]。

　この土地には晴れた夜にさえも、「不気味な霧」がたちこめる。これを描写するハーンの文章は、もはや一地域の地理や気象の説明を超えて奇妙な次元に入っている。「突然、説明しがたい魔力によって大気がしばられたかのように、音がしだいにかすかになっていく。遠くのものはくっきりとした輪郭を失う。空には雲ひとつないが、弱く燃えるぼんやりとした空の輝きは、もはや夜を透明にはしない。亡霊の訪れる前兆のように、ぞっとするような冷気が町に降りてくる」[★4]。

　湿地帯のうえにあり、ゼロメートル以下の地域が拡《ひろ》がるニューオリンズでは、死者を地下に葬ることは不可能で、地上に建てた「乾いた墓」に葬るしかない。いわば、生者は地上に、死者は地下にという分割がなりたたないのである。すでに廃墟となった数々の古い館と、この墓所の構造は、ますますゴーストタウンの印象を強める。町全体に刻まれた古代世界を思わせる壮麗な装飾さえも、ハーンにはとりわけ死の記号に見えるのである。

「富と不思議な異国風の美は、復活もおぼつかないほど壊滅してしまった貴族の手によって作られ、いまや死に絶えて過去のものとなってしまった社会体制によって育《はぐく》まれてきた。その富が消え去ったように、その美すら消えていく運命にある。年月が経《た》つにつれて、かつての大らかな生命は狭い血管へと凝縮してしまい、ついにはその商業の大動脈を除いて鼓動を止めてしまうに違いない。すでにその美は薄れ、崩壊しつつある」★5。こういうハーンの文章は、じつは大きな問題を内包している。死につつあるニューオリンズの栄華と美は、いまや廃棄されてしまいつつある「社会体制」とともにあった。その美を讃《たた》えることは、その「社会体制」を讃えることにつながる。ハーンの周囲で、いまそこで生きている民衆たちは、そのような「社会体制」の持続をのぞまなかったのだ。もちろんハーン自身は、貴族主義者でもなければ封建主義者でもない。しかし、貴族のような市民が存在し、奴隷もまた存在したアメリカとカリブ海の島を「失われた楽園」のように回想し、物語るハーンが確かにいる。ハーンは同じ問題と同じ状況に、やがて日本でも遭遇することになるだろう。

三　ハーン独自の思考の次元

いずれにしても、ニューオリンズは、当時のハーンの文学的体質にまったく呼応する都市であり、何もかもが順調にいったわけではないにしても、ハーンのジャーナリストとしての声望は高まり、しだいに彼は新聞から独立して、自由に創作することをめざすようになる。ニューオリンズをめぐる数々の記事の中でも一八七九年『アイテム』紙に掲載された「夢の都」(The city of dreams) のような文章は、短いながらハーンとニューオリンズの、より深い出会いを端的に示すものである。

この町の住人は独り言を言いながら歩くくせがある。「彼らは自分自身にむかってか、目に見えぬものにむかってか、日の照る通りにぎざぎざの闇《やみ》を落としてまどろむ影にむかってか、確かに話しかけている」[★6]。彼らのうち多くは年輩者であるが、若者もいないわけではない。「彼らはいったい何を喋《しゃべ》っているのか」。そっと近づいて聞こうとしても無駄である。「彼らは夢から醒《さ》めた人のようにあたりを見回し、あたかも立ち聞きされたのを恐れるように、半ばおどおどした懐疑の目で通りすがりのものを見つめる。そして足早に立ち去る」。ニューオリンズに伝染病がはやる前には、この独り言はしばしば金銭に関するものだった。熱病の災禍に襲われた町でも、それは続いた。誰もいない町で、彼らが話しかける相手とは「布でくるんで音を消してある呼び鈴の柄のところで不気味にはためく黒い旗であり、小さな家のドアにつるされた幽霊めいた白いものであり、また墓地に向かって不吉などよめきを立てて進む葬列」であったりした。夏が衰えても、そのような独り言をいう通行人の数はますます増えていき、冬に入ってやっと少しおさまった。もはや独り言の主題は、金銭をめぐるものではなく、むしろ死者の記憶であり、彼らは白い壁の震える影に、ただ死者の記憶をたずねるだけである。

この短いスケッチは、ひとつの町の描写であると同時に、少し別の次元に入っている。ニューオリンズの町で独り言を言いながら歩く人々は、すでに「霊」(spirits)であり、その言葉は死者たちの対話の断片であり、言葉も人間も、死の光に透過されている。この別の次元とは、ハーンの文学的虚構に属するように見えるが、それ以上に、ハーン独自の思考の次元なのである。生者はそのまま死者であり、すでに死者の言葉を語っている。過去に幾度も繰り返されてきた、誰にも届かない言葉が、永遠にささやかれる。言葉の意味は、死の光にさらされて透明である。ハーン自身が書きつける言葉さえも、そのような「独り言」にすぎない。音、声、音楽にいつでも敏感であり続けたハーンは、ここではただ生者に属するのか死者に属するのか判然としない、かすかなささやきに耳を傾けている。この短い素描は、ハーン自身の文学の素描でもある。ハーンにとって、書くことが何であったかを暗示する文章でもある。死につつある魂や、すでに死んだ魂の「独り言」に耳を傾け、記録すること。活動的な生者たちの意味にあふれた対話ではなく、死んでいった無数の魂のつぶやく影のような言葉に耳を傾けることが、ハーン文学の本質的な主題になっていくのだ。それはつまりハーンの見かけ上の文学的主題に影のようにつきそう次元があって、むしろそれこそがハーンという作家の思考と言葉を導いているということである。

アメリカの南方へ、やがて熱帯(マルティニック)へ、そして東方(日本)へと彼を駆り立てるエキゾティスムは確かにハーンの文学をつらぬくモチーフであり、それが何であったか再考することは重要な課題である。けれども、この文章に表れたような、彼のエキゾティスムに影のようによりそう現実と非現実のあわいの次元こそ、ハーン文学の中心にあったものではないか。ニューオリンズについて、マルティニック島について、そして日本について、熱い思いを込めて書き続けたハーンの表現のほんとうの中心は、おそらくそれらの〈主題〉によりそうこの影のような部分にあった。そのことによってまたハーンは、これらの場所が何であったかを、他にはない繊細な形でとらえ、それらのイメージを発明する（inventing）ことさえできた。

四　『チータ』の新しさ

この時代のハーンは一八八四年頃、ニューオリンズの南の、メキシコ湾にそって砂州《さす》になっている島々のひとつグランド島で休暇をすごした。それから休暇のたびにここを訪れ、島の風景を材料にして、やがて『チータ』となる小説を構想し、約三年をかけて完成するのである。それはハリケーンによる大洪水で行方知れずになった幼い娘の話で、子供は漁師に助けられる。娘はコンチャと名づけられ、この漁師夫婦に育てられて美しく成長する。コンチャの愛称がコンチータで、チータはそれをさらにつづめたもの。この子が妻アデールとともに死んだと思っていた父のジュリアンは医師であり、まったく偶然にこの子の暮らしている家に立ち寄ることになる。ジュリアンはこのときマラリアにかかっており、熱にうなされ夢うつつのまま、妻アデールにまったく生き写しの娘に出会うのである。けんめいの介抱にもかかわらず、ジュリアンは息をひきとる。娘チータは、この男が自分の実の父親であったことには気づかないままである。

離れ離れの家族が再会するというメロドラマであるが、父親は死んでしまい、娘は男が父親であることに気づかない。結局再会は果たされない。ハーンの全生涯にわたる綿密な伝記を書いたエリザベス・スティーヴンソンはこう書いている。「『チータ』はプロットが弱かった。普通の人間さえ描けていない。まるで鷗《かもめ》か大波が語ったような物語であった」[★7]。『若き日のラフカディオ・ハーン』を著したO・W・フロストも、「この書の三つの部分はそれぞれ独立した単位として始まり、結局は何頁《ページ》もの解説なり回想の前書きのあとに、ほんのわずか筋の運びを進めているだけである」[★8]と否定的である。ベンチョン・ユー『神々の猿』の指摘によれば、「チータを含めて登場人物はすべて、このような広大な宇宙を背景にした、ただ影絵のような存在にすぎないということは少々驚きでもある」[★9]。恒文社版作品集の訳者平井呈一《ひらいていいち》も、「第一に筋《プロット》の薄弱、第二に人物が曖昧《あいまい》で類型的であること、第三に筋の発展がすべて暗示によって行なわれていること」をこの小説の欠陥とし、「まるでこの物語は、風や太陽や海が人間を語っている叙事詩かと思われるほど、篇中《へんちゅう》の人間と人事は悲劇を蔵しながら、大自然の息吹の奥の方に、曖昧模糊《もこ》として霞《かす》んでいるような感を受けます」と書いている。ハーンの熱心な研究家たちにさえも、『チータ』は（ついで書かれるクレオール小説『ユーマ』とともに)、あまり評価されることがなく、むしろ忘れられてきた作品なのだ。

しかしE・スティーヴンソンの言うように、まるで「鷗か大波」が、あるいは平井の言うように「風や太陽や海」が語ったような物語であるとすれば、それこそがまさに『チータ』という作品の特筆すべき点ではないだろうか。個人の心理を精密に活写し、心理的個人の卓抜な肖像を描きわけることが、西欧近代の小説という芸術の大きな達成点であったとすれば、ハーンは、個人にも心理にも、あまり興味がなかった(「私は群れである」)。ハーンの関心と観点はまったく別のところにあって、このことは『チータ』でも、驚くほど徹底している。

『チータ』を肉付けしているルイジアナ一帯に関する詳細な民族学的知識は確かに注目に値するので、そこからこの小説を評価するむきもある。もちろんハーンはこの作品で民族学以上の何かをめざしていた。ハーンの知覚と想像力は、人間と自然との間の境界的な次元にむかっていた。あるときには人間を激しく翻弄《ほんろう》する運命や災厄として現れる自然の表情と、それに直面せざるをえない人間の生態そのものが、『チータ』という作品のモチーフだった。このモチーフは、西洋の人間中心主義から遠ざかろうとするハーンの遠心的な傾向(エキゾティスム)と切り離せないものだ。

たとえば、少し発想を転換するためには、ドビュッシーの「海」のような音楽の例を考えてもいい。それはもう、調性によって強固に構造化されて、感情や風景を表出する音楽ではない。その音は海の〈風景〉ではなく、波、しぶき、風、潮のうねり、渦など、海面に起きるあらゆる出来事と力のドラマに触れようとする。それはもはや海を物語る音楽ではないし、海を描写するのでもなく、海として出現する自然の諸力のドラマにじかに触れるような試みだといえる。ハーンの小説も、そういう試みに似ているものとして読むことができる。しかし、これは単に彼が例外的に書いた小説の再評価という問題を超えて、彼の文学全体にかかわることなのだ。やがてスペンサーの自然哲学までも真剣に取り入れ、生命の全歴史の中において人間を見つめようとする彼の思考の根本的モチーフが、そこにも横たわっている。

とにかく人間の心理や行動について物語るよりも、人間と自然が出会う境界を描写することに力をつくすというハーンの特徴を、単に技法上の欠陥と呼んですますことはできない。

五　世界の魂

ハーンが『チータ』で実現したのは、それまで彼が新聞記事では決して十全に展開することのできなかった広大な自然のタブローなのである。それは物語の背景となる補足的な自然描写の域をはるかに逸脱している。ニューオリンズの南のメキシコ湾一帯に広がる

「沼沢の森の暗い迷路」を通り抜け、ハリケーンの猛威によって荒地になってしまった島に、語り手の船はむかっている。その船の周囲に広がる自然を、ハーンはまったくそれが主題であるかのように、綿密に描き続ける。「風に吹かれるままに背を向けている草と筋っぽい雑草が一面に生えている荒地である。その草々が目をそむけている幅の狭い浜辺には、漂流物や腐敗物が点在している――虫に喰《く》われた流木や鼠イルカの死骸《しがい》などが散らばっている。そこから東の方に向って、朽葉色の平面がのびている。それをまず灯台の円柱のシルエットが破る。その平面はさらに先に続くが、今度はなにか矮樹《わいじゅ》のちっぽけな藪《やぶ》が破る。その藪の上に古い煉瓦《れんが》作りの要塞《ようさい》の角ばった赤っぽい塊が突き出ている。そのまわりに掘られた外濠には蟹《かに》が群生している」★10。この荒涼とした灰色の風景のあとには、花と色彩が壮麗に乱舞する。「時々、秋の夕方、天の高みが聖餐杯《せいさんはい》の内側のように燃え輝く時、波と雲とはさながら粉々に砕かれた金粉が一斉に敗走するように突っ走っていく。そうした時刻に黄褐色の草々がすべてなにか鞘《さや》状のものでおおわれるのを見かけることがある。小麦色をした鞘で、幅広く、平べたで、風に揺らぐ茎一本一本の風下側に同じようにくっついている。〔……〕だがもし誰か人が近づけば、こうした青白い鞘はみな一斉に破れて、奇妙にまばゆい緋《ひ》色《いろ》と暗褐色の姿を見せるだろう。そこには白と黒との斑点《はんてん》が唐草模様になってついている」★11。自然の外に自分をおいて、それを風景としてたどっているのではなく、ハーンは遠ざかっては近づきながら、ほとんど自然の間に侵入し、ともに振動するようにして自然を感触し、ひたすらその感触をたどるように書いているのだ。

このような感覚の能力を、ハーンは『チータ』で、冒頭から奔放に解放している。ハーンのこの追求は、次のような何気ない「地質学的夢想」において繊細さを究める。「急いで見る限り、この沼沢地の緑が呈する概観は、それが砂地に次第に近づくということもあって、はなはだ区別が不分明であり、それで水陸両生の植物ということを考えずにはいられないからである。――それはいってみれば、原初の植物が、海生植物の習慣や形態を維持すべきか、それとも地生植物の習慣や形態を採用すべきか、いまだに決めかねている、といった様相を呈している」[★12]。繊細なだけではない。こういう叙述において、ハーンは美学にとどまらず、ある種の〈自然学〉をこころみてもいる。

もちろんこの自然は、美しく壮麗である以上に危険であり、ハーンはその破局的な力こそを、みつめようとする。なんといってもその頂点は、ハリケーンの暴風雨に襲われた島一帯の気象の移ろいであり、嘘のように晴れたまま、徐々に破局を準備する風と波の表情を描いた数頁である。「海はいまや泡だつ荒々しい苦悶《くもん》そのものだった。強風が波頭をひきちぎり、飛び散るしぶきの霧で水平線をおおっていた。昼間だというのに、影もなく灰色のままだった。吹きつける雨が、狂ったように炸裂《さくれつ》した。日が暮れると、西方の雲の裂け目を通じてぬっと現われた不吉な姿があった。緑色の空に深紅の太陽である。血の色のその円盤はとてつもなく大きく、帯を巻かれた天体のように、横じまが刻んでいた」[★13]。こういう自然の破局的な力を描いた作品としては、たとえばエドガー・アラン・ポーの『メールストロームに呑まれて』が浮かんでくる。ハーンは後に講義（『英文学史Ⅱ』）のなかで、ポーの作品における特異な「恐怖」について詳しく語っている。

ハリケーンによる大洪水まで長々と続く導入部のあと、やっと物語が動きはじめる。メキシコ湾沿いの沼沢地帯に、おびただしい漂流物が死体とともに流れてくる。ある勇敢な漁師が、漂流物の間に、死んだ女といっしょにまだ生きている女の子を発見して激流の中から救い上げる。こうしてチータの物語が始まるのだ。クレオール語を話すこの娘は、スペイン風にコンチャと名づけられ、夫婦に可愛《かわい》がられて、すっかりなついてしまうのである。母親そっくりに美しく成長したコンチャがチータと愛称で呼ばれ、読者の前に姿を現すのは、やっと第三章（最終章）になってからである。そしてチータは、育ての親たちよりも、はるかに自然とともにある。「彼女は見た」、「彼女は聞いた」と繰り返しながら、ハーンが語るのは、人間よりもはるかに自然であり、「世界の魂」(Soul of the World) である。「知らず知らずのうちに彼女は、自分の心と世界の魂との太古からの共感に気づくようになった。世界の魂が灰色の気分に包まれるときの憂鬱《ゆううつ》、その漂う霧に共鳴する夢想、その巨大な歓喜に沸き立つ気分、さわやかな喜びの日、変容する光の時などである」★14。人間を超越する崇高《すうこう》な自然に感応するロマン主義的傾向と、人間をあくまで自然の中におき、その一部としてとらえるという自然科学的（地質学的）な想像力が結びついて、この小説の地を形作っている。『チータ』には、ほとんどその「地」しか書き込まれていないのだ。熱病にかかって、チータの家に偶然寄寓《きぐう》している実の父親ジュリアンは、高熱にうなされながら、この死んだ妻に瓜《うり》二つの娘の姿に驚愕《きょうがく》し、大洪水の瞬間を思い出している。熱病による混迷状態がそのまま大災害の思い出にすべりこみ、よみがえった妻の姿とチータが重なって渦を巻いている。その渦に引き込まれるように、ジュリアンは息を引き取る。父と娘の再会は果たされず、娘はその男が父だと気づくこともない。

ハーンは、一度ならずフランスの歴史家、ジュール・ミシュレについて敬愛をこめて書いている（たとえば「ミシュレの伝記」著作集第三巻）。そのミシュレは、人間の歴史だけでなく、「鳥」、「虫」、「海」、「山」のような博物学（自然史）的な主題について、単に科学的な考察にとどまらない壮大なファンタジーを展開している。「海」について、ミシュレはこんなふうに語っている。「様々な災厄をもたらす危険な海は、あくまで海の表面の現象に過ぎない。人間の気質を、その人がたまたま発熱している状態から判断することは大間違いである。海の一時的な見かけの運動から、海が何か判断することも、同じように間違いである。こんな運動は、高々海の数百フィートの深さに影響しているにすぎない。海の深いところでは、どこでもその生命は、均衡し、完全にバランスがとれ、静かで豊饒《ほうじょう》であり、新たな分娩《ぶんべん》を準備している★15」。ハリケーンのもたらした大洪水によって引き裂かれた父と娘の、果たされない再会の物語である『チータ』は、プロットの弱いことで非難され、また「鷗か大波が語ったような物語」といわれたが、こういう物語を書いたハーンのモチーフは、ミシュレの自然史的な世界の見方と、決して無縁ではない。しかしハーンは、決して人間のいない自然だけを注視しようとしたわけではない。大自然とこれに翻弄される人間の間の境界を見つめるということをあくまで焦点にしたからこそ、こういう物語ができあがった。小説として不備にみえても、ハーンの立場は一貫していた。

いまでも、特に日本で収集し、語りなおした奇談や怪談によって知られるハーンは、いったいどのようなストーリー・テラーであったのか。後でもう一度考えてみたいが、いずれにしても、小説家ハーンの影は薄い。彼は講義の中で、小説とはもはや終わりつつあるジャンルではないか、と語っている。「将来の散文では、二つの領域が大いに開拓されることになろう。エッセーと素描文《スケッチ》の領域である[★16]」小説は、「大きな岩の塊」のように、エッセーや素描文という「草地」のうえに重くのしかかってきたが、「今やそれが取り除かれるのも時間の問題」である。

決してハーンは、文学史における小説の存在を軽視したのではなく、講義においては、多くの小説家にしかるべき評価を与えている。しかし「めざましい散文の研究」(Studies of Extraordinary Prose)、「古典時代の散文」(The Prose of the Classic Age)、「偉大なヴィクトリア時代の散文」(Great Victorian Prose) のような講義では、たとえばラスキンやトーマス・デ・クインシーのようなユニークな散文の書き手について、共感をこめて書いていて印象深い。もちろん近代の小説芸術は、多くの場合、近代的個人の性格や心理と密接にかかわっている。小説を、草花の上にのしかかる「大きな岩の塊」と感ずるハーンにとって、それは西洋の文学的価値の重みそのものであり、この繊細な草花とは、西洋的価値の陰に埋もれてきたエッセーや素描文なのである。要するに、ハーンには、正統的な小説を書かない（そして書けない）確固とした理由が、いくつかあった。

六　クレオール世界との出会い

やがてニューオリンズは、ハーンにとって、クレオール世界への、カリブ海・マルティニック島への扉となる。ところで〈クレオール〉とはいったい何だろうか。言語としてのクレオール語があり、人びとの集合としてのクレオールがある。しかしクレオールにぴったり対応する国語もなければ、国民も存在しないので、その定義は必然的にあやふやなものになる。むしろ「あやふや」で何をさしているかゆらいできたことは、クレオールの特徴そのものと言ってもいい。

「ロス・クリオロス」という新聞記事で、ハーンは「クレオール」が何を意味するか、その由来とともに調べた結果を書いている。この言葉はもともと植民地で生まれた「生粋の」白人を意味した。そしてハーンの時代のルイジアナでは、とりわけフランス出身のフランス人たちがみずからを「誇らしく」、「クレオール」と自称していたのである。ところがいつのまにか、この語は西インド諸島やニューオリンズにおける混血の人びとのことを指すものと「誤解」されるようになった。誤解の果てで、ただフランス語に少し似た言葉を喋る黒人たちが、クレオールと呼ばれたりするようになる。

クレオールの語源は、スペイン語のcrioIloであり、植民地で生まれたスペイン人を意味したといわれる。criollo はといえば、「産む」、「育てる」を意味する動詞 criar に由来するらしい。しかしさらにさかのぼると crioulo があって、これは「植民地生まれの黒人」を意味し、しかもこれはもともと「主人の家で育てられた使用人」を意味したということである。[★17]

そしてクレオール語は、必ずしもクレオール人の使う言葉を意味していないので、ますますややこしい。クレオール語とは、十七世紀には、セネガル（アフリカ）で喋られた「くずれた」ポルトガル語を意味した。ポルトガル人は、アフリカで最初に奴隷の交易にたずさわったからである。このクレオール語は、水夫、商人、奴隷の間のコミュニケーションに用いられ、それから発展して、ヨーロッパの言語と土着語（あるいはアフリカから移入した言語）との混成語がいくつも生み出された。そのすべてがクレオール語に分類され、約二百が知られている。英語、ポルトガル語、スペイン語、フランス語、オランダ語が発生源になっているほか、イディッシュ語、ロマニー語に対応するクレオール語さえあるということだ。[★18]

クレオールという単語が、これほど多義的で、多様な対象に用いられ、混沌《こんとん》としていたのは当然であった。それはもともと植民と奴隷交易の歴史において、出自も所属も混沌としていく移動の中で、一定の集団と言語の呼称として用いられた語であった。いわば名前のないものの名前であったからである。「このクレオールという語がつねに誤解され、さまざまに誤用される」歴史をたどるハーンの文章そのものが、なぜ彼がクレオールにひかれるようになったか、よく示している。そしてハーンはルイジアナからカリブ海にいたる地域の、フランス語から派生したクレオール語と、それを喋る人びとの歴史にやがて情熱的にのめりこんでいく。

フランス語をほとんど第二の言語として生きたハーンにとって、クレオール語が親しみやすかったことは事実だろう。しかし、それ以上に、フランス語から発音しにくいrの音をのぞき、冠詞も動詞活用も省いて、すっかり変形してしまったクレオール語のリズムや音色にハーンは魅了された。ハーンにとって、それはただフランス語を、奴隷たちの土着語をベースに単純化したものではなかった。クレオール語において、フランス語の形式を突き破り、ヨーロッパの制度を逸脱する異質な生命力の表出を、彼は直観していたにちがいない。こうしてニューオリンズ時代に、クレオール語のことわざを集めて注釈した『ガンボ・ゼーブズ』(ガンボ・ゼーブズはオクラを使った料理の名前)を、そして面白おかしく料理法を解説する『クレオール料理』を匿名《とくめい》で出版したあとは、いよいよカリブ海のクレオール世界の真《ま》っ只中《ただなか》に出発することになるのである。

すでに奴隷制度が廃止され、カリブ海の植民地でもフランス語の義務教育が普及しつつあったハーンの時代に、クレオール語の影はもう薄くなりつつあった。ハーンはある程度クレオールを歴史的に研究していたが、その関心はあくまでも同時代のクレオール世界であった。

そもそも正字法をもたず、地域によっても大きく変化するフランス語系クレオール語のことわざは、さらに状況によって、カメレオン的に意味を変える。ハーンはまさにこの言語の変動性に注目して、「クレオール語は、そもそも本質的に引喩《いんゆ》や暗示的な表現の言語だといえる」と書いている。それは、たぶんに奴隷たちのコミュニケーションの手段として、いわば言外の意味を操作することにたけ、笑いやアイロニーや抵抗の力を蓄積してきたにちがいない。「クレオール語は言語の異種混交の所産であり、アフリカの気配をわずかに漂わせているにすぎないにもかかわらず、まさに異種交配によって生み出されたがゆえに、あの美しい〈八分の一混血児〉のごとき不思議なしなやかな美しさを備えもっている」と言うハーンは、まさにマルティニックの混血の女性たちにほれ込むように、クレオール語にもほれ込んだのである。

七　『仏領西インドの二年間』の構成

一八八七年七月から九月にかけて、ハーンはカリブ海と大西洋の間の小アンティル諸島を次々訪れる旅をした。このとき中でもマルティニック島の町サン・ピエールを好み、ここに長く滞在する。同じ年の十月に再びマルティニック島にもどり、ニューヨークにむけて出発する船に乗るのは、八九年五月のことである。この間のクレオール世界の体験が、『仏領西インドの二年間』という書物に結実する。この本を無視しては、ハーンの文学が形づくった一大宇宙の重要な部分が欠落することになる。

冒頭の「真夏の熱帯行」は最初の旅の記録である。カリブの豪奢《ごうしゃ》な自然の細密なタブローが繰り広げられる。まずハーンの目の前にはカリブ海の「異様な青さ」、「完全な透明と空虚」が現れる。しかし、この海をよく知る乗客たちは、「こんなのはまだ青じゃないさ」と笑うのである。三日目の海景。「汐《しお》の泡は、沈むと空の青さに色を変える。その空の青さは、海の色が妙に強烈な光をふくんでいるのに対照して、いまは少し白く見えているが、まるで量りしれない大きな藍甕《あいがめ》をのぞくようだ」[★19]とハーンは、この海の「燃え立つような紺碧《こんぺき》」について語る。四日目、「正午。——空は気味が悪いくらい、みごとに晴れ渡っている。一片の雲もなく、ただ紺碧の火である！　海の円の濃い暖色の上に、空の縁がまるで緑色の炎のなかに浸ったように燦然《さんぜん》と輝いている。上下に揺れ動いている眩《まば》ゆいばかりの海の円環は、その宝石めいた色を天心まで燦《きら》めかせているように見える」[★20]。ハーンの精緻《せいち》な描写によって出現するのは、北半球の住民にとってほとんど未知の海であり、奇妙な物質と光の次元である。それはひとつの物語の背景的な次元といったものではない。そのことは小説『チータ』における自然についても、すでに見たとおりである。もちろんハーンの関心は、やがてクレオール世界の民衆と生活にむかっていく。けれども、人間の歴史は、あくまで自然の豊饒な生産力と破壊力のうえにあるしかない。人間の歴史を自然の〈歴史〉の一部とみなすような視線が、ハーンにはいつもある。カリブ海の二年間でハーンは、この地域の自然と人間に接しながら、こういう見方をますます研ぎ澄ましていった。

「こうした〈大自然〉を前にすると、詩人の言葉も、いかに生彩を欠いたものに見えることか！ 色彩と光の巨大な沈黙の詩 the enormous silent poem of color and light ――（北部の自然だけしか知らない人は、色彩も知らず、光も知らない）、また海と空の詩、森と峯《みね》の詩は、想像力をはるかに超えて麻痺《まひ》させ――賞賛の言葉など嘲《あざけ》り、あらゆる表現力を見下すのである」★21。こんなふうに書くハーンは、人間を超えた、ほとんど崇高な神秘的次元について語っているように見える。けれども、ハーンの熱帯に関する思索は、むしろ進化論的であり唯物論的である。「ここでは〈自然〉そのものが危険なのだ。建設する力が、同時に腐食させる力になっている。ここでは生と死が休みなく諸々の力を変形させながら、――つまり同じ巨大な坩堝《るつぼ》の中で、生きている物質を溶かしては形を作り直しながら、永久に役割を交替させあっているのである。毒を発散する木があるかと思えば、棘《とげ》をいっぱいもった植物があり、脳を冒す香料があるかと思えば、熱くもないのに触ると炎のように肉を火ぶくれにさせる緑の蔦かずらがある」[★22]。

この自然は、人間にも神にも属さず、生死を間断なく交替させ、力と形式をたえず更新しているような場所である。まさにそういう自然を、ハーンは熱帯に発見するのである。マルティニック島の墓地で、「明るい死」を見出《みいだ》すハーンの視線も、このような彼の自然観とまったく一体である。「死とはこの柔らかな緑の大地から、目に見えない水蒸気のように柔らかく上昇して、広大な白日のなかへと溶けこんでしまうものだと、思わず考えてしまう。それほどまでにここでは死というものが明るいものに思われるDeath seems so luminous here.」[★23]。海や空や森の、感覚を圧倒する豪奢な景観を描き続け、やがてそこに住まう人間について語り始めながら、ハーンは自然と人間を貫通する生死の交替を見つめている。

『仏領西インドの二年間』は、いくつかの主題とジャンルの変奏からなっている。この書き方と編み方を、後にハーンは日本についての本でも、しばしば踏襲することになる。紀行、民族誌、短編小説、民話、歴史的記述、論考などからひとつの本が構成されている。一編の文章においても、しばしばこれらのジャンルが溶け合っている。『仏領西インドの二年間』の構成を一覧すると、およそ次のようになる。

真夏の熱帯行——序章にあたる小アンティル諸島の紀行
これ以降のパートは「マルティニック島小品集 Martinique Sketches」と題されている
荷運び女——マルティニック島で荷物を運ぶ女たちの民族誌
ラ・グランド・アーンス——島の東北沿岸の村の民族誌、踊りと音楽
幽霊——教父ラバの伝説、彼の著書『アメリカ諸島新航海記』の感想、ラバの伝記的記述
魔女——ゾンビと魔女をめぐる対話および再話
天然痘《てんねんとう》——ルポルタージュ的散文
洗濯女——前出の「荷運び女」に続く、「洗濯」を本職とする女たちの観察
ペレー山——詳細な自然観察を含む紀行
箱舟少年——潮流にさらわれて遭難した少年二人の物語、短編小説風
有色人の娘——植民地、奴隷制における「混血」の歴史的考察
ムカデ——民族誌、動物誌
わが家の女中——ルポルタージュであり、かつ物語的散文
「思案は禁物！」——気候・風土をめぐるエッセー
エ（Yé）——民話の再話、最後にハーンによる解釈が付加されている
リ（Lys）——島からの旅立ち、短編小説風

ハーンはこれほど多様なスタイルで、クレオール世界を描き、研究し、かつ物語ろうとした。もちろんその自在な文才には驚嘆するが、こんなふうに題材を書き分けることは、彼が出会った自然、人びと、出来事にしたがって、おのずから選択された手法であったようなのだ。全体としてこの本は小説なのか、紀行なのか、民族学的研究なのか、と仮に問うとすれば、まったく不統一で、気ままに書かれたようにも見える。しかしこの混交的、折衷的方法で、ハーンはマルティニックを中心とするクレオール世界について、そしてこの世界と彼自身の出会いについて、たぐい稀《まれ》な、豊かな書物をつくりあげた。それぞれの「スケッチ」において、スタイルも視点も変えていくこの書き方、研究法、思考法を、彼は日本に出会ってもやはり反復するのである。明らかにハーンは、ジャンルを横断するこのような書き方を必要とし、洗練していったのである。

八　教父ラバの性格

「幽霊」の章でハーンは、十七世紀末にマルティニック島に到着した教父ラバの足跡について書いている。ハーンが島に滞在した時代にも、まだラバは伝説的人物であった。「言うことを聞かないとラバおじさんに連れてってもらうよ」と、親たちは子供を叱《しか》ったのである。夜、山の斜面をさまよう火が見えるとそれはラバの灯であるといわれたりもした。

教父ラバは、フランスのドミニコ教団から派遣されてきたが、布教活動をはるかに超えて、建設や土木の事業を指揮し、農場を再建し、イギリス軍との戦争にまで加わって精力的に活動した。教会、僧院、学校を設立する布教活動だけでなく、植民地の産業と商業の力を伸長させ、「植民地の生活に大きな影響を与えた」といわれる。彼は、技術者、軍人、実業家、教育者、そして伝道者をかねた精力的な活動をしたのである。★24

ラバは、晩年にはパリに落ち着いて『アメリカ諸島新航海記』という六冊からなる本を著した。それを「じっくりと」読んだハーンは、行間に表れたラバの「性格」をこんなふうに描いている。「彼を読むと、ひとつの大きな力をもった性格につきあたる。――有能であるが、バランスには、むらがある。――世事には抜け目がないのに、他の点では驚くほどだまされやすい。迷信深いのに冷笑的である。独断的なせいで思いやりがない。しかし人を喜ばせたいという生まれつきの願望のせいで愛想がよく、生まれつきそういう性格なのに、容赦なく過酷であることもできるのだ。非常に信仰が厚いが、にもかかわらず自分の天職と時代に関しては寛容であった」。★25

教父ラバは、かなり美食家で、マルティニックの鸚鵡《おうむ》を好んで食べたという。彼は本の中でその〈調理法〉を披露している。「生きたまま羽根をむしりとって、酢を飲ませ、その酢がまだ喉にあるうちに首をひねって締める」。「生きたまま皮を剝ぐこと」。それを読んだハーンは、「この文章に表れているような残忍な感じは、彼の事業全体のなかに、どうしても取り繕いようのない印象を残している」と書くのだ。[26]

伝説的な伝道者であり植民者であったラバが、黒人と奴隷制度をどのように見ていたか、ハーンは問題にしている。ラバの立場はまったく典型的で、「奴隷制度は黒人を迷信から救い出し、その霊を地獄から救済するよい手段だとほのめかしてさえいる」[27]。ラバよりもはるかに黒人奴隷の境遇に憐憫《れんびん》の情を寄せた教父も存在したが、ラバの植民者的立場は明確で、一貫していた。この教父は徹底した植民者、啓蒙者《けいもうしゃ》、開拓者であり、様々な事業は、彼の信仰の実現でもあった。それから二百年を隔てたハーンの時代に、すでに奴隷は解放され、「陽炎のような人間の力が変えられるすべてのものは、変わってしまった、思想も道徳も信仰も社会的機構の全体も」[28]。もちろんハーンは、ある抵抗を示しながらも、単にラバを西欧の植民地主義者あるいは人種主義者として糾弾しようとするわけではない。植民者であり宣教師であるこの伝説的な人物は、みずからつぶさに記した紀行のなかに、ヨーロッパにはおそらく存在しないタイプの性格をかいまみせている。この宣教師の一見矛盾した性格こそ、植民地における行動的啓蒙的な支配を可能にしたものである。西洋に属しながら、しだいに西洋を脱してきたハーンの「性格」も、どこか教父ラバに似てこざるをえない。似ながらも、さらに逃走と彷徨《ほうこう》を続けようとするハーンは、ラバとは別の「性格」として自己形成しようとするだろう。少なくとも、そういう問いに遭遇するにちがいない。

九　熱帯の悪夢

「天然痘」(La Vérette) は、伝染病に襲われた首都サン・ピエールのルポルタージュである。『仏領西インドの二年間』の一連の文章のなかでは、最初に発表された時事的なものであり、この本で最も感動的なテクストのひとつである。疫病が猛威をふるう町で、それでも謝肉祭のパレードが開催される。仮装行列、「色彩の滝」、楽隊、大舞踏団、クレオール語あるいはフランス語の歌謡が、にぎやかに繰り出される。前の年からはやり始めた天然痘の死者はすでに二百人近くになっている。「行列の通り筋の町々にとんでもないことが持ち上がっている。疫病にかかった女たちがベッドから起きて、自分で衣装をつけ、恐ろしい病気のために見分けのつかなくなった顔に仮面をかぶって、踊りの仲間に加わろうと表によろよろ出てくるのだ[★29]」。

カーニバルは文字通り「死の舞踏会」となる。そもそも群衆のかぶっている仮面は「人間の顔をかたどった、簡単な針金製の白い面で、しかも内側からは何もかもよく見えながら、かぶっている当人の顔は、外からは全然見分けがつかない[★30]」。この仮面は、祭り全体に「幽霊じみた感じ」を与えている。「仮面にはおどけたところは少しもないし、別に美しくもなく、そうかといって醜くもなく、霧のように無色である、——無表情で、空虚で、死んでいる。それは顔の上に、霞《かすみ》か、雲のように乗っかっていて、その後ろには幽霊のように何もない、そう思われてくる……」。

突然、祭りの喧騒《けんそう》がやみ、行列が散らばる。鐘の音がして「神様のお通りだ！」という声のあとに、僧侶《そうりよ》が通っていく。「この僧侶は、どこかの疫病にやられた家へ、臨終に授ける〈聖糧〉を持っていくところである。善良な神の前には、悪魔や女悪魔の仮面をかぶって出てはいけない」。

夜になると悪魔が跳梁《ちょうりょう》し、カーニバルはより凶暴になる。「悪魔は真っ赤な服を着て、醜い血の色の仮面をかぶり、四方に鏡のついた帽子をかぶっている。そのかぶりものの上に赤いランタンがのっかっている。馬の鬣《たてがみ》でできた白い鬘《かつら》をつけて、怪奇に、老齢に見せかけている。悪魔はこの世界よりも古いからである」★31。この悪魔が、三百人ほどの合唱隊をしたがえて、「奈落の底から響くような」声で歌い、合唱隊がまたそれを囃《はや》して歌うのである。悪魔は、「声をおくれ、子供たちよ」と、合唱隊をかきたてる。

悪魔「やーい、歯なしのマリー！」

合唱「歯なしのマリー、見てごらん。――鬼が表にきているぞ！」

あるいは

悪魔「どこで見た？」
合唱「鬼が橋をわたるのを、どこで見た？」

あるいは

悪魔「鬼とゾンビは」
合唱「鬼とゾンビはどこでも眠る！」★32

こういう嵐のようなクレオール語のやりとりが繰り返されるのである。

そしてこの祭りの後も、天然痘の猛威は加速していった。白人はこの頃すでに種痘を受ける習慣があったが、マルティニック島の大部分の人は、種痘の効果など信じず、隔離所に行く意味も認めようとしない。伝染の危険など顧みずに、ただ献身的に助けあい、看病しあっている。ハーンの身辺でも次々死者が出る。サン・ピエールでは、毎日二十五人ほどの患者が埋葬されている。この本に自分のことを書いてはいないが、この時期にハーンは天然痘ではない別の熱病にかかって、六週間病床にあった。

熱帯の空が、島を取り巻く海が、四方の山々が、かつてなく美しい、などとハーンは書いている。そしてやがて疫病の町の報告は、夢のなかにまぎれこんでいく。「昨夜私は、カーニバルのダンスを再び見ていたようだ。頭巾《ずきん》をかぶっていた楽手たち、とんがり帽子の幻想的な流れ、幽霊じみた仮面、揺れ動く体たちと波打つ腕たち、——しかしそれらは煙が流れていくように無音である。知人と思った姿もあったし、どこかで見たような手もあって、その手が黙ったまま伸びてきて触っていくのだった。するといきなり、風に散る木の葉のように、〈何か目に見えないもの〉が、それらの形を散らしていった。そして目覚めながら、『神様のお通りだ！』というあの恐ろしい奇妙な声が、カーニバルの最後の午後に聞いたように、もう一度はっきり聞こえたように思った」★33。もう一つの夢では、世界が、青、緑、白に変化して、燃え上がる。「なんだかギラギラ照っている青空が、自分の頭の中に落ちてくるような気がする。白い舗道や黄色い外壁のギラギラした光が、体のなかに沁《し》みこんで、いままでおぼえたことのない精神の混乱がおこって、思考が朦朧《もうろう》となってくる気がする。……世界じゅうが炎になって燃えだしたのだろうか……紺碧に眩《くる》めく海が、白熱した坩堝の火のように目をくらまし、目を痛くする。山の新緑が呆《あき》れるほどキラキラ、ギラギラ閃《ひらめ》いて燃える。……目をあけるとまた眩《くら》むような光が恐《こわ》いから、しっかり目をつぶったまま、ふらふら手探りで歩く。とにかくこのピカピカ、キラキラした中から逃れ出なければならないことだけは、うすうすわかっている」★34。

熱帯、おびただしい死と生、カーニバル、みずからの熱病、それらのめまぐるしい交替、それらがひとつの夢の記述の中で渦を巻いている。疫病が席巻《せっけん》する町の報告にしのびこませたこのような断片は、ハーンがマルティニックで生きた時間の最深部の結晶である。

十　森を観察するハーン

ペレー山（La Pelée）は、マルティニック島北部の大きな部分を占める火山であり、ハーンが滞在した時代には活動を停止していたが、後にハーンが東京に住んでいた一九〇二年に大噴火をおこし、激しい地震と熱雲が、ふもとにあるサン・ピエールの約二万八千人の住民をほとんど全滅させ、町を壊滅させた。その後マルティニック島の首都はフォール・ド・フランスに移され、サン・ピエールは今でも影が薄い。火山のもたらしたカタストロフィーとしては、史上最悪のケースのひとつといわれる。この熱雲の破壊力は、広島を攻撃した原爆の数倍あったという。しかしハーンは、その頃は鳴りを潜めていたこの山の火口の湖で、のんきに水泳などしたこともあるのだ。

マルティニック島では、サン・ピエール以外に、ペレー山のふもとの山間部の町、モルン・ルージュにも住んだハーンは、ここでは海ではなく、熱帯の森を散策し、「ペレー山」という章に詳細な記録を残している。熱帯樹の「根」や、「羊歯《しだ》」に対するハーンの感受性は、注目にあたいする。「大森林には果てというものがないらしい。どこまでも同じ緑色の薄明かりと、滑りやすい木の根からなるでこぼこな自然の階段道で、半分は羊歯の葉や蔦かずらで隠れている。空気には、鼻を突くアンモニア臭が漂っていて、氷水のように冷たい露が着ているものをびしょ濡《ぬ》れにする。〔……〕それに、いよいよ呆れるのは、どこまでも絡《から》み合っている根という根である。地下というよりも地上で、森全体がひとつによりあわさっている。こうした熱帯樹は、斑岩や玄武岩の険しい斜面を這《は》い登ることはできるが、根は深く張らない。大きな蜘蛛《くも》の巣のように、遠くまで根を広げている。こんな蜘蛛の巣がそれぞれに、自分の周りの別の巣と織り合わさり、それがさらにまた別の巣と織り合わされる。それらの網目のあいだを蔦が上ったり降りたりする一方、ゴムのように硬い名も知れない数々の灌木《かんぼく》が、苔《こけ》や草や羊歯とともに伸張する。何平方マイルにも広がる森林がこうしてひとつの塊として絡みあい、結び合って、ハリケーンの勢力に耐えるほど十分に強固なのである[★35]」。

ハーンはさらに高地の森の中に入る。「またも緑の薄明だ。前と同じように蔦かずらが多いけれど、蔦は前よりも細い。樹木は萎縮《いしゅく》して、より固まって立っている。蜘蛛の巣状の根はより繊細で、網目が密になっている。これは大森林あるいは高木林に対して、小森林と呼ばれる。カンナ、こびと椰子《やし》、木生羊歯、野生のバンジロウなどの群生が、道の両側の低い草木とまじりあって、そのため道は車の轍《わだち》ほどの幅に狭まり、はみ出た雑草や羊歯の葉でほとんど隠れている。足の裏は、それと同じ大きさの地面を決して踏むことがない。火山岩や軽石のとがったかけらの上で、すべすべした根の背が、まるで罠《わな》の輪のようにあらゆる角度で交叉《こうさ》しているのだ[★36]」。

ハーンの観察は、熱帯の森の、蜘蛛の巣状に張って絡み合うおびただしい根の組織の細部に及びながら、森全体を包む植物の網目組織に想像と思考を広げていく。自然のかぎりなく微細な部分に知覚を差し込みながら、それらを横断する巨大な組織のほうに観察を広げているのだ。

すでにアメリカ時代から、ジャーナリスト、ハーンは、民衆の生活の細部に独特の注意をむける生活者という側面を示していた。彼の詩的、幻想的な性格も、このような側面を決して排除せず、ニューオリンズでは、クレオール料理について書いたりもして、実生活の細部への並々ならぬ注意力を証明した。『仏領西インドの二年間』が、どれだけ多彩な文章からなっているかは、すでに指摘したが、旅のはじめにハーンが試みた熱帯の海と空の豪奢な描写に比べて、こういった森の描写には、ハーンの別の側面が見えてくる。ほとんど博物学者のように森の細部と全体をみつめ、いわばその〈生態系〉を思索するような彼の一面がある。そのような根や羊歯や、森の生物の群生についての思考は、単にハーンが熱帯と出会って偶然始めたものというより、ハーンの思考の本性にかかわるのである。ハーンの文学も、詩的幻想も、こういう思考と離れたところにあったわけではない。幽霊や死をめぐる彼の強いこだわりさえも、むしろ彼独自の広大な〈自然学〉のなかにすっぽりおさまってしまうものかもしれないのだ。

十一　混血讃歌

『仏領西インドの二年間』の最後に配置された「リ（Lys）」は、短編小説的な構成をもつ作品である。二年近く滞在したマルティニック島への別れの歌でもある。ハーンは、ニューヨークにむかう船にいっしょに乗り合わせた白人の娘マドモワゼル・リに、自分の心境を託すようにして、この作品を書いている。この娘はマルティニックで生まれて、これからニューヨークで家庭教師になるはずである。アメリカに旅立つ娘は、この北の国のことを何も知らない。「なんじ、北国の曇りて高き空よ！　オーディンの灰色の空、――風は荒く、その色はすべて亡霊のよう！　なんじのもとに住むものは、常夏《とこなつ》の緑の栄光を知らない、――南国の光の紺碧の輝きを知らない――しかし、人間の目に、太陽と太陽の間の虚空を照らして見せる〈思想〉の明るみはおまえのもの。幾世代もの力技、――奮闘するもの、応戦するもの、――〈自然〉を飼いならすもの！――霊感と達成、これこそなんじの領域、――より広大なヒロイズム、持続する膨大な労働、高度の知識、そして科学の魔術！」[★37]。

そのように〈自然〉を飼いならしてきた北の国に旅する娘の唇は、すでに色を失っている。彼女の中に住んでいる「自我以上のもの」、南国の輝かしい光と色彩、あらゆる「霊的遺産」が、北国の予感を前にして震えているのだ。熱帯の豪奢な自然に比べれば、これからマドモワゼル・リが知るはずの国には、「薄明かり」しかない。それを人びとは「神々の薄明」と呼んでいるかもしれないにせよ。

ハーンは、すでに彼自身の日本への出発を予言するかのように、船の中で、青竹を描いただけの日本の扇を手にしている。その扇の絵は、「草木の匂い、強い熱帯の日差し、暑さ、再現しがたい色彩の強度……[★38]」を示している。このときのハーンにとって、日本はもうひとつの「熱帯」なのである。

そのハーンは、幼少期をヨーロッパの北国ですごし、アメリカに渡ったあとに、南へと移動して、異世界の光をたっぷり浴びたのである。ヨーロッパの南方（ギリシア）と北方（アイルランド）の間に生をうけたハーンは、いわばすでに自分を「混血」と感じていた。マルティニック島のハーンの思索の多くが、「混血」という主題にむけられていたことは、『仏領西インドの二年間』のなかの「有色人の娘」や、『アメリカ雑録』に収録された記事からも明らかである。

彼の「混血」の讃歌《さんか》が、何よりもまず、混血の女性の美しさにかきたてられていたことは明らかである。「混血人種の見せる肌の色がいかに素晴らしく変化に富んでいるか」は、彼の関心の的であった。アメリカに着いて以来、ハーンの関心はつねに「混血」の女性であり、また「混血」の文化であったといえる。ハーンのこの傾向は、少なくともマルティニック時代まで一貫していて、とりわけマルティニックで本格的になった。

混血の女性は、白人よりも黒人よりも美しく、クレオールとはあくまでも混血的、混成的文化、混成的言語であり、それは熱帯の風土のなかで、森のなかでからみあう根のようにおびただしい生命力を持っていると、ハーンには感じられた。ハーンの持論によれば、白人男性が、奴隷の黒人女性に産ませた混血の子供たち（ムラート）は、奴隷制自体をやがて危機に陥れたのである。ムラートの一部は奴隷の身分から解放され、解放されない場合も、白人との同権を主張して、〈人種差別〉に反抗する強い意識をはぐくむ傾向があった。奴隷制に反対する運動は、主としてムラートに導かれたとハーンは書いている。アブラハムと侍女ハガルの間に生まれて追放されたイシュマエルは、やがてもどって来て、アブラハムと正妻を荒野に追放しようとする。聖書におけるこのイシュマエルの話をハーンは連想している。ムラートは美しく、知性にあふれ、やがて奴隷制を破壊し、白人を追放する……。

『チータ』についでハーンがマルティニックで書いたもうひとつの小説『ユーマ』は、乳母として白人の家庭に忠実に生きる娘ユーマ（混血の黒人女性）と、この娘を愛する奴隷ガブリエルの物語である。二人は愛しあっているが、ガブリエルは白人に対して蜂起《ほうき》する叛徒《はんと》になり、ユーマのほうは、白人の家族にしたがって、叛徒の放つ炎に焼かれて死んでしまうという悲劇である。この小説は、『仏領西インドの二年間』とぴったり対になった物語として読むことができる。小説作品として、きわだった独創性はないとしても、ハーンのマルティニック島体験のいわば〈前史〉として読むことができる。歴史、地誌、民族誌の要素が巧みにもりこまれていて、あきさせない。

ハーンはしばしば「人種」について書いている。「われわれは今日、人類は精神において同一であると信じる。だが果して、全く異なる先祖経験の賜物である別の人種の魂を自分の人種と同じように理解できるほど賢くなれるかについては、やはり大きな疑問が残る」。「太古よりわれわれとは正反対の状況にあり、白人人種との生物学的な関連性がいまだに科学的な論議の対象となっているほど、人体の構造、言語、習性、肌の色において著しく異なる諸民族のことを、一体われわれがどれほど理解できるというのか」★39(『アメリカ雑録』)。おおむね十九世紀に生きた知識人ハーンは、西洋と西洋外を截然《せつぜん》とわかつ「人種」の概念と、それを補強しようとする擬似生物学的概念から、決して自由ではなかった。人間は人種として規定される、とハーンは考え、それは遺伝学的根拠をもつとさえ考えた。肝心なことは、そういう枠組の中で、ハーンがどのように人種の問題を考え、あえて枠組を越えていったかである。「混血」とは、彼にとって、まさに人種の規定を超えていく運動であり、生の形なのである。

たとえば、人種主義者の元祖といっていいようなフランスの文人アルテュール・ド・ゴビノー(一八一六―一八八二)は、世界の人種を白色、黒色、黄色に截然とわけ、また世界を「純粋な」人種の住む地域と、「混血」の住んだ地域にわけた。それだけでなく、混血によって純血が失われ、均質になり凡庸になり、人種は衰退していくと主張して、やがてナチズムの人種主義に格好の口実を与えることになった。ハーンの人種主義は、まったく逆に、混血こそが美しく豊かな世界を作り出す、と考えることにおいて徹底していたのだ。

アメリカでは黒人（混血）の女性を愛し、マルティニック島でも混血の人々を讃え、混血的文化と言語を讃えることにおいて徹底していたハーンは、みずからも混血的存在になろうとすることにおいて徹底していた。マルティニック島では、そのことに自分の体力と知力のすべてを費やしたといってもいいのだ。けれども混血的存在とは、二つ以上の世界の間で引き裂かれて、その葛藤《かっとう》を生きつづけることでもある。『仏領西インドの二年間』の最後を飾る「リ」の物語は、船に乗り合わせたある女性の境遇に託して、まるでそのことを旅の終わりで宣言しているかのようである。しかしハーンの放浪はまだ終わらない。マルティニック島を発《た》ってから約一年後に、彼は横浜にむかう船に乗っている。

第三章　日本の第一印象

一　夢の日本、現実の日本

一八八九年五月、ハーンはマルティニックを発《た》ってアメリカにもどり、ニューヨークやフィラデルフィアで約一年をすごす。この間に日本に行くことを画策し、旅行記を送る契約を出版社と交わして、翌年三月八日にニューヨークを出発する。カナダを鉄道で横断し、バンクーバーから船に乗って横浜港に入るのは、一八九〇（明治二十三）年四月四日である。到着してまもなく日本に長く滞在することを考えるようになるが、経済的に困窮し、結局、島根県松江市の尋常中学校と師範学校の英語教師として赴任することになる。

すでにニューオリンズに住んでいた時代にハーンは、万国博覧会（一八八四―一八八五年）で、日本の展示物にとりわけ惹《ひ》きつけられ、記者としていくつかの記事を書いている。日本古代の青銅器や陶磁器に、「ギリシアやエトルリアの産物の優雅な構想」や、ポンペイの発掘品に似た雰囲気を発見している。「落ち着いた色調」をもちながら、「驚くべき勢い」をもつ細工や装飾を、つぶさに観察している。「死んでいるとも生きているとも見分けがつかない虫や甲虫の作品で埋め尽くされた日本のお盆が、目の前にある」★1。日本の学校で使われている教育用の人体解剖模型や玩具《がんぐ》にさえも驚嘆している。日本女性の着物について、「鮮緑色の絹の地に金と黒で花とつる状の植物をあしらったアラベスク」、「山繭《やままゆ》の繭綿から作られた美しい色の模様のついた着物」、「肌ざわりが鳩《はと》の胸のように柔らかで、身につけているあいだ優美な襞《ひだ》がまっすぐであるように、へりに綿の詰め物をして上品に重みをつけた、綿雲のように白い同じ素材の衣装（白無垢《しろむく》合着）★2」などとつぶさに報告するハーンの視線には、何かただならぬものがある。

それだけでなく、それ以前にも（一八八三年）、ハーンは、英語に訳された日本の『詩歌アンソロジー』に強い印象を受けている。「紙の上に惜しみなく降りかけられた金粉の素晴らしい雨があり、蝶《ちょう》たちの間にきらきら輝き、あるいは花々の上に光っている。しかしこの花と蛾《が》と黄金の雨からなる幻の光景を蔽《おお》うように、あるいはそれを斜めに横断して、長い数行の見慣れない黒い文字が、こきざみに走っている。大風に吹かれる黒い木の葉のように、ねじれてくるくる回りながら。これらのそれぞれが命の通った言葉であり、思うことがそのまま声になったのである」★3。まだ日本に旅立つことなど考えもしないうちに、ハーンは確かに日本の何かに出会っている。そしてこういう印象は、後のハーンの日本体験の、ささやかな原型になっているともいえる。

博覧会で展示された日本の産物に、ギリシアに通う美学を見ながらも、同時に未知の、繊細な、ほとんど官能的な感覚を、彼は発見している。わずかな手がかりしかないのに、まるで未知の女性を恋するように、想《おも》いを脹《ふく》らませているが、その恋の相手は誰でもよかったわけではなく、確かに他の女性とは異なる特性をもっている。その特性について、じつは大したことは知らないのに、わずかな材料から想像してつくりあげたひとりの女は、他には存在しない特別な女である。おそらくハーンはそういうふうに、日本に行ってじかに日本を知る前に、すでに日本と特別な出会いをしていたようである。そして、この日本は彼の母の国ギリシアに少なからず似ていた。まだ見ぬこの遠くの恋人は、ぜひとも彼の母に似ていなければならなかったのだ。

『日本瞥見記《べっけんき》』とか『日本の面影』とかのタイトルで訳されてきたハーンの最初の日本紀行 *Glimpses of Unfamiliar Japan* は、それ以前のハーンの著書を思いおこすなら『仏領西インドの二年間』とまったく対になる書物といえる。『仏領……』ほど多彩な散文を組み合わせたものではないとしても、紀行、民族誌、そして聞き語り（再話）などが、やはり自在にからみあっている。その一部は雑誌の記事として書かれたもので、ハーンはジャーナリストとして書くことも、まだやめていない。しばしば民俗学的、民族学的研究という側面ももっているが、全体としてまぎれもなくハーンの文学作品といえる。もし、ただ日本研究の書として読むなら、いまではその価値を認めようとしない読者がいても仕方がない。じつは、研究であり、紀行であり、文学であることが一体になっているこの書物の意味は、どれかひとつを切り離して部分的に語ることができない。

極論するなら、ハーンのこのような日本論の全体が、ひとつのフィクションであったと言ってもいいのだ。それが単なる幻想、夢想、虚構であったという意味ではない。ハーンのアメリカやマルティニックについての文章がいつも、特筆すべき繊細な現実感覚と、それを裏打ちする交渉《こうしょう》や調査によって書かれたことは、すでに見てきたとおりである。けれども、日本での著述においても、全体として記録、分析、調査、研究といった側面が、ハーン独自の感性と思想につらぬかれた散文として達成された、ということはとても重要である。

二十一世紀の日本に比べるなら、ハーンの本に記された日本は、すでに夢（のまた夢）のように見える。まだ日本語をよく解しなかったハーンは、英語を解する日本の知人の助けを借りて、可能なかぎり歴史や物語を渉猟しながら、彼の見た現実の日本を描こうとした。しかしまた浦島太郎のことを書いた後《のち》のエッセー「夏の日の夢」のように、あたかも日本での体験を、夢のように生きようとし、書こうとしたのである。現実的にして夢想的であるという、これら二つの側面は、ハーンの中で決して両立しえないことではなかった。客観的であることと主観的であることを両方とも必要として、できるかぎりその間を往復することは、ほとんど彼自身の方法となり、スタイルとなった。決して彼は、不徹底であったのではなく、むしろ徹底した結果が、そのように両義的な方法となったのである。〈外国人〉によって日本論が書かれるたびに、それが真実を描いているかどうか、日本人は問題にしてきた。奇妙なことに、日本の内側で、日本人によって書かれた日本論の虚実が問われることは、ほとんどないのだ。二十世紀も後半になって、ロラン・バルトの『記号の帝国』のような本が現れたときも、いかにも面妖《めんよう》な日本論が現れたという印象を、日本の読者たちはもった。そのバルトのほうは、ひとつの「記号の場」、または「記号的特徴の体系」を記述し、それを仮に〈日本〉と呼ぶのである、とまったく明快な距離をとりさえすればよかったのである。いずれにしても、〈外国人による日本論〉という奇妙なジャンルを、日本人は存在させ、しばしばその真偽を問いながらも、つねに注目してきた。その論の書き手にとっての〈真実〉は何であったか問うことはなく、ただ真実の日本が描かれたか問うのである。まるで日本人自身にとっては、何が真実であるか、あらかじめ明白で、あらためて問う必要などないかのように。

たとえばバルトの『記号の帝国』のあとにも、モーリス・パンゲは長く日本に滞在した末に、『自死の日本史』（筑摩書房）という書物を著した。自殺を排撃してきた西洋の権力を批判する著者独自の〈死の哲学〉がすみずみまで浸透した日本論といえる。切腹や心中の歴史を綿々とたどったこの本は、他方では日本人の好戦的、侵略的側面にはまったく批判的である。こうして日本的な死の美学をただ神話化することは注意深く避けている。それでも私たちはこの本を、日本人のナルシズムを刺激するものとして読むことができるし、また一方では、ハラキリの日本史などという発想そのものを〈エキゾティスム〉として敬遠することもできる（そのため私自身も、この本を読みこむまでには時間がかかった）。パンゲの本は、学術的な歴史書というよりは、独自の思想的モチーフにもとづき、情熱をこめて日本史を解釈したものといえる。そういう意味では、現代における〈エキゾティスム〉の生産的な成果といえる。ハーンからパンゲにいたる日本論は、日本とは何か、日本人とは誰かと問うと同時に、なぜそれを問うのかという問いも暗に含んでいる。この問いは、自己と他者に対する遠近法の問いでもある。

『日本瞥見記』は、日本に恋したハーンの最初の情熱的な書物である。後にこの情熱はすっかり冷めはしないまでも、徐々に変質するだろう。ハーンは彼自身のモチーフに根ざす探求を続け、日本とは何かを考え続ける。この探求は、最後に『日本――一つの試論』という集大成的な思索として結実する。はじめに日本の情熱的な恋人だったハーンは、しだいに幻滅し憂慮しながらも、最後には、日本に対していくぶん医師のように向きあい、日本を診断し、処方箋《しょほうせん》を提供するようにして、この集大成を書くことになる。私たちは、ハーンのこの〈遠近法〉から、まだたくさん学ぶことがある。

二　島へ、島根へ

「日本人の頭脳にとっては、一個の表意文字は、すなわち、一個の生きた絵なのだ」[★4]。『日本瞥見記』の最初の文章（「極東第一日」）を、ハーンはこんなふうに横浜の町にあふれる文字の印象から書き始めている。活字の文字ではなく、とりわけ毛筆で書かれた「つづけ書きの書法 the art of their combination」の文字に目をひかれている。肉筆の文字は、人びとの身ぶりや顔に劣らずものを言う。いたるところで宙に漂うようなその筆跡の印象と、通りすがりに出会った人びとの表情を、ハーンは同じように解読すべきものとみなしている。こうして彼は、ものみなが小さく、おっとりして、なごやかな「おとぎの国」に着いたという印象を、少し恥ずかしい紋切り型だけれど、と断りながら表明している。

当時の横浜は、伝統的なたたずまいにまじってすでに輸入品を商う店や写真館などが並び、決して純和風というわけではなかった。けれども、肉筆の文字の漂うような印象とともに、箸《はし》や、つまようじ、手ぬぐいや下駄、暖簾《のれん》、暖簾のうえの文字、また銅貨や紙幣にいたるまで、あらゆる未知の品物が、ハーンの目を楽しませる。すぐに人力車に乗って界《かい》隈《わい》の寺を訪問し、富士山の威容を目にし、英語のできる若い僧侶《そうりょ》に出会って、さっそく取材的な活動をはじめている。しかしハーンは次々目に入ってくる何の変哲もないもの、ささいな小さいものに（小人国についたガリヴァーのように）、ほとんど平等な注意をむけている。それらすべてのものが、漂う文字のようにからみあっているのを読み解こうとしている。

こうして春に横浜に到着し、秋前には松江の英語教師になるハーンの、日本との出会い方には、偶然が手伝ったとはいえ、いくつか注目してよい特徴がある。この出会いはほとんど彼自身の思想的かつ意図的な選択であったように見えてくるのだ。松江に赴任したのは偶然、英語教師のポストがあったからであるとはいえ、とにかくハーンがまず出会った日本は、首都東京でもなければ、京都や奈良のような歴史的古都でもなかった。確かに松江は古代神話の場所にあり、ハーンは早々と出雲《いずも》大社も訪れたりしてはいるけれど、『日本瞥見記』に記された日本は、ほとんど荘重な歴史の刻印をもたず何の変哲もない場所としてハーンが出会った日本なのである。そういう場所で見た地蔵や、盆踊りや、おみくじや、虫などが、たちまちハーンを惹きつけたのだ。

じつはハーンの『仏領西インドの二年間』も、まさにそういう観点から書かれていた。マルティニック島では、奴隷と混血の歴史にとりわけ強い関心をいだいたけれど、彼の関心の対象は、決して歴史的なものではなく、荷運びや洗濯を仕事にする女たちであり、森と海の自然の変化であり、また人びとの歌、会話、口承が、何よりも貴重な資料であった。この点でハーンは、まったく自覚的に、歴史学ではなく民俗学を志し、国家の歴史よりも、民衆の生活に目をむけたあの柳田國男《やなぎたくにお》のようなアプローチをしたといえないこともない。

しかし文学者であり、ジャーナリストでもあり続けたハーンの仕事は、はるかに多彩で自在でもあり、日本を知るにつれて、ハーンは徐々に歴史家的な観点を構築していくことにもなった。こうした多面性が、ひとつの文体のなかに溶けあって、ある一貫性をもって表現されたことは、すでに『仏領西インドの二年間』でも、よく感じられることである。

横浜に着いてさっそく江の島を訪れたハーンの紀行文（「江の島行脚」）は、この点でもじつに印象的である。つまりマルティニック島を離れたあとでも、ハーンはまだ〈島〉にこだわっているようなのだ。鎌倉《かまくら》の名所を訪れたあとで、彼は自分がほんとうに関心のあるのはこういうものだ、と言わんばかりに、見捨てられた墓や仏像を描写している。「どこに行っても、花の香りにまじって、松やにのように芳《こう》ばしい、日本の香華のかおりが漂っている。どうかすると、四角な柱のかけらのような何やら彫り刻んである石の群れや、久しく打ち捨てられた墓地の無縁になった古い墓石が、乱雑にちらばっているところを通ったり、そうかと思うと、夢見るような阿弥陀仏《あみだぶつ》や、ほのぼのと微笑をたたえている観音の像だのが、寂しくぽつんと立っているそばを通ったりする。何もかもが、古い昔の歳月に色あせつくして、崩れ朽ちたものばかりだ[★5]」。

こうしてハーンは、あいかわらず〈島〉へとむかうのだ。「行くほどに、道はしだいに爪下《つまさ》がりになり、大渓谷の絶壁のような断崖《だんがい》の間を下って、ぐるりと大きく迂回《うかい》している。そこを曲がると、たちまち峡間から海へと出る[★6]」。まったく、ハーンを感動させるために、大したものはいらなかった。いくつもの鳥居、弁天様、ふしぎな貝細工、小さな蛇、そんなもので十分で、あとは「森と海の烈《はげ》しい香り」に包まれた島の地形のなかで、彼は未知の信仰の空気さえ呼吸している。

やがて出雲地方を旅するハーンも、繰り返し海岸に出る移動の時間をつぶさに記録している。もちろん山も森も同じくハーンをひきつけるのだが、ハーンの出会った出雲地方は、まるで小さな島（島根）の集合という印象を与える。風と潮が島のまわりをたえず流れながらとりまいていて、何ひとつ永遠に固定することがない。確かにこの地域には、出雲大社（「杵築」）のような記念碑的建築があるとしても、ハーンの出会った大社さえも、やはり島の一部のように感じられる。

マルティニックに比べれば、日本ははるかに巨大な列島といえるが、そもそもハーンは日本に対して、とりわけ最初は、まるで島に対するような視線をもって対したのだ。いわば日本の島嶼《とうしょ》性にこだわるようにして、日本紀行を書き、日本の地方の民族誌を記したのである。もちろん〈島〉とは、閉鎖的性格の同義語としての〈島国〉のことではない。〈島〉は、船で移動する人びとの中継地であり、移動するおびただしい流れのなかにあって、決して重厚な記念碑を形成しえなかった。必要以上に事物を固定しない、建築しない、保存しない。多くのものが、名もないままに朽ちていくのだ。ところが海の交通路が発展をやめると、島とは、外部から守られて、そのように目立たない遺物を、いつまでも保存する場所となったのだ。

出雲神話における「国引き」の話は、陸から離れていた島根半島を、八束水臣津野命《やつかみずおみつののみこと》が綱を渡し引っ張って日本列島にくっつけたというものである。実際に氷河期には、島根半島にあたる部分は島であり、いまの宍道湖《しんじこ》は海峡であった。ハーンにとって、出雲は、神話の場所ではあっても、歴史の場所ではない。そして実際に島であるかないかは別として、ハーンはしばしば島のような断片の断面に、日本を見ている。こうしてさっそくハーンは、まったく自分自身の傾向に共鳴させながら、日本と出雲のイメージを選びとったのである。

三　小さい日本へのまなざし

ハーンは松江に赴任しに、太平洋岸から日本海沿岸にむかって人力車で山を越えていった。彼をとらえた西インド諸島の印象が、まだ消えない。ハーンの出会った日本は、熱帯に隣接しているのだ。「それは火山国だけに見られる変幻自在な独特の風景である。昼なお暗い松と杉の森林と、遠く霞《かす》んだ夢のような空と、柔らかな日の光の白さがなかったら、ドミニカ島や、マルティニック島の丘のつづら折りの道を、いま自分は登っているのではないか、とふとそんな思いにしばしば襲われた」[★7]。この夢のような日本の印象は、ハーンが松江に着く前に立ち寄った伯耆《ほうき》の国（今の鳥取県西部）の村の盆踊りの光景を見ることで、ますます深まっていった。

日本に住む人びとにはよく知られている盆踊りの手足の動作を細かく紹介した後で、ハーンは彼独自の解釈の世界に入っていく。

こうしてこのゆったりとした行列は、いつのまにか、月光に照らし出された境内の中を、だんだん大きな輪になって、黙って見ている見物人のまわりをぐるぐる回るのである。

そして、白い手がたえず波のようにそろって揺れ動く。まるで何か呪文《じゅもん》でもひねりだすように、白い手は輪の内と外に、かわるがわる手のひらを上に下に向けながら、しなりしなり動くのである。それといっしょにいたずらな妖精のような袖《そで》が、羽のような影をそえながら、ほの白くそろって、この複雑なリズムにのりながら、平衡を保って進む。それをじっと見ていると、まるで水がキラキラ光って流れているのを懸命に見ているような、——なんだか催眠術にでもかかっているような感じがしてくる。

この催眠術のような、眠気の底に引き込まれるような感じは、あたりが水をうったように静かなので、いっそう強められる。誰ひとり口をきくものはいない。見物人も黙っている。踊り手が軽く手をたたき、また次にたたくまでの長い間合いには、藪《やぶ》にすだく虫の声と、軽く埃《ほこり》をあげる草履のしゅっしゅっという音がきこえるだけである。何かこれに似たものがあるか、私は自分に問うてみた。似ているものは何もないが、あえてい

えば、歩きながら空を飛んでいる夢を見ている夢遊病者の思いがこんなものではないか、という気がする。★8

この静かな盆踊りは、まるで目に見えない幽霊たちを前に踊られているようで、そのいちいちのしぐさの意味は、もう忘れ去られた太古の時間によって決定されている。ほんの少しの物音でもすれば、これらすべてが永久に消えてしまうのではないか。そういう思いにとらわれるハーンは、この踊りの光景によってまるで魔法にかかったような自分を見ている。この光景は、こんどは海にむかって開かれた島の光景ではなく、果てしない過去の時間と死者の記憶にむかって開かれている。荒れ果てた寺の境内で、死者を迎える踊りには、少しも華々しい歴史の影などないが、それでも果てしない生死の交替をつらぬく時間の痕跡《こんせき》が含まれている。日本に着いたばかりのハーンを魔法にかけるには、こんなことだけで十分だった。

もちろん盆踊りは、死者を迎える祭りにとどまらず、恋の祭りでもあり、多産を祈願する祭りでもある。幽霊たちのように静かな踊りの場面はやがて一転して、娘たちは歌い、音頭をとる男たちが加わり、死者の祭りは陽気な生者の祭りに転換する。こうしてハーンの幻想は破られるが、決して失われることはない。このような感動と印象は、ハーンにとっての〈日本〉のほとんど原型になったといえる。ハーンの想像と思考は、しばしば歴史的な過去（史料や遺跡）よりもはるかに長い時間に、太古に及ぶ。そのような時間を刻んでいるのは、何でもない身ぶりや習慣や道具、名作でも何でもない石仏や地蔵であったりする。そういうものこそ、小さな島が巨大な海に開かれているように、悠久の時間と、無数の生死の交替に開かれているからである。

確かにハーンには〈小さいもの〉に惹かれる傾向があって、それは日本でますます顕著になっていった。〈マイナー美学〉と呼んでもいいそのような彼の傾向は、あのフランツ・カフカの傾向でもあった。とりわけ短編小説で、もぐらやねずみを好んで主人公にし、小説の主人公を、しばしばKという最小の文字で記したカフカの〈小さいもの〉への傾向には、ブルガリア出身のドイツ語の作家エリアス・カネッティも注目している。カネッティは、カフカのこの傾向は、カフカ独自のやり方で、権力と戦おうとする方法であったというのである。[★9]「権力にとってあまりに微々たるもの」になることによって戦うという策略は、むしろ戦いをあくまで避ける戦い方ともいえる。そして小動物や昆虫を好むカフカのこの傾向は、すでに「支那《しな》人の文学と生活」に見えるものだ、とカネッティは書いている。

ハーンの方は、中国ではなく日本にそのような傾向を見出《みいだ》して、やがて、たとえば虫の鳴き声をめぐる文化と産業について、つまびらかに書いたりする。[★10]そのハーンの〈小さいもの〉の美学が、カフカのように、権力との戦いという面をもっていたかどうか、必ずしも明らかではない。しかし、ハーンにとって、これら〈小さいもの〉こそ、何か悠久の、歴史を超える時間に結びついていることは確かである。この〈小さいもの〉の美学はどうしても、確固たる権力そのものとしての国家や体制からは距離をとることになる。明治の大日本帝国において、やがてその首都の帝国大学講師になるハーンは、ほとんどいつも、国家を、支配を、軍隊を嫌い、その日本さえも、無数の小規模な集団（そして島）の集まりとしてとらえるまなざしを失わなかった。スペンサーゆずりの宇宙的な進化論を背景にして、彼はいつも同時代のちっぽけな人間をみつめ続けたが、そういうまなざしは、日本の中で急速に組織化された近代国家や軍国主義や天皇制と、しばしば衝突した。ハーンの日本論は、あからさまにではないとしても、帝国主義に対するこうした疑いをしばしば含んでいる。

近代化を国是とする明治にあって日本の〈上層知識階級〉は、旧来の信仰を迷信として軽蔑《けいべつ》する傾向があった。それを感知したハーンにとって、真実の日本は、あくまでもつましい大衆の信仰や慣習のあいだに発見されるしかなかった。この点でもハーンはマイナー志向であった。しかしことはそれほど単純ではない。彼の日本での仕事は、日本を調査し、夢想し、研究すること以外には、日本の青少年に英語を教え、やがて日本の将来をになう帝国大学の学生たちに、西洋の文学や思想を教えることであり、こうして近代化を促進することでもあった。

四　魔法は続く

よく引き合いに出されるが、ハーンの松江との出会いを記した感動的文章は、早朝の米を搗《つ》く音で始まる。「松江で、朝寝ていると響いてくる最初の物音は、ちょうど枕《まくら》につけた耳の下に、どすんどすんと、大きく、ゆっくりと波打って聞こえるあの心臓の脈拍に似た音である。それは太く、静かに、何か物を打つような鈍い音であるが、一定の時間をおいたその規則正しい間合いと、どこか奥深いところから洩《も》れ響いてくるようなその感じと、聞こえるというよりは、むしろ知覚されるというように、枕に伝わってくるその響きぐあいが、心臓の鼓動に似ているのだ[★11]」。これもまた日本の地方の、何の変哲もない毎日の仕事と道具の音であったにちがいないが、この描写は凡庸ではない。米を搗くその音は、聞こえてくる以上に、心臓の鼓動のように知覚される。ハーンは単にその珍しい音のことを語っているのではなく、その音を受けとっている彼自身の身体の状態について語っている。町の音は、彼の身体に、心臓の脈動のように浸透するので、町が彼の身体そのものの広がりとなり、彼の身体は町の器官の一部のようになっている。日本に着いたハーンは、そういう知覚の状態を、短い文章で語ることから始めているのだ。

逗留《とうりゅう》した宿から見える宍道湖の風景を、ハーンはこんなふうに描く。「あの靄《もや》に浸されて定かならぬ朝の最初の艶《つや》やかな色合い。こういう朝の色綾《いろあや》は、眠りそのもののように柔らかな靄から軽やかに伸び出て、目に見える蒸気となって流れる。ほのかに色づいた霞《かすみ》は長く伸び広がって、湖のはるかかなたの端にまで達する」。「山々の裾《すそ》はすべてその霞で隠される。さらに霞は果てしなく長い薄織り布のように、より高い峯々《みねみね》を、それぞれ違った高さのところで横切って進む」[★12]。こういう宍道湖の光景に、「眠りそのもののように柔らかい靄」を見るハーンは、まだあの伯耆の村での盆踊りの魔法にかかったままのようである。

この描写はまったく克明で、ハーンはただ夢見ているわけではない。ただ町の音に耳を傾けるだけでなく、光、雲、水、靄を、精密に見つめている。しかし見つめるほどに、宍道湖は、「現実の湖というよりも、むしろ曙《あけぼの》の空と同じ色をした美しい幻の海となり、空そのものとみごとに溶け合う」。薄い靄、かすんだ山並み、たなびく雲に包まれることの多いこの湖は、しばしば空と水の境界がわからないまま、刻々変化していく。そればかりか、ハーンの感覚では、いま見ている海と、幻想の海との区別が不分明になっている。決してただ幻覚に陥っているのではない。それがまさに、ハーンの感覚の状態なのだ。ハーンにとって、光の微細なちがいは重要である。光の差異は、感覚、感情、思考、そしてそれを受けとる人間の状態のちがいにもつながっていく。ハーンはそういうふうに、光を感じる視覚だけでなく、自然を受けとる五感を細かく鍛えあげてきた人である。

熱帯の落日に比べると、日本の出雲で見た光は、「夢の光のように穏やか」[★13]で、「色彩というより色合いというべきものばかりで、しかも靄のような淡い色合いである」。『日本瞥見記』の代表的文章「神々の国の首都」で、ハーンは繰り返し、宍道湖の光景を精密に描いている。

> 鋸《のこぎり》の歯のような刻みをつくって長く連なる山々の、藍《あい》色とも黒ともつかぬ姿の背後から上空にかけて、くすんだ濃い紫の靄が幅広くたなびき、朦朧《もうろう》とかすむ紫がさらに中天にむかうあたりは薄く淡い朱やかすかな金色になり、それがまた仄《ほの》かにも深い緑色を経て、青空の青さに溶けこむ。はるか彼方《かなた》、湖水が深まるあたりの水面は形容しがたいほどの柔らかい菫《すみれ》色を帯び、群れ立つ松が影をつくる小島のシルエットが、なごやかで優美なその色彩の海に浮かんでいるように見える。しかし、もっと浅くて近い湖面は、ちょうど線でも引いたように、深い所とは水流によってくっきりと区別されて、その線のこちら側は水面がくまなく微光を放つ青銅色、いや金色に青銅色を加えた赤みがかった淡い色になっている。
>
> 仄かに淡い夕暮れの色は五分ごとに変わっていく。すべすべした玉虫色の絹の色合いや陰影を思わせて、色という色が不思議なほどに目まぐるしく移り変わる。★14

まだまだハーンは魔法から醒《さ》めていないし、醒めたくないのである。湖を見ても、そこに流れて縺《もつ》れる様々な文字を解読することを、まだ続けている。文字、光と水、盆踊り、湖、小きざみに刻々変化する光と水の流れ……。出雲大社を訪れたハーンは、アメリカ時代から、あれほど博覧強記の人でありながら、「風変わりな迷信や、素朴な神話や、奇怪な巫術《ふじゅつ》や、そうした表面に現れた鉱脈のもっと下の方」の「隠れたる魂」は、神話の書物や、神道《しんとう》の注釈者に見出すことはできないものだ、と書いている。もちろん日本語の書物を渉猟するには、英語を解する同僚や学生たちの助けが必要だった。やがてハーンは徐々に、書物としての日本にも親しんでいくけれど、なるべくこういう直接的な出会いを選択することによって、彼の日本に対するアプローチは、日本の知識人も、あるいは日本研究のスペシャリストもまれにしか実現しえない直接性を獲得した。ハーンは、そういう直接性を通じて、思い切り想像を羽ばたかせ、書物や文献の届かない何かに出会っていたかもしれない。このようにして彼は、古代ギリシア人に似た日本人の〈魂〉に出会うのだ。★15

幼くして死んだ子供たちの魂の訪れる岩屋の地蔵、燈籠《とうろう》流し、キツネ（稲荷《いなり》）、縁を結ぶといわれる樹木、庚申《こうしん》、荒神、等々、いたるところに小さな神や霊魂が住んでいて、人びとはその前で手をあわせる。ハーンはできるだけ、それらの信仰の由来や伝承について知ろうとするが、人びとはそんなことをろくに知らなくても、ただ信仰することができる。ここでも、ハーンはよく組織され体系化された宗教の教義を調べるよりも、しばしば「えたいのわからない」小さな断片になって散逸した民間信仰の痕跡を訪ねて歩いている。

そしてこういう〈探訪〉のかたわらで、盆の市や祭りに並んだ屋台を訪れ、小さな品々や玩具類をあくことなく観察している。素焼きの皿に提灯《ちょうちん》、線香、籠《かご》に入ったキリギリス、水に浮かべるとゆっくり開いて、花や鳥など様々な形をあらわす小さな巻紙（これはプルーストが、いつのまにか蘇《よみがえ》って広がるあの〈無意志的記憶〉のモデルにしたもの）、そして彼が出雲大社の前の市で目にしたのは、腹をたたくタヌキ、餅《もち》つきをするウサギ、旋回して飛ぶトンボ、鳴く小鳥、起きあがりこぼし、風車、糸車などである。「神や聖者の像が玩具となって、こんなところにごろごろ転がっている」★16。日本人は神を恐れるのではなく、神と戯れる。こういう印象をハーンは、ますます固めていくのである。

そしてアメリカ時代に、塔の上からコーランを歌う盲目の歌手の美声について書いたハーンは、やはり出雲でも、踊りだけでなく、歌と声に耳を傾ける。ハーンはただ耳が鋭かったわけでも、ただ音楽好きであったわけでもない。こういった歌とダンスをめぐる記録は、単なる趣味以上の根本的モチーフに根ざしている。そして、イスラム世界、アメリカ、カリブ海、そして日本をもつらぬくような、ひとつの感覚的な事実にハーンは出会っている。同時に、それぞれの場所で生きられた遠い時間を発見している。

そのとき、あずまやの定めの席についた宮司の合図で、音頭とりの豊年感謝の歌の声が、群衆のざわめきの上を、突然、銀のコルネットのように鳴り出した。何ともいえないトリルと震えにみち、また甘美さと音楽的律動にみちた素晴らしい声、素晴らしい歌である。そして音頭とりは歌いながら、臼《うす》の上で、傘を差したままゆっくりと回るのであるが、右から左へまわるそのあいだ、足はとめずにまわりながら、歌う歌は二節ずつの終わりのところで、一定の間をおいて少し休む。それに応じて「やはとない！やはとない！」と陽気な掛け声を入れる。と同時に、そのとき群衆は驚くほど素早く動いて別々になり、たちまち、踊り手の大きな輪が二つ、一方の輪がもう一つの輪の中にでき、他の連中は踊りに場を譲って、押し合いながら後に下がった。それからゆうに五〇〇人はいる踊り手たちの大きな二重の輪が、右から左へと、軽やかに、夢見るように、回りだしたのだ。★17

日本人には見慣れた祭りの光景でも、ハーンにとってそれは悠久の時間をくぐりぬけてきた身ぶり、歌、律動であり、ひとつの信仰の形がそうであるように、記憶されない昔の習慣が伝わり、折衷され、変容した結果なのである。

五　ユダヤ・キリスト教的モラルについて

『泥棒日記』を書いたフランスの作家ジャン・ジュネは、一九六〇年代に、講演などするわけでもなく、ほとんどお忍びで、少なくとも二度日本を訪れている。日本に着陸しようとしている飛行機の中で、「さよなら」というスチュワーデスのアナウンスを聞いて、ジュネはまったく法外な体験をしたのだ。「さよなら」という日本語の音にジュネの聴覚が発見したのは、「かろうじて子音に支えられている母音の透明性」である。そしてパレスチナを主題として書いた最後の作品『恋する虜《とりこ》』に、彼はこんなことを記している。

この言葉が引き金になって、私の体から黒い、実に分厚いユダヤ・キリスト教的モラルがぼろぼろになってはげ落ち、私を裸にし、真っ白にしてしまいかけていることに気づいた。私は自分の受動性に驚いた。私は手術され、その目撃者となり、それに安らぎを覚えていたが、私自身それに手をかすことはしない。慎重にかまえる必要があった。この手術は、私が介入しなければ成功するだろう。私の安堵《あんど》は少しうさん臭かった。誰かが私を監視していた。あまりに長い間このモラルと闘い続けたので、私の闘いはグロテスクなものになっていた。無益だった。たった一つの日本語の単語、その若い女性のしなやかな声にのった一つの言葉が、手術を始めたのだった。[★18]

ジュネのこの本は、あくまでイスラエルに占拠されたパレスチナの情況を主題としたものだけれど、もちろん彼自身の深い動機から発して書かれている。それはヨーロッパから、ユダヤ・キリスト教的モラルから脱出しよう、という動機なのである。フランスに生まれて、その社会に、道徳に、国家に、烈しく対立してきたジュネが、どうして晩年になってもまだ「ユダヤ・キリスト教的モラル」を問題にし、わざわざそれから脱出しようとするのか。なぜそのことが最後まで、ジュネをとらえるのか。まるでこの「モラル」こそは、犯罪者であり、同性愛者であり、あらゆる通念の外にあったはずのジュネを、最後まで放さないかのようなのだ。『恋する虜』の中でジュネは、日本についてこれ以上に詳しいことをほとんど書いていない。お盆の風習や、いたるところ火山とともにあり、地震の危険とともにあっていつも微笑を絶やさない日本人について、ごく手短に書いているだけだ。

ハーンの日本との出会いをたどっているうちに、まったく自然に、このジュネの体験を私は思い出したのである。ジュネは、日本について何も目覚ましいことを書いていないし、この「さよなら」体験も、ほとんど誇張されていて、多くの日本人にとってはほとんど無意味に聞こえるだろう。しかし、キリスト教に対してかなり批判的で、そのうえ植民地のクレオール文化を、身をもって体験してきたハーンにとってさえも、〈ユダヤ・キリスト教的モラル〉は、じつは精神の根深いところまで浸透していたにちがいない。それを〈ユダヤ・キリスト教的モラル〉と呼ぶか否かは、それほど問題ではない。しかし、ハーンの日本との出会いは、決して中性的、客観的な出会いではありえなかった。ハーンが、夢見るように、魔法にかかるように、日本に魅入られるには、確かにハーン自身の中に深い動機があってのことだった。彼にとって、〈ユダヤ・キリスト教的モラル〉から抜け出るには、西欧の植民地支配の跡が濃厚に刻まれる熱帯の島を知るだけではまだ不十分だった。

だからハーンが出会い、克明に描写し、記録し、解釈しようとした「日本」が、どれだけ真の日本であったかは、それほど問題ではない。そもそも〈日本〉、〈日本人〉とは、日本人にとっても、明白に知られている何かではない。日本人こそ、日本のことを知らない人々である、と言っても、おそらく間違いではないのだ。

ハーンは、日本人の同僚や学生たちに助けられて、徐々に日本研究の手がかりを増やしていった。権威のある歴史的書物よりも、断片的なその場かぎりの説明をたよりに、出会った事象について書くことを、とにかく彼は重ねていった。日本におけるハーンの最初の本『日本瞥見記』は、そういうハーンの、日本に対する距離のとり方までも記しているせいで、なおさら貴重で興味深いのだ。

「杵築」という章で出雲大社の印象を書いたハーンは、当然ながら、日本人の信仰という問題に触れている。仏教と神道の共存という事態に、ハーンはいつも関心を持ち続け、最後の本『日本――一つの試論』では、ある程度、それらの教義にまで立ち入って、二つの信仰の日本における歴史的役割を解明しようとするのだ。そしてハーンはとりわけ仏教の輪廻《りんね》思想に共感して、独自にこれを彼自身の宇宙観や生命観と結びつけていった。

しかし全体としてハーンは、教義よりも、むしろ庶民の習俗に浸透した信仰のほうに関心をよせたのである。「杵築」では仏教のように「深遠な哲理も、海のごとく広大な文学ももたない」という、神道のほうに注目している。「神道には、哲理もなければ、道徳律

ギリシア人のそればかりである。神学ももたず、超越的な存在の影すらないこの信仰に似ているのは、ハーンにとって古代う」[20]とハーンが述べているこの神道には、ほとんど国家神道の影すらない。聖書も教会もできない不思議な力が、彼らの必死の努力に対して、あっさりと肩すかしをくわせてしまど磁力のように、なんとも解き明かすことのできない、あるいは空気のように破ることののいかなる信仰よりも、西洋宗教思想の侵入を排撃することができるのである」[19]。「ちょうもなく、抽象論もない。ところがこの実体のないということのために、神道は、他の東洋

六　髪と石の美学

ハーンが日本に見出した美と美学は、『日本瞥見記』の後半では、夢や幻のような印象から抜けて、だんだん精細な観察の対象になってくる。かなり長い「日本の庭」の章で、ハーンは昔の武家屋敷であった家に住んだことも手伝って、その庭をていねいに〈読解〉している。ハーンが注目するのは、自然を人間の幾何学的秩序に従わせることにおいて徹底している西洋の〈造園術〉とはまったく対照的な庭のつくりである。そもそも日本の庭は花園でも果樹園でもなく、花や植木を栽培するのが目的ではないことに、まずハーンは注目している。「これは異例であるが、庭によっては、緑のものは少しもなく、岩と小石と砂ばかりでできている」[21]。

こうしてハーンは日本の庭では、ほとんど人間の手の技が加わらない石が、しばしば重要な要素になっていることを話題にする。「石に性格があること、また石に色調と明暗があること」がわからなければ、日本の庭の「審美的意義」はわからない、と説明するのである。「日本には、石に関する奇妙な信仰や迷信がじつにたくさんある」ことに注目したハーンにとって、庭の美学は、石の美学と切り離せない。こういうハーンの報告から出発して、世界の造園術を比較考察し、日本的特性を考察するようなこともできる。ハーン自身もまた、いく人かの西洋人による日本の造園術の研究に言及している。私たちは、これを受けて、様々な文明、文化における人と石とのかかわりを調べ、石の美学の日本的特性について語るようなこともできるのだろう。

要するに私たちはハーンの感動を反芻《はんすう》しながら、日本に固有の美学的特性を再発見したりすることができる。あるいは反対に、日本的造園術の奥深さや多様さにもっと通じている専門家や粋人なら、ハーンの知識をあくまで外国人の浅はかな見方として笑うこともできる。あるいはこんな造園術の細部に、日本の美学を発見することなど、まったく無意味だと断定することもできる。それぞれの国や地域に、物をめぐる、このような信仰や呪術や美学が存在して、それぞれに理由をもっているのだ。

しかしハーンとともに日本を再発見することは、ここで私たちがめざすことではない。日本とは何か、と言っても、もともと〈日本〉は決定することなどできない対象だからである。私たちは、ハーンの目に映ったままの日本さえも問題にしない。たとえ確かに彼がそれを日本で見たとしても、彼が見たものが果たして日本であったのか、決定できないからである。私たちは、ハーンが日本で何を、どんなふうに知覚したかを、まずつぶさに追ってみようとする。ハーンという心身のなかに何が起きたのか、何が経験されたのか、たどってみる。おそらくそれは日本とは何かを考えるのに少し役立つかもしれない。またハーンの出自である西洋についても考えなおすことにつながるかもしれない。それはさらに両世界の境界で思考することにもつながるだろう。

西洋とか、アメリカとか、日本とかいう〈固有名〉に規定される思考の枠組みから、歴史の中で生きた歴史的人間としてのハーンは決して自由ではありえなかった。にもかかわらずハーンは、それらから自由であり、自由であろうとし、そのために旅を続けたのではないか。やがて日本に帰化し、小泉八雲となり、他に例のない〈日本の作家〉として、日本を描き続けたハーンを、私たちは少し〈日本〉から解放して読む必要がないだろうか。彼の日本紀行や日本論さえも、〈日本〉から解放して、細かい、敏感な知覚のひしめきと、そこに差し込まれた思考の光に照らして、まず読んで見ることが必要なのだ。

たとえば日本の庭についてひとしきり語ったあとハーンは、それぞれの家の中の神棚や仏壇について書き、信仰の研究を続けるのだが、その次にあつかう主題は「女の髪」なのである。髪を梳《す》き、結い上げる仕事をつぶさに観察したハーンの詳細な記述は、民族

（俗）学者のものではなく、やはり文学者のものである。

日本の娘は、誰でもみんな頭のてっぺんのところを、直径一インチくらいの大きさに、まるくきれいに地毛を剃《そ》って、それを処女《きむすめ》のしるしにしている。そのまるく剃った頭の地は、額ぎわから頭のうしろへまわしてたぼの根にしっかりと結ぶ前髪で、ほんの一部だけ隠してある。それから女の子の赤ちゃんの頭はくりくりに剃る。またその女の子が四つ五つになると、髪をおかっぱにして、頭のてっぺんを大きく剃り、あとはやや長めに残しておく。もっともこの中剃りの部分は、年々小さく狭めていって、子供の時期がすぎると、いま言ったように、ごく小さな部分に縮小してしまう。★22

日本人の髪結の手なれた腕は、あの黒髪を、どんな美しい形にも結いこなしている。なるほど日本人の髪には、巻き毛や、焼き鏝《ごて》を使うようなことはない、それでいて年若い娘の髪が、なんという美しい形に結いあげられることだろう！　渦巻き、突き出た形、うねった形、巻いた形、薄くのべた形——それがまたちょうど中国の名筆家の書いた書が、一筆ですらすらと渋滞なく連続して書いてあるように、前髪から髷《まげ》、髷からたぼへと、実になだらかに、それからそれへとつながって移りゆく。★23

こうしてハーンは、またしても髪形さえも、文字のように読もうとするが、決してその意味を読むのではなく、手書きの文字のようにかぎりなく変化する形を、流れる髪という不思議な物質にも発見し、そういう髪結いの技術に驚嘆している。このような理髪、断髪の技術や美学に関しても、ほんとうに日本的特性を定義しようとすれば、世界のさまざまな例に照らし合わせることが必要であり、それらを知れば知るほどに、日本的特性と見えたものが、なんら日本だけの特性に見えてこなくなるかもしれない。現にハーンの髪に対するこの想《おも》いは、夢の中では日本を超えて漂いだす。子守唄《こもりうた》を歌う出雲の女の黒髪が、石の上に落ちて、とぐろをまいている。子守唄はもはや出雲の唄ではなく、ハーンが子供時代を過ごしたアイルランド（ケルト）のそれである。「見ると、いつのまにかその髪の色は黒ではなく、青い浅黄色となり、波のようにうねりながら、青いさざ波を寄せては返している」[★24]。

ハーンは日本で出会ったたくさんのものについて、石に関して、髪に関して、じつに多く夢見ることができた。そもそも日本に着くなり魔法にかかっていた。誰が魔法にかけたわけでもないから、ほとんど彼自身による自己催眠のようなものだったといえる。

石や髪のように、ほとんど特性を欠いて見えるものが、濃密な特性を帯び、審美的、あるいは官能的な次元をあらわす。特性がないものの特性に目をむけたのは、ほとんどハーン自身の厳密な選択であったかのように思える。重厚な特性に背をむけて、小さい特徴に注意をはらうことを、ハーンはここでも持続しているようである。

要するにハーンが讃《たた》えた日本を、いま私たちはただ讃えることなどできない。ハーンが日本に見た特性が、はたして日本だけに属するものかはわからないし、多くの比較的省察を重ねても、そのことが絶対に確かになることはないからである。それでもハーンが讃えた特性は、確かにハーン自身が知覚し発見したものであり、それが日本から抽出された何かであったことは確かなのだ。それがもしよいものだとすれば、それは私たちがあらためて知覚し、発見し、抽出し、作り出すべき何かであり、ただ無前提に、日本や日本人に属して所有されるようなものではありえない。

七　蟻のような日本人

ハーンを感動させた〈美しい〉日本は、ただ美しいままには終わらなかった。ハーンは単に日本を美学的、詩的にとらえたわけではなく、十九世紀後半の西洋の知識人として、西洋に多くの害悪や欠陥を見出し、西欧よりもすぐれた文明、社会、道徳がありうるか、あるならばそれはどういうものか、追求し続けたのである。『日本瞥見記』に始まって『日本――一つの試論』にいたる日本の著述は、まさにそのような軌跡を示している。怪談や奇談の類《たぐい》を聞き書きし、また書き改めるという文学的作業さえも、ハーンのこの追求と一体であった。

『日本瞥見記』のなかで、しだいにハーンは、日本人の「無個性なこと」に触れるようになる。教壇に立ったハーンが抱いた生徒たちに対する第一印象は次のようなものだった。「それらの顔に際立った印象的な特徴があるわけではない。西洋人の顔に比べると、未完成のスケッチ half-sketched としか見えず、輪郭はきわめて柔らかで、――攻撃的でもなければはにかみやでもない、突飛でもなければ同情的でもない、好奇心にみちているわけでも無関心でもない、およそそういうものを示さないのである」[★25]。もちろん時間がたつにつれて、ハーンは一人一人の顔の個性を見分けるようになるが、「第一印象の記憶はいつまでも消えずに残り、多くのいろいろな経験をへたのちに、長年親しんだあとではじめてわかる日本人の性格というものが、いかにその第一印象の中に不思議にも予告されていたか、気づくのである」[★26]。つまり日本人が無個性に見えることは、単に第一印象ではなく、ハーンにとって本質的な特性につながったのだ。彼が日本で最初に出会ったすべてのもの、盆踊りや湖の景観、神道の慣習、そして庭の美学までが、この「個人性のない」印象と溶けあう。

西洋の絵画と日本画を対比するときも、彼は「没個性」(impersonal)によって日本画を説明している。「画家の描く人物像は、個性というものをまったく欠いている。そのかわり、描かれた人物は、ある階級の特徴を具現したタイプとして無類の価値をもっている」[★27]。

徹底的に自己犠牲の精神をたたきこまれ、ことあるごとに天皇への忠誠を誓う生徒たちと日々をともにしたハーンにとって、この国民に「個性」があるか、という問題は最後まで解消されずに残っていった。彼は東京でも、日本の大学生に西洋文学の講義をしながら、この問題に出会うのだ。しかし自分はイギリスを裏切った背教者であると書いたりしたハーンは、没個性的で自己犠牲的な日本社会のほうを、ほぼ一貫して、よりすぐれた倫理的体制と考えた。そして明治の日本が西洋の影響を受けすぎ、西洋に侵食されてしまうことを心から憂えて警鐘を鳴らし続けた。一方では、いずれにしても中国とともに日本、そして東洋の体制は、その「没個性的な」体制によって、やがて世界を制覇するであろうというような読みもしている。

こんなふうにハーンは日本を読解しているのだ。これらすべてのことには、かなり慎重に接近する必要がある。性急にハーンを日本主義者とみなしたり、あるいは逆に日本人を特殊化する人種主義者とみなしたりするなら、いまではもうハーンの思考のねじれと振幅から、何も生まれないことになる。一方では日本を理解し愛した作家として評価され、他方ではじつは日本を十分理解するどころか、曲解し差別していたと糾弾される。そういうことの繰り返しは、ハーンが揺れながら問い続けた真実とはあまり関係がない。

一九九一年から約一年間フランスの首相をつとめたエディット・クレッソンは、「日本人は働くアリ」、「日本人は黄色いアリ」などという一連の発言で、日本ではとりわけ顰《ひん》蹙《しゅく》をかった。そんなことも思い出すのだが、ハーンは早くも彼の時代にあって日本人の社会を、蟻《あり》の集団にたとえたのである。「日本の青年は、決してなぜとは問わない。自己犠牲の美しさ、ただこれのみが完璧《かんぺき》な動機なのである。こうした一種の陶酔的な忠誠観念が、国民生活の一部となっている。それは血液のなかにあるのだ。――ちょうどアリの衝動が、遺伝的に自分たちの小さな共和国のために死ぬことであり、蜜蜂《みつばち》の忠誠が、意識せずして女王蜂のために献身することであるように。これがまさに神道なのである」[★28]。

ハーンは、しばしば蟻の〈社会〉こそ、理想的な社会ではないか、とまじめに考えた。ニーチェの〈超人〉について語ろうとした講義録のなかでも、ニーチェについてはほとんど語らずに、現在の人間社会よりもはるかに理想的な社会を、蟻をモデルにして語ったのである。『怪談』の末尾におさめられた「虫の研究」も、「蟻」に関する文章で終わっている。そのなかで彼が最近読んだという『ケンブリッジ博物誌』の文を引用している。「この昆虫の、生活上における非常に顕著な現象が、観察によって明らかになった。彼らは多くの点において、われわれ人間が知っているよりも、はるかに完全に、社会における共存生活の方法を身につけており、かつまた、社会生活を簡便にする種々の産業、または技能を習得しているという点で、われわれより進んでいる」[★29]。ハーンが最後まで信奉し続けたスペンサーも、「蟻は、真の意味において、経済的にも、また倫理的にも、人間よりはるかに進歩している。その証拠には、蟻の生活は徹頭徹尾、他を利する目的にささげられているからである」と述べた。ハーンはそのことにも言及している。[★30] 利他的であることが、利己的であることと一体になっていて、ほとんど道徳も倫理もいらないような理想的状態を、蟻の社会は実現している、とハーンは考えたのだ。

たびたび生活苦を経験し、ジャーナリストとしてアメリカや植民地の現実をつぶさに知っていたリアリストでもあるはずのハーンが、こんなふうに蟻の〈社会〉をとらえ、倫理を超越するほどの倫理的状態を考えたりしたことは、いかにも奇妙に見える。これはほとんど、哲学的な〈おとぎ話〉にすぎないように見える。しかもこれは、日本の社会に出会ったハーンが、少なくともこの社会からヒントをえて考えたことなのだ。

もちろん、明治の日本にも、悪があり、エゴイズムがあり、すでに拡張主義的な軍国主義さえもあった。それでもまだ自己犠牲や忠誠の観念がすみずみまでいきわたっていることを、ハーンは確かに目撃して、そこに蟻の社会の片鱗《へんりん》を見たのである。確かにハーンの道徳観や日本観は、この〈蟻的社会論〉によってつらぬかれたわけではなく、多くの矛盾もかかえている。しかしこういう蟻の社会のイメージは、ハーンの日本のイメージに付きまとって離れないものだった。「どの労働者も、生まれながらにして、すこぶる美しい櫛《くし》とブラシをめいめいその手にもっているのだから、化粧部屋で無駄な時間を費やすことはない。こうしていつも身ぎれいにしている上に、彼ら労働者は、自分の子供たちのために、その家と庭とを塵《ちり》一つないように、いつも整頓《せいとん》しておかなければならない。地震、噴火、洪水、あるいは危険な戦争でもないかぎり、塵払い、掃き掃除、磨きもの、消毒などの日課は、毎日怠ってはならないことになっている」。★31

ハーンはこんなふうに蟻の社会の「労働者」について語り、同時に日本の印象にこれを重ねているのだ。そして『日本瞥見記』における最後のほうの文章のひとつ「日本人の微笑」では、このような日本の倫理的システムは「個性」を犠牲にしてきたものであるが、もしそれが「知的進化にとって本質的な自由の科学的理解によって拡張されるならば」、この「道徳的方針を通じて、最も高度で幸福な結果がえられるだろう」などと書いている。★32

そもそも蟻の生態を人間の社会に比べるには、多くの抽象やファンタジーが必要である。蟻の集団生活の動物行動学的な細部にまでハーンは触れているが、これが厳密な比較でないことをあげつらっても、あまり意味がない。むしろ〈蟻の社会〉を考えることで、どういう問題をハーンは提起しているのか、を見てみるほうがいい。「個性」や「自由」と調和させることという保留事項を付け加えながらも、ハーンは日本に形成された厳格な規律社会を肯定している。ただし〈日本人〉はこの〈肯定〉を、ただうれしがっているわけにはいかない。ハーンは間違っているかもしれないし、またハーンは日本のすべてを肯定したわけではなく、多くのことを批判してもいるからである。

八　群れの思考

ハーンの日本研究は出雲地方での第一印象を深めながら進展し、熊本に移り、国内の旅を重ねて、しだいに近代化される日本にむかった。また一方で、その印象は明治以前の歴史や遺物にも触れて広がっていった。多くの書物を、あいかわらずルポルタージュ風のエッセーと、再話による創作によって編みあげた。その中で、「没個性的な」日本社会への根本的な共感は、少なからず疑問や保留をともないながらも持続して、ハーン自身が日本のことを書き続けるための強いモチーフであり続けた。神道と仏教の共存に早くから興味をいだき、まず習俗に浸透した神道的要素について多く書いたが、しだいに仏教の思想に共感するようになった。『仏の畑の落穂』では、とりわけ仏教的世界観に、いくつかの角度からせまっている。一口でいえば、ハーンは、仏教における〈自我の否定〉と、〈輪廻〉の観念にとりわけ深い関心をよせたのである。

人間を含むあらゆる生命が、過去に存在したあらゆる生命の痕跡を自分の中に内包している、というスペンサーの進化論哲学と、仏教の輪廻思想は、ハーンのなかでまったく一致し、補強しあうものだった。それはまたハーンの、自分自身が幽霊であるという思いとも矛盾しないのであった。

今日は暖かい静かな一日で、物がありのままに考えられるような日である。海も、山も、野も、その上に広がる青い空の穹窿《きゆうりゆう》も、みんな非現実的に見える。何もかもが蜃気《しんき》楼《ろう》である。私の肉体的自我、日の照るこの道路、眠気をもよおす風にゆっくりゆれる穀物のさざ波も、水田の靄の向こうに見えるわらぶき屋根も、それらの背後にある何もない丘の青い襞も。私は、自分が幽霊であり、かつ幽霊にとりつかれているという二重の感じをもつ。光にみちた驚異的な世界の霊にとりつかれているのである。★33

前にも触れたこの「塵《ちり》」(Dust) という比較的短い文章で、ハーンは日本の田園風景から突然離脱して、いわば〈無常〉の世界に没入していくようである。「人間の個性とは何なのか」と問いながら、それは「数え切れない多数性である」とハーンは答えるのだ。人の肉体もまた、数え切れない実体や細胞からなっている。「われわれはみんな、それぞれに、前世に生きていた生命のかけらが無限に集積したものである。そして、たえず人格を分解してはまた構築する宇宙の作業は、つねに進行しており、いまこの瞬間にも、われわれ各自のうちで進行しつつある。いままでどんな存在が、まったく新しい感情を、まったく新しい思想をもったであろうか」★34。これは確かに、輪廻の観念と進化論を結合した考えである。前にも引用したように、ここでまさにハーンは「私は群れである」(I am a population!) と書くのである。また「私の心は、王国ではなく、共和国である」とも書くのである。

それはむしろ幻想的な共和国であって、南アメリカでかつて起きたよりももっと多くの革命によって日々動揺しているのだ。そして理性的ということになっている名目上の政府は、このような無政府状態が永続することは好ましくないと宣言する。私の中には、空高く舞い上がりたがっている魂、水中（たぶん海の水）を泳ぎたがっている魂、森や山頂に住みたがっている魂もいる。大都会の喧騒《けんそう》にあこがれる魂もいれば、熱帯の孤島に住みたがる魂もいる。裸の野生の諸状態にある魂、税金などない遊牧民の自由を求める魂、帝国や封建的因習に忠実な、保守的にして繊細な魂、シベリア流刑に値するニヒリストの魂、怠惰をきらって眠ろうとしない魂、一人はなれて瞑想《めいそう》し、何年かおきにやっと動き出すのがわかる魂、物神を信じる魂、多神教的魂、イスラムを唱える魂、僧院の暗がり、抹香や蠟燭《ろうそく》の灯りやゴシック建築の厳かな雰囲気を愛する中世的魂。こういったすべての魂のあいだの協和など、とても考えられないことである。そこにはいつも混乱があり、反逆、混沌《こんとん》、内紛がある。大多数の人々はこんな状態を嫌っているし、多くは喜んで移住する。そしてごく少数の、より賢明な人々は、現存する社会的組織が全部壊れないかぎりは、よりよい状態を望んでも無駄だということを知っている。[★35]

日本に住んで少なからずこの国に共感し、日本化したように見えたハーンの精神の底に、じつはどんな人物が、「群衆」がいたのか、はっきり書かれた驚くべき文章である。こういう人物が日本について語っていたということを、ハーンの他の文章を読むときも私たちは決して忘れるわけにはいかない。

そしてハーンが収集し再話した〈怪談〉さえもまた、単なる怪奇趣味やロマン主義（そしてエキゾティスム）に還元することはできないのだ。幽霊は確かに生者とともにある。生者は、無数の死者の群れからなり、彼らとともにある。スペンサーの進化論を独自に解釈し、神道の祖先信仰やアニミズムとも、仏教の無常や輪廻とも自在に結びつけることのできたハーンの思想こそが、幽霊たちと、その物語を呼び寄せたと考えることができる。

第四章　日本という問い

一　『怪談』まで

ハーン自身にとってほとんど未知の国であった日本は、松江、熊本、神戸、そして東京へと移動しながら、『日本瞥見記《べっけんき》』以後も、彼が精力的に書きついだ書物のなかで、少しずつ異なる相貌《そうぼう》を開いていった。松江に滞在したのは、ほぼ一年間にすぎないが、この間にハーンは、『日本瞥見記』となる本の草稿をほぼ書き上げ、そして何よりも、小泉節子と出会い、生涯の伴侶《はんりよ》とすることになった。やがて松江の冬の厳しさに耐えられずに、ほかの地に教職をさがして落ち着いたのは、熊本であった。熊本では柔道の嘉納治五郎《かのうじごろう》や、漢学者、秋月胤氷《かずひさ》などに出会うが、その熊本を松江ほど好きになれなかったハーンはやがて教職を離れて神戸に住み、しばらくの間ジャーナリストの生活にもどることになる。再び教職にもどるのは一八九六年、東京の帝国大学の文科大学講師に就任したときである。

その後、一九〇三年に同大学から解雇されて、翌年早稲田大学に招かれ講義を再開したが、同じ年に心臓発作で死去している。

この間に、『日本瞥見記』（一八九四年）、『東の国から』（一八九五年）、『心』（一八九六年）、『仏の畑の落穂』（一八九七年）、『異国風物と回想』（一八九八年）、『霊の日本』（一八九九年）、『影』（一九〇〇年）、『日本雑録』（一九〇一年）、『骨董《こっとう》』（一九〇二年）と毎年のように日本を主題にした新著をあらわし続けた。彼の日本論の集大成となる『日本——一つの試論』と、文学者ハーンのイメージを決定した『怪談』は、死の前後に出版されることになる。

ハーンはあいかわらず、決して学問的な形式ではなく、アメリカそしてマルティニックできたえあげてきたジャーナリズム的手法（インタビュー、ルポルタージュ）と、民族学的、民俗学的研究や文学的、物語的作品を、いつも組み合わせ交ぜ合わせながら、日本研究を深めていった。民俗学は、柳田國男《やなぎたくにお》の足跡によってよく知られているように、とりわけ民間伝承を通じて民族を研究する学問である。しかしハーンは日本の民間伝承に耳を傾け、これを書きとめる作業と、日本人の民俗・民族を研究することの間にあまり距離を設けなかった。後に柳田國男が、むしろ文学的な発想を抑制するようにして、民間伝承を、あくまで民俗学の基本的資料として扱ったのとは、かなりちがっていた。

これもまたハーンがすでにアメリカ時代に始めていたことであるが、さまざまな伝承、小噺《こばなし》、物語を、人びとの口から直接聞き、あるいは書物から収集し、翻訳し、語りなおした作品（再話）は、すでに『日本瞥見記』にも含まれていて、やがてこの持続的作業は、とりわけ『骨董』、『怪談』のような書物として結晶する。なかでも『怪談』に収録された作品は、ハーンの〈代表作〉として、ハーン文学の、そして文学者ハーンのイメージを定着してしまうことになる。『怪談』は、最後の著作のひとつであり、確かにハーン文学の完成形を示すということもできる。あるいは、ハーンにとっての日本のイメージを、むしろ寡黙に凝縮した作品だといえる。これはまたハーンが幼少のころから育《はぐく》んできた物語的、幻想的世界の最後の結実でもある。しかし『日本——一つの試論』もまた、やはり最後のもうひとつの作品であり、彼の日本観の集大成的考察なのである。この二つの到達点を決して切り離すことはできない。

『怪談』が、そのような意味でハーン文学の代表作であるということと、この再話文学のこころみも、やはりアメリカ時代から、さまざまな形式、エクリチュール（書き方）によってハーンが続けてきた、ある壮大な探求のなかに組み込まれていたということ、この二つは、決して矛盾することではない。こうして私たちは、両面から日本におけるハーン＝小泉八雲の再話文学を読みなおすことができるのである（彼が帰化して小泉八雲となるのは、一八九六年、神戸で記者をしていた時代である）。

アメリカで出版した最初の再話作品集『飛花落葉集』*Stray Leaves from Strange*

Literature（一八八四年）の解説をハーンはこんなふうに書き始めていた。「伝説と寓話《ぐうわ》のこのささやかな寄木細工を作っている間、わたしは自分の気持が、シンドバッドの第二の航海に出てくる、あの商人たちの心境に、だいぶ似ているような気がしてならなかった。彼らは、ダイヤモンドの谷から鷲《わし》がさらってきた肉片についていた、ほんの少しの宝石をかき集めることで満足するしかなかったのだ。〔……〕あまりにも小粒すぎて、これを文学の台座にはめ込む価値などないように思えたりした。とにかく小さな原石を一定の型にしたがって切断したので、多少の美が損なわれたことは疑いないが、しかし原石そのものがもっている色彩は、いかにも幻想的で、そのきらめきには実に魅力的なものがあるのだから、わたしのように不器用な細工師の手にかかっても、それによって本来の価値がまるきり損なわれたというようなことは、まずないはずである」★1。

例によって、つつましく自嘲《じちょう》気味の自作解説であるが、ハーンはただ照れているのではない。まったく本質的な指摘がここにも含まれている。ハーンは「ささやかな寄木細工」というが、どんな文学作品が「寄木細工」でないことがあるだろう。文学という「台座」について語っているハーンだが、まさにこの小粒の宝石のほうが、彼自身にとって文学の精髄なのである。自分のことを「不器用な細工師」だというが、原石に一定の形を与えるという彼の仕事（翻訳および再話）は、石をよく選び、切断し、削り、研磨し、象嵌《ぞうがん》し、といった説明しがたい複雑な手仕事なのだ。

『飛花落葉集』は、エジプト、ポリネシア、インド、フィンランド（「カレワラ」）、アラビア、ユダヤ（「タルムード」）の古い神話、寓話を「原石」とした物語のコレクションであった。多くのテクストはフランス語訳や英語訳の書物から渉猟《しょうりょう》され、フランス語のものはハーン自身の手によって英語に訳され、多少とも書き改められた。それらはしばしば神話的な世界に生きる奔放な英雄たちの物語であり、そうでなければ仏教や、あるいはユダヤ教にかかわる教訓を含んだ逸話であり、物語の展開はしばしば唐突で幻想的である。天上や他界からやってきた美しい女に恋する男の話が、いくつか含まれている（「泉の乙女」、「鳥妻」、「バカワリ」）。あるいは他界と現世の境界を自在に往来する物語、また愛する死者がその境界を越えて蘇生《そせい》する物語が多い。その奇想天外さとは、たとえば次のような場面である。「サトニが女を抱きしめて口づけをしようとすると、これはまたなんとしたことか、開いた彼女の赤い口がいきなり伸び広がったと見る間に、底なしになり、――見る見る広く大きく広がって、――まるで墓穴のように暗くなり、黄泉《よみ》の国のように広大になった」★2。こういう奇想天外な展開に比べると、ハーンが、やはりアメリカ時代に出版した『中国怪談集』のほうは、日本の『怪談』とかなり同質なのである。その「原石」となった物語は、もっと現世的な、等身大の人間の話だからである。

日本におけるハーンの再話文学の特徴は、『飛花落葉集』に現れたような神話的、英雄的、寓話的世界と比べてみるならば、きわだっている。ハーンの怪談や奇談の登場人物たちは、ほぼ一貫して〈ふつう〉の人間たちなのである。並外れていちずな人物たちもいるが、たいていは意志薄弱で、約束を守れない人間たちである。日本に着いたハーンが、首都や古都の記念碑的建築や荘厳な祭礼などではなく、地方都市の場末の何気ないものに、庶民の生活の細部に注目し続けたことはすでに述べたとおりである。ハーンの物語でも、幽霊にとりつかれ、他界の存在に出会うのは、多くの場合、そのように〈ありふれた〉人びとなのである。まったく凡庸な現世の世界が描写されるのであって、そこに登場する幽霊や魔女さえも、とりわけ異様な姿かたちで、ホラー映画なみの残酷なふるまいをするわけではない。ハーンの〈怪談・奇談〉は、そのように〈ふつう〉とともにある怪奇を描くことにおいて、まったく徹底していたといえる。

二 「ささやかな寄木細工」

たとえば『怪談』の作品の多くには〈原話〉が存在して、その原文の多くがこれまでの研究によって特定され、しばしばハーンの蔵書のなかからみつかっている。『古今著聞集』のようによく知られる文献以外に、『臥遊《がゆう》奇談』、『夜窓鬼談』、『通俗仏教百科全書』、『百物語』、『新撰《しんせん》百物語』、『怪物輿論《よろん》』といった文献、あるいは『文芸倶楽部《くらぶ》』のような雑誌に掲載された「諸国奇談」が出典になっている。類似した話が、いくつかの文献に見える場合も多い。そして「奇談」は、まちがいなく江戸、明治における通俗文学の一大ジャンルであった。

ハーンは、これらの文献や、あるいは昔話などの「原石」から選んで、日本でも、あの「ささやかな寄木細工」を続け、拾い出した原石を磨き上げた（妻の節子が、そのための語り部となったことは、よく知られているとおりである）。こうした奇談の多くは忘れ去られ、二度と開かれることのない本のページの間に埋もれていったにちがいない。ハーンはそのうちのわずかを再話し、英訳し、それがまた日本語に訳され、ある種の近代的な光にさらされて蘇《よみがえ》ることになった。ハーン自身は、これらの奇談や怪談に、むしろ古い日本人の克明な表情を発見していたかもしれないが、それにしても、再話と翻訳の過程で、これらの〈原石〉は、近代文学に通暁していたハーンの視線に出会い、ハーンのエキゾティスムやロマンティスムによっても研磨されたにちがいないのだ。

鶴見俊輔《つるみしゅんすけ》は、ハーンに触れた「日本思想の言語」という一文で、ハーンの怪談が、なぜ、どのように近代日本に迎えられたか、こう説明している。「日本には古くから、多くの怪談が伝わっているが、それらを外国人が語り直したものがもう一度日本語に翻訳しなおされて、もともとあった日本語の怪談よりも、もっと広く日本人のあいだで読まれたということは珍しい。〔……〕その理由のひとつは、八雲が、明治以前の日本人が怪談を語っていた場合とちがう認識と感情を、この同じ怪談に盛りこんだからである。そして、八雲がここに盛りこんだ認識と感情は、明治以後の文明開化を経た日本人にとって、明治以前の

怪談に盛りこまれた日本人の認識や心情以上に、親しみやすいものとなっていたからだ」。[★3]
たとえば「耳なし芳一のはなし」の原拠とみなされる『臥遊奇談』では、芳一が平家の幽霊たちを前に、壇《だん》ノ浦《うら》の合戦の場面を琵琶《びわ》で弾き語りして感動をまきおこす場面は、こんなふうに簡潔に描かれているにすぎない。「すでに曲を奏すれば初めのほどは左右ただ感賞し給《たま》ふ声のひそひそと聞えぬるが一門入水《じゅすい》の篇にいたりて男女感泣して其声《そのこえ》しばしばやまざりけり」。これを語りなおすハーンの創作は、こういうくだりで、もっと生き生きとする。「弾ずる琵琶の音はさながら櫓櫂《ろかい》が軋《きし》るようで、船と船が突進するよう、また矢がうなりながら飛び交うようで、武士の雄叫《おたけ》びや船板を踏みしだく音、兜《かぶと》に鋼鉄の刃が砕ける音、さらには斬《き》り殺された者があえなく波のあいだに落ちる音となった。〔……〕あたりには感嘆の沈黙が深まった。だがついに美しく力なき者の運命を語る段となったとき、――女子供の哀れな最期と、腕に幼帝を抱いた二位の尼の身投げを語る段となったとき、聴く人びとはみないっせいに長い悲痛の歎声《たんせい》を発した」。もちろんハーンは、英語圏の読者のために、物語の歴史的背景を簡潔に説明することも忘れていない。しかしそれ以上にハーンがつとめたことは、何が見え、何が聞こえたか、感覚のデータをつぶさに付け加え、物語を理解し、とりわけ感覚しうるものにすることであった。日本にきて、おそらく日本の芸文の影響を徐々にこうむりながら、アメリカやマルティニックの時期よりも、より簡潔な書き方を好むようになっていったハーンは、決して過剰な粉飾を付け加えたりはしない。しかし、怪談を再話しながら、それぞれの場面について、たとえそれが想像された場面であることが前提であろうと、彼は知覚のデータを簡潔に構成し、まるで〈映画のように〉鮮明なイメージを与える作業をつみあげていったのである。

フランスのアントナン・アルトーは、青年期に過激な詩人としてシュールレアリスムにかかわりながら、やがて現代演劇の嚆矢《こうし》となる実験的な思索と上演をこころみるようになった人である。そのアルトーが、初期の習作のなかで、ハーンの「耳なし芳一のはなし」を、さらに書き改めている。この文のタイトルは「哀れな音楽家の驚異的冒険」L'Étonnante Aventure du pauvre musicien という（執筆されたのは一九二二―一九二三年頃といわれる）。ハーンが原話に付け加えた、芳一の弾き語りが平家の幽霊たちの魂を揺さぶる場面を、アルトーはさらに書き換えている。「まるで不幸な歌い手は、視覚をとりもどしたかのようだった。あたかも彼はまぶたを失って、手足はガラスと化したかのようだった。彼は失神し、人の技になる琵琶の弦の上を、指図された詩のリズムのままに、自分の指がひとりでに走っていくように感じた。自分のまわりに次々イメージが描かれたが、それは海の底で見た夢のように美しく不思議であった。荘厳な行列がばらばらになり、驚異的な花々がしおれ、伝説どおりの処女たちの顔が、おびただしく燃えさかる炎の中に散らばっていった[★4]」。アルトーは、その頃の自分自身の異様な心身の状態を、そのままハーンの物語に投影しているようだ。この琵琶法師は、弾き語りするにつれて、身体を硬直させ、透明にし、ほとんど幻視者のような存在と化している。しかしこれもまた、ハーンの再話がもたらしたひとつの余波だったのである。

私たちはすでにアメリカで記者をしていたハーンが、ある種の怪奇趣味をもって、取材し執筆していたこと、その怪奇趣味は、彼がしばしばあからさまにした死と死者との親密性と深い関係があったことに注目してきた。ハーンのこの傾向は、ほとんど死体との親密性になりもしたのである。そしてこのような死との親密さは、彼の記憶の思想と切り離せない。過去に生きたあらゆる人間の、そして生命の記憶の「無限の複合」が、個々の人間のなかには潜伏している。自分が幽霊にとりつかれており、また自分自身が幽霊であるという自覚は、このような思想と一体になっている。ハーンはスペンサーの哲学の中に、まさにこのような自覚と世界観が体系化されているのを発見して、一途なスペンサー主義者となっていったが、このような死と死霊に対する親密な意識は、早くから彼のなかにあって潜伏していただけでなく、しばしば浮上していたのである。

三　〈物語る〉という行為

ハーンの書いた〈怪談・奇談〉の多くが、「雪おんな」に見られるように、他界の女性との愛の物語であり、その女性との間に交わされる契約（契り）の物語であることは、まったく印象的である。女は一途で情熱的であるが、残酷に人の命を奪うこともできる、あるいは破局的な結果をもたらす、という両面をもっている。ハーンが愛着した浦島伝説でさえも、他界の女との愛、そして女と交わされる契約、それを裏切る弱い男という主題から成り立っている点では共通しているのだ。現世の人間（男）は、他界の存在（女）に比べて、情熱においても、約束（理性と意志）においても、必然的に劣っていることが、見せつけられるのである。おそらくこれは、多くの神話や民話の原型的パターンであるといえる。

しかし、それだけではない。ハーンが再話した怪奇な物語の多くは、決してあからさまに性愛的次元に触れているわけではないとしても、すでに私たちが見たハーンにおけるマゾヒズム的なものと切り離せない。ほとんど威圧的な、残酷な、一途な女、その女を愛する弱い男がいて、この男女の間に結ばれる〈契約〉は、彼らの愛と一体なのである。そこでは現世における男女のヒエラルキーは、まったく倒錯している。これは威圧的な母と、この母を恐怖しながら愛する息子との近親愛を原型として含んでいるという意味で、決して彼岸の性愛なのではない。前にも述べたように、ハーンが実際に、いわゆるマゾヒズム的といわれるような傾向をもっていたかどうか、というようなことはさして重要ではない。むしろ作家マゾッホの描いた〈愛のかたち〉のほうに注目したい。そのマゾッホの小説を高く評価したハーンの感性と想像力には、マゾッホと共通の何かが確かに含まれていた。幼少のときハーンの前から消えてしまった母ローザが、そのような威圧的なマゾッホ的女性であったかはわからない。ローザについては、アイルランドで異国の風習になじめず、夫からも見放されて、やがて精神を病み、幼いラフカディオを残してギリシアに帰り、すでに懐妊していた次男を産んだあとのことは、精神病院に入って生涯を終えたという事実くらいしか知られていない。ハーンがほぼ四歳近くのとき故国に去ったこの母は、息子におぼろげな記憶しか刻んでいなかったはずだ。しかし幻想的、夢想的性格のハーンの夢には、たびたびローザが、姿を変えては、たちもどってきたにちがいない。雪女のようなローザ、あるいはゴーティエの小説に出てくるクレオパトラのようなローザさえも、ハーンは夢に見たかもしれない。

怪しい魅力をもつ、威圧的な、一途な、他界の女、一方的に契約を迫る女がいて、その契約は、女の（出自に関する）秘密を固く守ることを要求するのである。男は一目ぼれしたこの女にしたがうが、心の弱さゆえに、約束を破ってしまう。この愛のかたちは、たぶんハーンの幼少期の経験と切り離せないが、ただそれだけに還元することはできない。ハーンは幼少のときに見失った母の思い出に固着しただけでなく、彼の感性と思想に正確に対応する愛のかたちを、いつのまにかつくりあげていた。この愛は、家父長的な権力のまったく外にあった。そこでは父権的な存在を遠ざけて、女性と息子のあいだに愛の契約が結ばれた。確かにこの愛の思想は、彼が再構成した日本の怪談や奇談にまで反映されたのである。死と死者との親密さということ以外に、女性（的なもの）が、他界から、他界的存在として訪れて、この世の性愛における支配的構造を転覆させるということが、ハーンの再話の大切なモチーフになっていた。ハーンの怪奇な物語は、確かに怪奇なものをただもてあそんだわけではなかった。

『骨董』のなかに収録された「ある女の日記」のような作品にいたっては、もはや奇談でも怪談でもない。それは、つましい結婚をした東京のある女性の手記である。三人の子を産んだが、三人とも次々病気にかかって死に、みずからも若くして病死してしまった、その女性の針箱から見つかったという草稿を、おおむね忠実にハーンが訳したものにすぎない。つましい階級の出身で、何ひとつ際立った特徴をもたないように見えるこの女性は、結婚の喜び、子供の誕生、病気、死について淡々と書き記し、慰めのため自分のつくった小唄《こうた》や、祭りのときに詠《よ》みあった和歌を、日記のなかに書きとめている。「私が、この哀れにしてつつましい奮闘と失敗の懺悔《ざんげ》録を面白く思うのは、そこに稀有《けう》な告白があるからではなく、ただこの中には、あの青空や日光のように、どこでも日本の生活に見られるありふれた何ものかが、そこに表れているからである。従順と、おのれの務めを立派に果たすことによって愛情をえようとする気丈なこの夫人の覚悟、どんなに些細《ささい》な親切にも、必ず抱く感謝の気持、子供のような信仰心、この上ない無私無欲の念、この世の苦悩はすべて前世に犯した過ちの報いであると考えるその仏教的諦念《ていねん》、また傷つき悲しんでいるときにも歌をつくろうとするその心の励み、すべてこれらは心をうつ、いやそれ以上である」★5。

ハーンはこのような〈日本的女性〉のイメージを、最後まで保ち続けた。『東の国から』のなかの「勇子」は、明治天皇のために命をささげたという女性の話である。来日していたロシアの皇太子が襲われ傷を負ったので、明治天皇がそれを「ご心配である」というニュースを、女性は聞いたのだ。そこで「陛下の心をお慰め申す」と考えて、自分の身を犠牲にし、剃刀《かみそり》でみずからの命を絶ったのである。これは「ある女の日記」の書き手に比べると、常軌を逸したヒロイズムに見える。けれども勇子の一途な犠牲行為は、ハーンの目には、まったくありふれた、つましい女性が、なぜかなしとげた感動的な無私の行為なのであった。現代の常識にてらせば、こういう自殺は、ただ例外的な病理的行動に見えてしまうかもしれない。ハーンは、同時代の日本人のこのような犠牲の行為や、心中して思いを遂げる男女たちを、ほとんど〈美談〉として語っている。ためらいも後悔もなく、一途に死に進んでいくこのような行為を、ハーンはほとんど説明することなく、簡潔な筆致で描いてすましている。まさに説明不可能なことが、彼の感動の理由なのである。

ハーンはこうして、一途で、従順で、情熱的な、しかもありふれた女性というイメージをすっかり彼の〈日本の物語〉の中心においてしまう。西洋からやってきたハーンは、かなり一方的にエキゾティックな日本女性の像を作り上げてしまったように見える。しかしハーンの想像力の中心には、あのマゾヒズムにおける母のように支配的役割を演じる女性のイメージが確かにあった。当時の日本における男権的、家父長的支配をまったく肯定するようにして、〈従順な〉女性のイメージに感嘆しているように見えるが、むしろそのような支配をひっくり返すような過剰な理想化された女性像が、ハーンの再話には含まれていた。

『怪談』の最後は「蝶《ちょう》」、「蚊《か》」、「蟻《あり》」からなる「虫の研究」で結ばれている。つまりハーンの怪談は、怪奇なものの研究であると同時に、ありふれた小さきものの研究であった。それが虫の研究に落着するのである。私たちは、すでにハーンが、日本社会を蟻の世界に比べていたことを見た（『日本瞥見記』）。ここでも、蟻の生態についての話は、たちまちこの〈社会的昆虫〉を来るべき社会の理想的モデルとするかのような方向に飛躍する。

「いったい、この地球という惑星の上にいる人類は、果していつの日か、あらゆる理想を超えた倫理的状態に到達することができるのだろうか。つまり現在われわれが悪と呼んでいるものが、すべて衰えて存在しなくなり、その代わり善と呼んでいるものが、すべて変容して、われわれの本能となる。そのような状態に、われわれは果して到達しうるのか。今でもやや高等な蟻の社会ではそうであるように、倫理的な概念や法則がまったく不要になってしまう純粋な利他主義的状態に、いつかわれわれは到達しうるのか」★6。

怪談・奇談における怪奇な存在や出来事は、生と魂の広大な連続性にいつも意識を開いていたハーンの想像力によってとらえられた。ハーンにとって、そういう連続性は、生きている個体としての人間をはるかに超えている。しかし同時に、かつてハーンが好んだ神話や寓話に比べると、これらの物語は、はるかに現世的な、ありふれた、つましい人間の生活を訪れる〈怪奇〉を対象にしていた。そういう思想をハーンは、日本人の語り継いだ物語の中に見て、同時に〈日本的特徴〉を彼なりに造形する作業を続けたのである。このようなハーンの探求は、とりわけ『日本——一つの試論』のなかに理論的集大成として表現されることになる。

前にもとりあげた『飛花落葉集』の序において、ハーンは「シンドバッドの第二の航海に出てくる、あのダイヤモンドの谷から鷲がさらってきた肉片についていた、ほんの少しの宝石をかき集めることで満足するしかなかった商人たちの心境」に触れていた。ハーンの物語の探求も、しばしばそのような情況に直面したにちがいない。もともと、細部まですっかり重厚に仕上げられたような物語なら、決して〈再話〉する気持をそそらなかったにちがいない。

たとえば『骨董』の中の「茶碗のなか」は、あまり劇的な出来事もなく、奇妙にあっさりとした話なのだ。ある武士が茶屋で茶を飲もうとすると、茶碗のなかに見知らぬ男の顔が浮かんでいる。茶を入れ替えさせても、あいかわらず同じ顔が浮かんでくるので、仕方なくその顔といっしょに茶を飲んでしまったところ、その夜同じ顔の武士が家に訪ねてきて斬りあいになる。斬りつけると武士は壁を抜け、消えてしまった。そのとき武士は傷を負ったらしい。あくる日には、その武士の家来たちがたずねてきて、また斬りあいになるが、前と同じく、家来たちも「影のごとく」塀の上に消えてしまう。

何の因縁も教訓も含まれず、いかにも中途半端な話にすぎないのだが、ハーンの始め方は印象的である。「どこか古い塔の螺旋《らせん》階段を登ってみると、何もないつきあたりの暗闇《くらやみ》のただなかに、蜘蛛《くも》の巣がかかっているだけ。あるいは海岸の切りたった断崖《だんがい》ぞいの道をたどっていき、岩角を曲がったとたん何もない絶壁の縁に立っている。そういう経験はなかっただろうか」。そういう経験の「感情的価値」はじつに大きいとハーンは書いている。「さて、日本の古い物語の本の中には、不思議にも同じような感情的効果をもたらす作品の断片が、いくつか残されている。……作者が怠慢だったのかもしれないし、版元と口論したのかもしれない。あるいは急に呼び出されて書きかけの小机を離れ、そのまま再びもどらなかったのかもしれない。不慮の死が、文章の途中で筆を断たせたのかもしれない。しかし、じつはこれらの物語がなぜ未完になったのか、誰にもわからないのだ[★7]」。未完に見えるこの話が、ほんとうに未完だったかもわからない。しかしハーンが再話した「茶碗のなか」という短い話のテーマは、ほとんど「未完」ということ、そのものだといえる。〈再話〉を彼の文学の重要なジャンルとしたハーンにとって、物語が、まったく完結されたものと感じられたなら、そもそも再話の余地がなかったはずだった。もちろん、もし「茶碗のなか」が実際に未完の断片であったとすると、彼の再話の条件にもあわないことになる。ハーンがとりあげた〈話〉は、原則として完結していて、ハーンが結末を創作したりすることはなかったからである。しかし「茶碗のなか」というハーンの小品は、彼の再話の作業がどういう条件の中で果たされてきたか、あらわに見せてしまっている。それとともに、ひとつの物語が誰かによって語られたり、語りつくされなかったりするという、物語の行為の時間もまた、そこからかいまみえることになる。

それぞれの口から耳へと、文字から目へと、数え切れない人びとと時空の間をくぐりぬけていくのは、ただ物語という〈もの〉ではなく、物語するという人間の〈行為〉なのである。ハーンの再話は、ただ物語にだけ関心をもっているのではなく、彼自身がまた反復する物語の〈行為〉にむけられた喜びの表明でもあった。物語を反復し伝達するという行為を通じて現れる民衆の、つまりありふれた、つましい集団的生のかたちの表現でもあった。この〈物語るという行為〉が、しばしば妻の節子によって、また夫婦の共同作業として行われたことは、よく知られている。節子の回想談によって、まさに物語の行為そのものが物語られていることは、大変興味深い。節子の役割は、あらゆる読み物や言い伝えから素材を渉猟することだけでなく、それをそらんじ、ハーンを前にして、暗い部屋で語り部をすることであった。「淋《さび》しそうな夜、ランプの心を下げて怪談をいたしました。ヘルンは私に物を聞くにも、その時には殊に声を低くして息を殺して恐ろしそうにして、私の話を聞いているのです。その聞いている風がまた如何《いか》にも恐ろしくてならぬ様子ですから、自然と私の話にも力がこもるのです★8」。

四　個性と没個性

日本に着く前のハーンが読んでいた日本に関する書物のなかで、とりわけハーンに強い印象を残した本は、パーシヴァル・ローウェル（邦訳ではローエルとなっている）の『極東の魂』(Percival Lowell, *The soul of the Far East*) である。ローウェルは、ハーンより前に日本に着いて約十年滞在し、日本ばかりか朝鮮についても本を書いたが、やがて興味を〈火星〉に移し、火星を観測しながら、こんどは日本人ではなく火星人について本を書いた。そのローウェルの〈日本論〉を、自分にはとても書けない「見事な著作」と誉《ほ》めながらも、日本に親しみ始めたハーンは、やがてそれを「あの恐るべき推論」と批判するようになる。ローウェルはとりわけ、「この民族の天性である折衷主義」を無視している、とハーンは手紙の中で書いている。★9 ローウェルの日本論の先駆性を讃《たた》えながらも、ハーンはすでに自分の日本観がかなりちがうことをはっきり意識している。「折衷主義」に注目するのは、一見して矛盾するように見える日本人の特徴が、ハーンにとっては決して矛盾でなく、いわば折り合いをつけた結果にほかならず、〈折衷的〉であることを、あくまでも積極的な特性と見る眼《め》をもったからだ。

ローウェルにとって、日本という「地球の裏側にある国」ではすべてが倒立している。彼の子供時代の夢想の中では、「地球の裏側」ではすべてが倒立していて、人びともさかさまに歩いていた、というのである。実際に極東に降り立った西洋人にとって、まさに日本人は、さかさまに歩いてはいないとしても、すべてにおいて西洋の慣習の逆を行く民族と見えた。「最初、日本人のやり方は奇妙に見える。しかしもっと親しく知るようになると、ますますそれは奇異に見えてくる」[★10]。

こうしてローウェルは、日本ばかりか、朝鮮、中国も含めて、極東では極端な「家族主義」、「家父長制」が支配していて、人びとはまったく「没個性」であり、とりわけ個性に関して、そこには「発育不全」の状態が定着してしまったと断定してはばからない。この特性を、彼は敬語の細かい規則に縛られた日本語の中にまで見て、同じ断定を下すのだ。このような断定につぐ断定は、ほとんどの場合、否定的見解以外のものではないのだが、ローウェルのこの論調は、彼が極東の〈芸術〉に注目するとき、はじめて変化するのである。「彼らにとって芸術とは生まれながらにして持っている権利のようなものだ。彼らにとって芸術的感覚とは、直感的に順応できる本能の一種であり、それを表現するために遥か昔より代々その技を伝えてきた。彼らは全身全霊で驚くほど巧妙にその技を使う。彼らは頭のてっぺんから爪先《つまさき》まで芸術家である」[★11]。ローウェルは、ここで唐突に飛躍して、フランスと日本に共通しているのは、没個性にして芸術的であるという点である、と主張している。芸術は、感覚によるコミュニケーションなので、個人としての人間よりも、「すべての人間が共有する人間性に働きかける」というのが、彼の説明である。

日本人にとって「自然」が理想的な美になってきたことも、人間を離れた「没個性」という特性から説明がつく。「個性を尊ぶキリスト教」ではなく、仏教が日本にとりいれられたことも、やはりこの「没個性」という観点からローウェルは説明している。芸術的な感性にあふれているが、没個性なので、想像力をまったく欠いているという。こうして芸術的な日本人を少しもちあげたあとでは、「精神の分化において下等なタイプの成熟を示す形態」などと、彼は断言している。最後のページでは、もう一度「極東の人々」の「没個性」はたとえ芸術的な魅力をもつとしても致命的であり、西洋の文化を積極的にとりいれなければ、やがて終焉《しゅうえん》するにちがいない、と結論するのだ。「この極東の没個性が直接にもたらすものは、生命の否定以外の何ものでもない、もしも彼らが旧来の在り方に固執するならば、彼らの現世での生涯は終るであろう」。

ハーンが日本に着く前にすでに日本を実際に見聞していたアメリカ人の書いた日本論は、このような断定を含み、このような本をハーンはまず感動しながら読み、やがてこの種の断定への批判を強めていくようになったのである。

ローウェルの論は、いまなら誰が読んでも荒唐無稽《こうとうむけい》で、一方的な見解に見える。『古事記』を翻訳し、『日本事物誌』をあらわした先駆者バジル・ホール・チェンバレンから、ハーンははるかに多くを学んだし、チェンバレンとの間に交わされた往復書簡に含まれた議論は大変興味深い。チェンバレンもハーンも、西洋に対する批判的な眼をもって、ローウェルよりもずっと慎重に、繊細に、また真剣に日本から学ぼうとしたことは明らかである。

しかし個性（個人性）を欠いている、というローウェルの日本観は、じつはハーンを終始悩ませた問題にほかならなかった。ローウェルのそのような断定を批判して、ハーンは日本人にも「個性」は存在するが、「ただその色彩が違うにすぎないのだ」とチェンバレンにあてて書いている。[★12] しかし封建制に接木《つぎき》された近代の天皇制のなかで、まだ集団的な規範と倫理にすみずみまで規制されている日本人にむかって、やがてハーンは大学で西洋の近代文学について講義するようになるのである。〈個性〉を競い、〈自我〉を探求し、〈天才〉を生み出し、やがて〈超人〉の思想さえも生み出したヨーロッパは、いわばハーンの性格の骨髄にまでしみていた。しかもそのハーンは、一方ではヨーロッパそしてアメリカに対する強い批判をかかえて、日本にたどりつくのである。ハーンにとって、日本人に個性がなく、個性など問題にならないことはむしろ長所であり、別の人間的価値がそこにみつかった。いや、個性がないのではなく、個性は別のかたちで、外からは見えない形で存在した。まったく無個性で平板に見える日本画の様式に、どういう美学がひそんでいるか、ハーンは適確に考えることさえもしている。[★13] 日本画の美学は、個性ではなく、あくまでも類型にむかっている、と肯定的に指摘している。

ハーバート・スペンサーゆずりの進化論者ハーンは、ひとりの個人、自我のなかに、無数の生物の、あるいは死者の記憶を見るような思想の持ち主である。「私は群れである!」と書くようなハーンにとって、西洋の個人主義は、決して彼の到達点にはなりえない。しかし、英語で書き続け、西洋人として思考するハーンにとっては、日本人の徹底した集団主義と受動性は賞賛すべきものであると同時に、どうしても全面的には肯定しえないものである。ハーンは二つの世界の境界で揺れ続けた。

五　「黄禍」という問題

すでにアメリカ時代から、アメリカにおけるマイノリティ(黒人、ユダヤ人、クレオール、最下層の労働者……)に共感し、西洋の文明にも宗教にも背をむけるような姿勢がハーンにはあった。アジア、アフリカ世界への強い関心(エキゾティスム)は、彼のこのような批判的姿勢と一体であり、ハーンはこの異世界の中に未知の美や感覚ばかりか、別の倫理と生き方を模索してきた。ハーンのこの探求が、最後には彼を日本へと導いたといえる。はじめはそれほど長い旅を考えていなかったが、結局は日本で結婚し、家庭を設け、この地に骨をうずめることになった。いくつもの偶然が手伝ってハーンは日本にとどまることになったが、彼の日本の〈ルポルタージュ〉は、紀行や民族学的研究や物語の渉猟にとどまらず、現実の東洋に出会って、西洋とは何か、東洋とは何かを真剣に考察する独自の試みとなった。おそらくそれは彼の時代において、はじめて西洋と対比しながら、深く日本の思想的身体を知ろうとするような、稀有の試みであった。

一八九六年に、日本からアメリカの雑誌 *The Atlantic Monthly* に寄せた記事「中国と西洋」で、ハーンは「歴史の大波ともいえる大事件」を研究するには、海面の泡やさざ波を見るよりも、海面の下の「巨大なうねりの規模や力」を見る必要がある、と注意をうながすことから始めている。[★14] 日本は前の年に日清戦争に勝利して講和にもちこんだばかりである。西欧の技術や武器をまたたくまに吸収して、中国を支配下におさめた日本と、日本支配下の中国は、必ずや西洋にとっての脅威（いわゆる「黄禍」）となる、という論調が、西洋のいたるところで顕著になっていた。

ハーンはそういう悲観的、人種差別的な西洋の論調を要約しながら、これに対してむしろ穏やかに楽観的な見通しを述べている。これからしばらくは快楽主義的、自己中心的西洋と、自制的、共同主義的な東洋とのあいだに闘いが続くだろう。しかしそのような衝突の過程で、西洋にも東洋にも変化が起き、崩壊が進み、新たな融合が達成されることだろう。いまはきわめて保守的に見える中国人にも変化が起きるだろう。すでに日本の中には西洋の影響が浸透しつつある。西洋の特性（活力、精力）と東洋の特性（忍耐、受容性）とが、おのずから混血し融合するだろう。諸民族が、同じ坩堝《るつぼ》で融合するにあたっては、もちろん多くの抵抗があるにちがいないが、どんな民族が、すでに地上から姿を消した数々の民族の混交の結果でないことがあろうか。ハーンは、こんなふうに考えた。

彼が「大きなうねり」と呼ぶのは、あくまでこの融合への、混血への傾向のことなのである。ハーンはこのような考えにつながる混血への讃歌《さんか》を、前にも見たように、マルティニックの混血した人びとの〈美しさ〉に対しても表明していた。これは、その後に二十世紀の世界を引き裂いてきた残酷な戦争や殺戮《さつりく》といった出来事を思うなら、まったくハーンの空想であったように見える。しかし、ハーンはただ混血、融合を讃えてばかりいたわけではなかった。日本が、西洋の強国と肩を並べるようにして、近代化、軍事化を加速していく姿勢に対して、彼はいつも憂慮や警戒を表明し続けたのである。ハーンは、一方で思想のうえだけでなく、みずからも実践したように国境を越える結婚によって混血を促進したが、日本の西洋化、近代化、強国化に対しては、繰りかえし失望を示し続けた。『日本——一つの試論』の末尾では、日本の要人に書簡を託して新たな〈鎖国〉をすすめたスペンサーを引用しているほどである。

一方で混血を称揚し、他方で鎖国（でなければ独立）を進言したハーンは矛盾していたのだろうか。それとも「融合」への傾向とは、あくまで海面の下の「巨大なうねりの規模や力」のことであり、短いスパンでは、西洋の覇権主義、植民地主義、帝国主義に対して、あくまで日本はその外部にあるべきと、主張したかったのか。確かにハーンはこの二つのことを主張していた。彼の頭の中で、二つは矛盾することではなかった。彼はより望ましい「融合」だけを求めた、と考えられる。

ハーンは、この問題をたえず考え続けた。「ある保守主義者」（『心』）では、江戸から明治にかけての激動を生きた日本人の軌跡を描きながら、いわば日本人の立場に立ってこの問題をテストしている。侍の家に生まれて厳しい躾《しつけ》を受けて育った青年が、やがて開国、維新の波に巻き込まれ、西洋の言語、文物を熱心に学び、西洋の〈力〉に驚き、聖書にふれて感動し、先祖代々の信仰をすててキリスト教徒になる。しかし、西洋の歴史と思想をさらに学ぶにつれて、彼は日本に布教にやってきた宣教師たちのキリスト教に懐疑をいだくようになり、キリスト教を棄てることになる。活発な理性を持つこの青年は、やがて自由思想家となって、ヨーロッパへの旅に出る。

「西洋は彼が予期していたよりはるかに大きな巨人の世界として彼の眼前に現われた。〔……〕人々の声を搔《か》き消してしまう交通機関のたえまない騒音。魂のない巨大建築の怪物性。人々の頭も手も、ただ単なる安価な機械の一部として、可能なかぎりその最高の極限まで使いまくろうとする金権のダイナミックな露骨な力★15」。キリスト教の倫理性に感化され、西洋の思想の力に驚いてきた日本人の前に現れたのはこのような巨大都市の風景であり、「快楽追求の利己心」が跋扈《ばっこ》する退廃的な世界であった。フランス、イギリス、アメリカと旅するにつれて、彼は西洋に失望し絶望するようになる。「彼はその文明を憎んだ。その文明の巨大な、完全に計算ずくめのメカニズムを憎んだ。その実用主義的な安定性を憎んだ。またその貪欲《どんよく》さ加減、その盲目的な残酷さ、その巨大な偽善、その窮乏の醜悪さ、その富の傲慢《ごうまん》さを憎んだ。道徳的にいえば西洋文明は怪物的なものであり、風俗的にいえば残忍なものであった。西洋文明が彼に示したものは、測り知れないほど深い堕落であった。彼が若かった頃学んだ理想に匹敵するような理想はどこにも見当たらなかった[★16]」。

この青年はこのような体験の果てで、いったい「この宇宙は道徳的なものなのか」(Is the universe moral?) と考えあぐねるのである。西洋の科学と文明の明白な力を前にして、日本もまた変わるしかない。しかし西洋の優越性は知的なものであっても、道徳的なものではない。したがって、日本の古来の道徳性を棄ててはならない、と彼は結論する。「彼は自国の清潔な貧しさの中にかえって力を認めた。自国民の非利己的な勤倹努力にこそ西洋に対抗しうる唯一の機会を認めた[★17]」。日本に着く船で、この悩める青年を迎えるのは、夜明けの富士山の威容である。そこに描かれるのはハーン自身が、日本に着いたとき見た風景そのままである。青年は、まっしぐらに、幼少のとき彼の精神を育てた古来の日本の記憶へともどっていく。これはハーン自身のたどった道を少なからず投影した一青年の精神史にほかならなかった。

六　底辺の潮流

『日本瞥見記』のハーンは、日本で出会ったものに、次から次へと魔法にかけられた異国のひとの体験を描き続けた。何よりもまず紀行であり民族研究でもあるような書物をめざしたかもしれないが、そこには、すみずみまでハーン自身の詩的夢想にみたされた日本の姿が浮かび上がった。その後もハーンは、彼の文学的表現と、ジャーナリズム的、文明論的探求とを巧みに調和させながら、日本について書き続けた。もちろん魔法のような第一印象は徐々に解けていく。松江を去ったハーンの前には、しだいに近代化、西欧化の効果が、軍国主義、官僚主義の日本として露骨に姿を現し、すべてが妖精《ようせい》のようにやさしく可《か》憐《れん》だった小人国日本の夢想を引き裂いていった。

西洋文明に対するハーンの深い疑いは、アメリカ時代から膨張しつつあった。その延長線上で、彼は日本に、最良ではないとしても、すぐれた道徳的解決を見て、繰り返しそれを「利他的な原則」にしたがう蟻の集団にたとえたことはすでに見たとおりである。もちろん、ハーンはこの〈日本モデル〉をただ肯定し続けたわけではない。たがいの差異を追求してたえず競争する個人という原子が、西欧的システムの原則になっていると考えるハーンは、決してこの個人性の肯定という原理も忘れることがなく、それを欠いていることは、日本人にとって致命的である、などとも書いたのだ（「現代日本における個人の自由の欠如は、まさに国家的危機に立ち至るところまできているようである」★18）。大学では西洋文学史について卓抜な啓蒙《けいもう》的講義を続けることにも腐心したハーンは、決して西洋にも日本にも、一方的に味方することなく、マルティニック島時代にあからさまに述べたように、

〈混血〉に期待したのである。決して出生ばかりによるのではなく、文化・文明のレベルでゆるやかに進捗《しんちょく》する〈混交〉が、たがいの欠如を矯正《きょうせい》し、長点を増殖させていくと、彼は考えたにちがいない。

「ある保守主義者」の体験は、ある程度までハーン自身の体験であり、ハーンの体験を反転させて鏡に映したものであった。マルティニック島の奴隷解放の歴史を背景にした小説『ユーマ』で、ハーンは奴隷の反乱をひとつの悲劇のように描いた。反乱をになった奴隷の多くは、「混血」であったことを、彼は強調していた。反乱の歴史的必然性を、ハーンは確かに肯定している。しかし奴隷制のなかで、白人と黒人がどのように共存してきたか、その共存のシステムを精細に見つめている。ユーマの家の崩壊を悲劇として描いたハーンは、反乱する奴隷にも、主人に忠実に殉死する奴隷にも、破滅する白人にも、ほぼ厳密に等距離に対している。この〈公平さ〉は、最後までハーンのものであった。

しかしハーンの文学そして思想の特徴とは、決してただ〈公平無私〉であったことではない。アメリカでも、むしろ黒人を始めとするマイノリティに親近感をもったハーンであるが、奴隷制度に反対したり賛成したりする意識的レベルの歴史に、彼はあまり関心がなかった。むしろ生物の進化の延長上で無意識に反復されつつ変化するような文明の古層と、それをつらぬく大きな潮流をしっかり見つめるような視線がハーンのものであった。あくまでそういう潮流の中にある現象として、誰も注目しないような出来事の細部にも眼をむけようとした。ハーンのマイノリティ志向と、一見「保守主義的」な態度は、こういうハーンの傾向とともにあったもので、決して相矛盾するものではなかった。

七　祖先信仰と外来の宗教

『日本――一つの試論』でハーンは、日本人の心的傾向をとりわけ信仰の観点から把握することに多くのページを割いている。とりわけ家、地域共同体、そして国家にいたるまで貫通する「祖先信仰」の形態が、日本的なものの古層をなし、維新後の時代でも深い痕跡《こんせき》を残していると彼は考えた。そのような「祖先信仰」は古代ギリシアにも見られたもので、その点では明治の日本でさえも、精神的にはほぼ古代ギリシアの段階にある、とハーンはいうのである。何よりもまず、死んだ祖先を〈神〉とするような信仰は、仏教ともキリスト教徒ともあいいれない。かつて神道《しんとう》は、天皇を頂点とする神話的体制によって祖先信仰を組織し、やがてあらゆる家族や地域共同体を統括する信仰と体制を構成しえたのである。その後に外国から入ってきたいかなる宗教も教義も、この祖先信仰ときびしく対立することなく、ただこれに接木《つぎき》されるようにして採用された。死者である〈神〉に支配されることの〈信仰〉は、日本人の魂のすみずみにまで入り込み、そのいちいちの挙措にいたるまで規定している。この祖先信仰によって、日本人はつましく道徳的に、利他的に生きることができる。この信仰は、何ら威圧的な手段もなしに服従をせまる。ハーンにとって、この

〈祖先信仰〉の特徴は古代から封建時代、そして明治までもつらぬくもので、彼の日本論の基礎となっている。彼はここから敷衍《ふえん》して、「日本人は近代民主主義に適さない」[★19]という結論さえもひきだしたのである。

たとえばルース・ベネディクトの『菊と刀』は、中国の祖先信仰と比べて、日本のそれのほうがはるかにゆるやかで、不徹底であることを指摘している。中国で祭式に集まる人々は、共通の祖先から出て物故した成員たちの、千にのぼる多数の位牌《いはい》を拝む。彼らはみな同じ姓を名のり、十年ごとに綿密に系譜を点検するという。これに比べて、仏壇にせいぜい六、七人の死者の位牌をおき、三代前の祖先のことは忘れてしまうようになった日本の祖先信仰について、ベネディクトは言及している。そういう意味で、中国よりはるかにゆるやかな日本の祖先信仰が、かつて天皇によって集中され、しかも天皇はやがて宗教的統治者として政治的権力とは分離されたまま存在することになった。結局日本の祖先信仰は、仏教とさえも、排他的に対立することなく共存し、仏教を日本化することさえもなしとげた。ハーンも着目したこういう過程から見えてくるのは、日本人の共同性および心性の柱であった〈祖先信仰〉が、まったくゆるやかなシステムでありながら、そのゆるやかさによって保ってきた緻密《ちみつ》な拘束的機能なのである。

ハーンは、仏教がその後日本に何をもたらしたか書いている。彼はまず仏教が、神道にはなかった偶像をもたらしたことを重視している。夢見るような仏像、菩薩《ぼさつ》の姿、そして地獄図。これに比べるなら、神道には、ほとんどイメージも色彩もなかった。そして、輪《りん》廻《ね》の観念。それぞれの生には、無限の前世と後世がある。これは人間の生も心も、過去に生きた無数の生命からなる複合物ととらえ、生物と人間を隣接するものととらえるハーンの進化論哲学と矛盾しなかった。

たとえば仏教には、インドのヨーガ派のように極端な禁欲苦行を通じて解脱し涅《ね》槃《はん》に至ろうとする傾向がある。しかしこういう厳格な傾向は決して日本に根付いたことがなく、日本の仏教は、すぐ身近で死んだ近親さえ「仏様」にしてしまう。こうして日本人は、元来の仏教をまったく変形してしまっているとルース・ベネディクトは指摘している。仏教がどのようにして、日本の〈祖先信仰〉を排斥することなく、これと共存しえたのか、このことにはハーンも関心を抱いていた。しかしハーンも、ベネディクトも、日本仏教のさまざまな宗派が通り抜けてきた厳しく豊かな対立、論争、洗練、多様化の歴史には、ほとんど注意をむけていない。彼らの論点は、あくまでも歴史の古層までつらぬく日本人の心的傾向なのである。彼らにとって、仏教は決してこの古層に亀裂をもたらしたわけではなかった。ハーンにとってはむしろ仏教は、本来の日本的傾向に豊かな色彩とイメージをもたらし、輪廻思想さえも祖先信仰の襞《ひだ》を無限に増やし彩色する効果をもったにすぎないのである。

日本の仏教において親鸞《しんらん》や道元《どうげん》たちが作りあげた思想のほうは、ハーンの関心の対象ではなく、彼の関心はあくまで民衆が生きた信仰のかたちにむけられた。ハーン自身は、個人や自我の存在を批判し無化する大乗仏教をほとんど彼自身の思想として迎えようとしていたので、じつは日本仏教における思想的達成と対話する余地さえもあったはずなのである。しかし、そういう対話の機会はついにやってこなかった。

八　近代の超克？

「いや、日本のあの讃嘆すべき陸軍も、あの勇敢な海軍も、あれはひょっとしたら、政府の力では押さえきれないような事情に刺激されて、侵略の手を出す野心にみちた列国の連合軍を敵に回し、あたら望みもない戦争に、最後の犠牲を供してしまう運命にあるのではないだろうか[★20]」と書いてハーンが憂えた通りの道を、のちの日本はたどることになった。ハーンが亡くなるのは、一九〇四年九月、日露戦争の最中のことである。日本は近代化と帝国主義化をさらに進め、やがて第二次世界大戦の破局にむけて突き進んでいった。真珠湾攻撃によって始まった大東亜《だいとうあ》戦争（太平洋戦争）のときに浮上したのは、その近代化の路線にまったく逆行しようとする精神的な復古主義であった。中国に対する帝国主義的侵略という戦争の現実は、アメリカ、イギリスを敵に回すアジアの「聖戦」という観念に覆われてしまった。多くの知識人たちがこれに勢いをえて、「近代の超克」を唱え、あるいはこれに同調し始めたことは、よく知られている。雑誌『文学界』が昭和十七年に「近代の超克」を特集した際に、林房雄《はやしふさお》は、「小泉八雲は外にあつて、日本の欧米化の危険を警告」したと指摘し、岡倉天心《おかくらてんしん》や内村鑑三の「日本主義」を引用しながら、「だが、これらの努力は空《むな》しかつた」と書いている。★21

確かにハーンは西洋近代の批判を深めながら、日本に別の文明、道徳、美学を見出《みいだ》し、それを保守することを日本に対して願ったのである。しかし「近代の超克」に傾いた知識人たちは、ハーンの「一つの試論」が含んでいたもっと繊細な面には注目することがなかった。ハーンを驚かせ魅了したのは、どこまでも、小さな弱い日本であり、利他主義的で、細かい規律の網目に縛られながら、暴力的な圧制によらずに統治することに成功している日本であった。狂信を避け中庸をえた祖先信仰も、さらには切腹や殉死の風習、あるいは心中のような現象さえも、ハーンはむしろ内面化され美学化された道徳制度の表れとして理解した。そのような日本をハーンは、男性よりも、はるかに女性の中に見出していたのである。あるいは彼が独自にみがきあげていた女性原理の徹底を日本に求めたのである。

「近代の超克」に傾いた知識人たちは、西洋の「物質主義」に日本の「精神主義」を対立させ、これによって「軍国主義」と「帝国主義」を補強し、戦時の思想統制のもとで、多くの牽強付会《けんきょうふかい》をおこなって、高揚する戦意に合流し、それを補強する思想を編み出した。「物質主義的西洋」を超える思想原理として、東洋的な精神性が強調され、「主体的無」（西谷啓治）の観念さえもが提唱された。ハーンもまた、とりわけ大乗仏教における「主体的無」の思想に共鳴したことはすでに述べたけれど、ハーンにとって、それは支配や力や暴力と結びつくことがありえないものだった。ハーンの目に映った日本は、強大な帝国主義的国家の秩序とは原理的にあいいれない利他的な社会であった。この日本は、蟻のように小さなものたちが運用する厳密な道徳的秩序とともに、美学や遊戯のセンスを十分に発達させた集団なのだった。

確かに日本は、もはやそのようなハーンの讃えた日本ではいられない危機状態にむかって、徐々にみずからを追い込んでいった。そもそも諸外国の強制と脅威によって開国して以来、世界の帝国主義と植民地主義のゲームに巻き込まれて、まるで世界戦争の戦場におびきよせられるように破局の道を進んでいった。その複雑な過程は、決してただ軍部中枢が暴走したことなどに還元することができない。ハーンの警告をもっとよく理解していれば、日本は別の道を進むことができたかもしれない、というようなことは、もちろん誰にも言うことはできない。けれども、ハーンがあの時代に日本の中に見たものにそって、その後の〈日本主義〉のたどってきた道をもう一度照らし出してみるということは、いままでも貴重な観点でありうる。「近代の超克」の議論も、ハーンの日本論も、まるで存在しなかったように、日本の精神や美学を復古的に讃えようとする不用意な言説がいまでもまかりとおっている。また日本をただエキゾティックな立場から讃え、日本のナショナリズムを不用意に補強したにすぎない知識人としてハーンを断罪する見方も出ている。そもそもハーンは日本をろくに理解しておらず、日本人に対して、ほとんど差別主義者のようにふるまったと糾弾するようなハーン論も出現している。しかし大切なのは、ハーン自身が、いくつかの立場の間で引き裂かれていたということである。ハーンの中では、帝国主義と近代化の道を歩み強くなっていく日本と、小さく弱いながら非常に柔軟によく組織されている〈たおやかな〉日本は、明らかに対立していた。

一方では、西洋近代の文学者、知識人として、自由な個人という価値にもとづいて思考することを、決してハーンは忘れることができなかった。彼は最後まで英語で書き、英語を読む西洋の読者たちにむけて書き続け、西洋の知性として日本と対面し、日本を研究し続けた。そのうえ東洋と西洋の対立をはるかに超える宇宙的な進化論が、彼のこうした思考の葛藤《かっとう》をつらぬいていた。「究極なるものとは何でしょう。もろもろの力のいくつもある中心に他なりません——私たちには知るよしもない無限なるものの渦巻きです」。これは「ある保守主義者」のモデルとなったといわれ、在野の学者であった人物、雨森信成《あめのもりのぶしげ》あての書簡のなかの一節である。★22

私たちがハーンに今読みとるのは、決して単一の主義主張を生き抜いた思考ではないのだ。むしろいくつかの傾向のあいだで引き裂かれて、それらの間で灯台のように光を旋回させていた思考なのである。

ハーンがまだ生きていた時代（一八九九年）に英語で『武士道』を書いた新渡戸稲造《にとべいなぞう》は、ハーンが日本のいわば「弁護士」であるとすれば、彼自身は「被告」の立場に身をおいて日本について書く、とその序文で述べている。新渡戸は、世界史的展望の中で、聖書、中国やギリシア・ローマの思想、あるいはセルバンテスやシェークスピアさえも引用し、これらと比較対照しながら、西洋を前にした法廷に被告のように立つという意識をもって、「武士道」について書くことができた。たとえハーンのように引き裂かれてはいないとしても、明治の知識人が、武士道について、茶道について、そういう開かれた展望のなかで、少なくとも複眼をもって日本について考えた情況は、いま「日本精神」について語る人びとに決して十分意識されてはいない。

九　規律社会

ハーンは、日本が古くから極端な「規律社会」であり、それが徳川時代には頂点に達したと考えた。「われわれはすでにこの国の文化がはじまった頃から、庶民の生活全体が規律ずくめだったことを見てきた。職業、結婚、父権、財産の保持・処分の権利、――こうしたことが、すべて宗教上の慣習によって定められていたことを見てきた。また家の内外での行動はしじゅう監視されており、ちょっとでもしきたりを破ると、それが自分の社会的破滅のもとになる」。ハーンは、すでにD・B・シモンズやJ・H・ウィグモアが残していた江戸期の法制史に関する研究を参照しながら、「旧日本における奢侈《しゃし》禁止令は、おそらく西洋の法制史にあるどんな記録よりも、その数と項目の細かな点でまさっている」と述べている。

「男女の服装から歩き方、坐り方から言葉使い、働き方、食べ方、飲み方まで、容赦なく規則が定めてあった」。「農民の生活は、あらゆる細目にわたって、家の大きさ、その形、価格から、食事に出す菜《おかず》の数や質のようにごくささいなことまで、法令によって定められた」。婚礼、出産、葬儀、贈答品、髪の結い方、履物にいたるまで、細かい規則が課されていた。着物の襟《えり》と袖口《そでぐち》に絹を用いてもよく、絹や縮緬《ちりめん》の帯も許されるが、公の席では許されないとか、二十石以下の家で使う椀《わん》や膳《ぜん》は、一番安物でなければならないとか、下級の百姓や小作人は、傘を差すことを許されず、蓑《みの》、菅笠《すげがさ》を用いなければならないといった、細かい規律にまで、ハーンは注目している。このような規律が、ほぼ五軒単位からなる組単位で、組頭によって監視されたのである。ギリシア、ローマの社会にも、髪形、衣服の数、女性の飲酒などに関する規律は存在したが、日本史のとりわけ江戸期における規律の細かさは、かなり異例のものだった。

利他的な道徳によってすみずみまで統率のとれた日本社会というハーンの抱いたイメージ（蟻の集団）は、この極端な「規律社会」のイメージによって補強されたのである。しかし、ハーンはこういう規律社会を完成させた徳川の治世は、一方では、まるで「慈父のような」治め方によって、日本文化を成熟させることになった、と言う。たとえば「家康遺訓」には、ある種の寛容さによって規律社会を運用する姿勢が示されている。巧妙な統治によって、約二世紀半にわたる泰平をもたらした徳川の治世は、武家階級には厳しく、下層階級には寛容な方針によって、規律社会を運営したのである。「家康遺訓」には、古くからの日本的規律社会を完成すると同時に、その運用を寛容にし「融通のきく」ものにするという一面があったことに、ハーンは注目している。

　このように水も漏《も》らさぬように見える厳密な規律社会は、そういう社会だからこそ、いたるところで水を漏らしたのである。「国民の心は、いきおい娯楽か研究に生活の単調さをまぎらすすべを求めざるをえなかった」。その結果、この規律社会には、工芸、美術、詩歌、芸能などにおいて、いちじるしい発達が見られ、それは庶民の生活にまで広くゆきわたった。そこでは極端な規律社会と、じつに多様な芸と美の追求が、確かに共存しえたのである。

　ハーンがアメリカでジャーナリストをしていた時代から、綿々と培ってきた独特の〈政治学〉が、ここにも表れている。政治体制や政治思想よりも、人々の日常の意識や行動を規定している細かいメカニズムのほうに、彼の関心はいつでもむいていた。彼は三種類の社会的「圧迫」について語っている。第一は、いわゆる政治的権力から下部におしよせる圧迫であり、第二は、地域の社会や団体からやってくる圧迫である。しかし第三の圧迫は、むしろ下層から、民衆からやってくる。強大な権力と厳密な規律にがんじがらめになっているように見えても、民衆の批判や抵抗が皆無であることはありえない。唯々諾々《いいだくだく》と権力にしたがうはずの民衆は、服従が無条件に強いられるほど逆に抵抗し、困窮状態を撥《は》ね返そうとする。ハーンは、彼の生きた明治の日本にも、決して政治的に組織された動きではないとしても、いたるところで不当な支配に対して自発的に抵抗する庶民を見た。そのため上司が部下の意見をよく聞き、教師が生徒の反応を気にかけることは、しばしば外国人を驚かせるほどだ、とハーンは書いている。[★23] 世界でもまれな「規律社会」は確かに明治の日本にも持続していたが、それにはいくつもの反面があり反例があった。それを綿密に観察し続けるハーンのミクロな単位の政治学が確かにあった。

十　スペンサー主義

ハーンが、イギリスの思想家ハーバート・スペンサー（一八二〇―一九〇三）を愛読し、深い影響をこうむっていたことは、すでになんどか触れたとおりである。進化論的な発想を、自然界にだけではなく、人間の社会と歴史にも適用したスペンサーの思想は、ハーンの文学的夢想にも、また科学的知性にも、矛盾することなく浸透しえたのである。ハーン自身の著述によって、また新たに彼独自のスペンサー主義がつくりだされたといってもよい。これは彼の日本論のなかにも深く入り込み、死や輪廻や歴史の見方にさえも浸透したのである。「幼稚な空隙《くうげき》から徐々に発展したこの複雑な意識、多くの生物においては、また別の形であらわれる意識、一切の生物の発育において、無意識と思われているものからあらわれだす意識は、まことに測り知れないものである。このことはつまり意識とは、初発の形では、遍在的なものだという考えを暗示している」★24と書いたスペンサーから、ハーンは生物と人間をまったく連続するものとしてとらえる発想を受けとった。「意識」の萌《ほう》芽《が》は、人間以前の無数の生物のなかにあり、そのような生命の記憶の延長上に、まさに「意識」は存在する、とハーンは考えた。

すでに日本の生活にも風物にも慣れ始めていた頃のことである。ハーンは、九州のありふれた緑の風景を眺めながら、「この平凡な緑の世界、この『生命』、このふだんの高揚のうちにこそ、すばらしい現象がある」と考え始める。「世界中を緑一色に塗りこめてしまう、あの不思議な魔性は、いったい何ものなのだろう。繁殖しないものから、ああして永久に繁殖してゆくあの不思議さは、いったい何なのだろう。あるいは生命などないものと思われているものそれ自体が、じつはもっと寂莫《じゃくまく》たる、さらに隠微《いんび》な生命なのだろうか」★25。「この生命だって、やはり何かもっと高度な生物の食い物になっているのではないか。もっともっと法外に活動的な、もっと複雑な、何か目に見えない生命を養っているのではないか。幽冥《ゆうめい》なもののうちにさらに幽冥なものが内在し、その生命のうちに、さらに無限の生命が内在しているのではないか。いくたの宇宙が、さらにいくたの宇宙と交錯しているのではないか」★26。

自然も人間も、たがいに入れ子状になった無数の生命の微粒子からなり、たがいに浸透しあっている。空間的にだけでなく、時間的にも、生命は無数の過去の生の記憶（遺伝）と交錯し重合しあっている。個人も意識も自我も、そのような交錯のなかのひとつの「結合物」にすぎないというスペンサー譲りの思想を、ハーンは仏教の輪廻とさえも一致するものと考えたのである。チェンバレンにあてた書簡のなかでも、ハーンは「個人の実質は諸力が結合したものにすぎません」。「宇宙は諸力が結合したもので、われわれはその振動のほかは何ひとつ知りえないのです★27」と、熱心に彼のスペンサー主義を披瀝《ひれき》している。

博多の田園風景を前にして、ハーンは、現在の人間も宇宙も、ひとつの「結合物」にすぎないなら、やがて進化の果てで、別の宇宙と別の人間が出現するかもしれない、という考えに耽《ふけ》るのである。

「社会有機体説」として知られるスペンサーの思想は、世界で熱狂的に迎えられ、日本でも明治十年ごろから毎年のようにその著書が翻訳され続けた。「自然淘汰《とうた》」が社会にも適用されるとすれば、国家の干渉《かんしょう》をなくして自由放任状態にしておくことが、むしろその社会の進歩につながるにちがいない。だからこそスペンサーの思想は、日本の自由民権運動に歓迎された。しかしスペンサーは、決して自由主義だけを主張したわけではない。ある書簡の中では「社会の持続的改善は、諸個人の改善なくしては不可能である」、「諸個人が変化する以前に本質を変化させることはできない」と説いた。それゆえ諸個人の変化を考慮にいれないなら、「急速かつ根本的な改革のプランは無効たらざるをえず……」と、むしろ保守的な立場を進言することもあった。こうして明治政府の要人に、日本の針路について意見を求められたスペンサーは、日本の自由化や西欧化にはむしろ警戒すべきであると述べたのだ。★28

社会を有機体とみなして、これに進化や自然淘汰の概念を適用したスペンサーは、社会もまた生物界のように、単純な差異から複雑な差異に、一様性から多様性にむかうと考えた。一世を風靡《ふうび》したその思想は、やがて古びてしまうが、ハーンがスペンサーから読みとったのは、社会そのものを有機体（生命）と見ることよりも、むしろ「生命を有するものと有しないものの間、動物と植物の間、さらに可視的なものと不可視なものとの間に境界線がまったくないという事実」であった。進化論よりも重要なのは、むしろ生物と人間をあくまで連続したものと見る考え方であった。これを敷衍《ふえん》すれば、現今の人間の意識も、物質それ自体も、まったく暫定的な形をとった「結合物」であり、そのかぎりで無数の転変や生死の結合物であり、個人もまた、いま生きている無数の生の微粒子と、あるいはすでに死に絶えた無数の生（霊）の微粒子のあいだの結合物だといえる。

ハーンのスペンサー主義は、ほとんど同時に、極端な唯物主義であり、しかも輪廻や祖先崇拝や幽霊たちとも共存しうる神秘主義でもあった。最晩年の作品のひとつ「究極の問題」でハーンは、同じく「究極の問題」と題されたスペンサーの遺作論文を読んだ感想を述べている。★29その主題とは、肉体が滅んだ後、意識はなお存続するか、それとも分解してしまうか、という問いなのである。ハーンによれば、この問いに関するスペンサーの答えは「意識は無限のエネルギーが特殊化され、個性化された形である」、「意識は死によって解消してしまう」、「そのとき意識の要素は、万物の根源にもどる」という、あくまで蓋然《がいぜん》的な説にすぎない。

しかし、「根源もなく、原因もなく、無限の空間がかつて存在していた。いや、存在していなければならない……」というスペンサーの考えに対して、ある「恐怖」を覚えて、ハーンはまさにこの「恐怖」について書いているのだ。

ここからの想念は、まったくハーン自身の体質に属している。「何とも言えない、目に見えないもののなかに、永久に自分が閉じ込められている。……」。広大な銀河と時間を乗り越えて進んでいくが、「絶対にどこの果てにも出られず、さりとて中心からも遠ざかっていない」。「物の大きさ、高さ、深さ、時間も、方角も、一切消尽されて、物との関係といえば、自分が飛翔していくという意識の、ぽつんとした一点に対する関係以外には何の意味もない。……」。そこからまた別の「恐怖」が生まれるのだ。「無限の可能性に対する恐怖が呼び覚まされる」。「この物の怪《け》じみた接触にとっては、花一つ開くのも、宇宙がひとつ消えてなくなるのも、同じように簡単なことだろう」★30。この恐怖は、どうやら、自我は確かに消滅するが、その後も無限の渦巻きのなかに存続している、という想《おも》いとともにあるのだ。

これはスペンサーから想をえたにしても、ほとんどハーン自身の資質に属する形而上学《けいじじょうがく》的怪談であった。ハーンは忠実なスペンサー主義者を自称していたが、そのスペンサー主義はスペンサー自身の思想よりも、はるかにしなやかで幻想的であったと思える。

第五章　ヴィクトリア朝の知識人

一　世界文学の展望

一八九〇年、三十九歳のとき日本に着いて、数年間は魔法にかかっていたというほどに日本のあらゆるものに魅入られたハーンは、『日本瞥見記』のあとにも力をつくして日本の探求を続け、書物を書き続け、死後に出版される『日本――一つの試論』にまで至ったのである。帰化して小泉八雲となった作家は、日本人にとってはとりわけ「ほんとうの」日本を世界に紹介した大恩人であり、その印象はあまりに強く、長い間それ以外の面に光が当てられることはまれであった。ハーンが日本に魅入られると同時に、近代化する日本を深く憂えたことは、彼の日本論のなかにも繰り返し表現されている。そればかりでなく、彼自身がまぎれもなく西洋近代に育てられた知性でもあり、彼自身のなかには日本人になろうとするハーンと、決して日本人にはなりきれない小泉八雲が、当然ながらふたりとも存在した。アメリカを中心として、ハーンが日本に渡る前の伝記的、文献的研究も膨大に蓄積されてきたが、ハーンの生涯と文学をつらぬく〈連続性〉は決して十分に解明されてこなかった、という印象を受ける。ハーンはそれほど複雑であり、しかも一貫していたのである。

ハーンの日本探求が、アメリカ時代にすでに彼が本格的にはぐくんでいた〈エキゾティスム〉と切り離せないことは、すでに見たとおりだ。日本の内側に深く入りこみながら、内に入ることで見えてきたものを、ときには西洋だけでなく、カリブ海の島と比べ、書物で出会ったインドや中国のすぐ隣において見つめる視線を、ハーンは保ち続けた。また西洋の行く末を考えながら、東洋の文明と道徳が人類に対してもつ意味を考えようとする姿勢を、決して失うことがなかった。独特の進化論者であったハーンは、人類社会はどういう進化をとげているかということに、とても関心があった。人類は、蟻《あり》よりもましな社会を構成しているだろうか、という問題をハーンはまじめに考え続けた。彼の日本研究は常にそういう大きな問いとともにあった。チェンバレンとの間に交わされた多くの書簡では、ただ日本を賛美する優しい小泉八雲とは異なる複雑な振幅を、当然ながらラフカディオ・ハーンは見せている。

一八九六年（明治二十九年）に帝国大学の英文学講師となったハーンは、約六年半にわたって英米文学のみならず、北欧やフランスの文学についてまで広くふれる講義を続けた。

やがて彼の没後に、講義を聴いた学生たちのノートをもとにして、その多くが校閲、編集されて出版されることになった。生前の単行本に収録されていなかった業績を集成した恒文社版ハーン著作集全十五巻のうち、これらの講義録はじつに第六巻から第十三巻までを占めている。異国の大学での英語の講義が、こんなふうに克明に残されたこと自体が驚くべきことである。ハーン自身は生前、そのようにみずからの綿密な推敲《すいこう》を経ないまま講義録を出版することを決して肯定してはいなかった。当然ながら、ハーン自身の書いた作品と同列に扱うには、少し慎重でなければならない。しかし書物として残された講義録はじつに読みごたえがあり、しばしばハーンの声調さえも感触させるほどの記録になりえている。

アカデミックな素養をもたず、むしろ記者・作家として鍛え上げてきた文学的見識と語り口を、ハーンはとてもよく生かしている。多くの文学者たちについて、まず伝記的素描からはじめ、人物論と作品論をたくみに組みあわせて、作家と作品を身近なところまで引き寄せるスタイルは、確かにハーン独自のものである。もちろんそれだけではない。文学だけでなく、しばしば哲学、思想にまでふれるハーンは、作家たちの親密な肖像を、大きな歴史的潮流と結びつけることも、決して忘れてはいない。決して文学史や、流派や、作品の厳密な〈解釈〉といった学問的要求にとらわれて硬直することのない目配りのよさと生きた語り口は、やはり驚くべきである。

アメリカ時代のハーンが、同時代のフランス文学に通暁し、英仏語の翻訳を通じてオリエントの文学を広く渉猟《しょうりょう》し、やがてクレオール語とその民話にも深くわけいっていったことは、すでに見たとおりである。ハーンにとって、文学、詩歌、物語は、世界のいたるところにあって、それぞれの世界の歴史、知性、道徳、そしてとりわけ感情、感覚について知るためのもっとも頼りになる資料である。当然ながらアングロサクソン圏の文学についても、ハーンは彼なりの独創的な見解をもっていたにちがいないが、ハーンが本格的に英語圏の文学について語るのは、東京でのこの講義の中でのことである。そしてどんな詩人、作家について語ろうとしても、その文学が一国の歴史におさまることはむしろ例外的なのである。コールリッジ、バイロン、キーツについて語ろうとすれば、古代ギリシアを考慮にいれ、そしてヨーロッパ各地域の歴史にも言及せざるをえない。スウィンバーンのような詩人においては、ヘブライに加えて、インド、北欧のような源泉が渦巻いているのだ。

日本を紹介し探求する書物を精力的に書き続けていたハーンは、一方で英文学の古典だけでなく同時代の作品を読みこみ、英文学を中心にして文学とは何かを再考しながら、膨大な数の文学者と対面した。こうして、彼らの個性を精細にみきわめながら、「世界文学」といってもいいようなスケールの大きい眺望を形成していたことには、ほんとうに驚く。そしてまた日本の研究をたゆまず深めていく一方で、まるで同時代（ヴィクトリア朝）のイギリスの文学者たちの隣人であるかのように、多くのことを共有していたことも注目すべきことである。

二　ハーンの性愛

『文学の解釈』と題される一連の講義で、ハーンはまず「ヨーロッパ文学研究のむずかしさ」について語っている。キリスト教やギリシア神話のような歴史的背景について語ったり、あるいは研究の方法論的問題、言語上の障壁などについて述べたりするのかと思うとそうではない。ハーンはいきなりヨーロッパでの「女性の地位」について語ることから始めているのだ。「すべての男性は、ただ女性は女性であるという理由によって、信仰や一般世論という点からも、すべての婦人を敬わなければならない」。これはヨーロッパの男性が、女性を自分たちよりも優れた存在と見ているからではない。「女性は、すべての男性の助力を仰ぐべきであり、かつそれを必要としている存在」とみなされる。ハーンはこうして、「ヨーロッパ諸国における婦人には、支配権を除くすべての事柄に対して、最上の地位が与えられており、しかもその地位というものは宗教的に与えられている」[★1]とまで言う。男性の社会的優位を否定しているわけではないが、女性の地位に対する〈崇拝〉とも言える強調は尋常ではない。

明治の帝国大学の学生たちを前にして、ハーンはヨーロッパにおける男女同権という問題を説こうとしているわけではない。日本における家父長制や封建制の残滓《ざんし》に対する批判を述べているわけでもない。むしろハーンは前近代的体制にしたがう日本の女性の「優しさ」に感嘆して、「善性に対する日本民族の持てるあらゆる可能性は、女性に凝集しているように思われます」などとチェンバレン宛の手紙に書いたりもしていたのだ。★2

日本の女性についてだけでなく、ハーンの中には、女性に関する一種の理想主義がはぐくまれていた。やはり書簡の中で「完全な女性は、献身、慈愛、憐憫《れんびん》、無限の愛、優しさのように、近代の信仰が特に神聖視しているあの特有の美質が、彼女のうちに進化してきたという事実によってわれわれを感動させます。これらの美質は、この世の悲惨と闘争ゆえに、われわれが希求するあの魂に関するもののすべてであり、未来の黄金時代の平和を作り、和らげる一切のものにほかならない。しかし理想的な男性をこのように思い描くことは不可能です★3」などと書いているハーンのこの女性観は、単なる文明論の次元を少し逸脱して過剰な感じがする。

「ヨーロッパ全般にわたり、女性に関して、宗教感情とまったく同質の敬虔《けいけん》な情操が存在している★4」と言うハーンは、そういう感情の起源を自問する。スペンサーゆずりの進化論的発想に結びつけて、「感情の起源」とその「進化論的変遷」を問うことは、すでにハーンの思考の基本的性向になっている。「婦人のもつ力」は、アイスランドの『ニャールのサガ』のような作品に顕著に表現されている。キリスト教におけるマリア信仰、中世の騎士道的愛、ルネサンスにおいて復活するギリシアの女神においても綿々と顕在してきた

〈女性の力〉は、近代文学の恋愛にまで注ぎ込んでいる。ハーンはそういう歴史に注意をうながしているが、女性をめぐるこの理想主義は、はからずもハーン自身の性愛をあぶりだしているのではないか。

ハーンのあまり知られていない中編小説『カルマ』には、こんな一節があった。「いとしい女が女ではないように思われ——地上のものではなく、人間を作り上げているのと同じ粗雑な物質からできているのではなく、もっと繊細で精巧で真珠のような生命から生まれた、まったく別の独自な生物であると思われるときがある。そういう愛の幻想の輝かしい時間を誰が知らないだろう」[★5]。こういう女性像は、ハーンが日本で採録して書き上げた「雪おんな」にまで生き延びているのだ。しかしハーンはただ女性を（そして「母性」を）理想化していたわけではない。理想化した女性とある種の緊張関係をもち、父性的な存在を排し、契約を介する理念的な母子関係をそのまま恋愛として生きるような幻想（ファンタスム）が、確かにハーンの性愛の核にあった。ハーンの性愛の観念に、マゾッホの文学に通う傾向があったことはすでに見たとおりである。

講義を始めるにあたって、西洋文学の重要な背景としての理想的女性像について、「婦人の力」について語っているにすぎないように見えるが、確かにハーンは彼自身の文学とその根深い性愛的モチーフについても語っていたのである。

三　感情と倫理

続いてハーンは、やはり彼自身の文学の根源に触れるようにして、いくつか原則的なことを述べている。まず「芸術は、どのような形式をとろうとも、人生を感情的に表現するものである」と語り、「倫理的な美が、知的な美よりも、はるかにまさっている」とスペンサーを参照しながら述べている。まったくナイーヴな見解にすぎないように見えるが、ハーンの講義の全体が、この見解に導かれ、それを証明していくことになる。作品に表現された「感情」の果てしないヴァリエーションを読み解くことは、ハーンの講義の重要な主題となる。また同時に「倫理的な美」という指摘によって、単に狭い道徳観に陥るのではなく、文学がどこまで善と悪の大きな振幅を包容しなければならないか、それを考えることも、ハーンにとって、もうひとつの重要な課題になる。これらのことを宣言したうえで、ハーンはロマン主義と古典主義の対立という問題に入っていく（『文学の解釈I』第3章）。

ハーンの進化論的な発想は、言語にまで及んでいる。古典主義の擁護者たちの誤りは、「国語を固定し、完成し、まったく発達し尽くしたものとみなしたこと」である。どんな言語も、完成期に達してしまうと衰退の兆候を示すようになる。ところが「ヨーロッパのあらゆる言語は、いまだ成長、発達、進化の過程にある」。ハーン自身は〈変革〉と〈感情〉のほうに味方し、ロマン主義を支持すると率直に述べているが、いずれにしても歴史は古典主義的なものとロマン主義的なものの対立によって進展することを説明している。だからといって、ハーンは決して学生たちに「中庸」をすすめてはいないところが面白い。「あらゆるものの進歩は、極端への加担なしに達成されたことはなかった」からである。

ヨーロッパの古典主義を支えてきたのは、大学であり、教会であり、貴族であったと説明するハーンは、文学上の流派の問題が、じつは政治上の問題でもあることをはっきり説明している。ロマン主義は、個性を強調し、「天才」を生み、とりわけ「天才」のイメージをつくりあげた。その結果多くの放恣《ほうし》や害悪そして革命的な気運さえももたらした。しかしハーンはやがて日本にもロマン主義が出現するだろうと予告し、口語で書くことをそのための要件として提案している。

明治の帝国大学の学生にとって、こういう講義はかなり刺激的な内容であったにちがいない。ハーンは中途半端に陥ることも、「自己放恣」に溺《おぼ》れることも、伝統や制度の中に硬直してしまうこともたしなめている。ロマン主義と古典主義のせめぎあいが必要なことについて説明し、臆病な中庸的姿勢よりも、むしろロマン主義をすすめ、しかもロマン主義の弊害についても語っている。ハーンの文学講義の思考は、十分に複雑であった。そして「これらのことが諸君の国の文学にとっていかなる意味をもつか、私より諸君のほうが判断を下すのに、はるかに適しているだろう」★6とこの講義を結んでいるのだ。

四　ナイーヴにしてリアリスト

『文学の解釈』で最初に紹介される詩人は、クラッブ（Georges Crabbe 一七五四—一八三二）とクーパー（William Cowper 一七三一—一八〇〇）という二人の「リアリスト」である。二人とも、決して英文学史において目立った存在ではなく、その後の日本でも研究する人は少ない。あえて、そういう二人の詩人からハーンが講義を始めたとすれば、これは奇妙な選択であり、いかにもハーンらしい。

地方の牧師であったクラッブは、「生粋のリアリスト」であり、しばしば「おぞましい主題」を選んだ。「かつては可憐であったのに、やがて無慈悲な悪党の手にかかって堕落し捨てられる田舎娘、田畑で強制される重労働、日が暮れて疲れきった男女の様子、強健だったのに急速に衰えていく彼らの肉体」を描き続けたその詩句とは、「泥の壁は扉を持ちこたえられず壊れかかっている／そこでは異臭を放つ湿気が垂れ込めてゆらぎ／昼間は物憂げな糸車が陰鬱《いんうつ》な音をたてる」といったものである。そこに「描きこまれた光景の何といまわしいことか」と評しながらも、クラッブの徹底したリアリズムを、ハーンは賞賛している。そしてその韻律の巧みな構成にまで着目している。救貧施設の悲惨な光景や、学校でのいじめなどをつぶさに描いたクラッブには、ある「文学的モラル」が見出《みいだ》される、とハーンは語っている。「すぐれた題材」をさがすかわりに、「気に入らないことや嫌悪することを書きとめ」、しかも自分の否定的感情を交えずにそれらを描写することにおいて、クラッブはまったく徹底していたというのである。

ついでハーンがとりあげたクーパーもまた、リアリストとしてクラッブの隣におかれている。狂信的で陰気、奇癖の持ち主といわれたクーパーは、よく注意して読むならば、むしろ光と色彩に富んでいる、とハーンはいう。日没の光のなかで微妙に変化していく風景や、歩く人の引き伸ばされた影に細かい注意をむける詩人の描写を、ハーンはつぶさにたどっている。クーパーは社会の偽善や不正を告発する風刺家でもあったが、じつに多面的な詩人であり、子供、動物、自然へのまったく純真な共感を表現してもいる。矛盾するようだが、したたかなリアリストであり、悲惨なこと、いやなことに醒《さ》めた視線をむけるという一面と、まったくナイーヴに純真な存在に共感するという別の一面が共存しているのは、まさにハーン自身の性格的特徴でもあった。そういう意味でも、ハーンがむしろマイナー・ポエットとみなされる二人の独創的なリアリストを、講義のはじめにとりあげているのは、じつに興味深い。

クーパーは、ハーンの時代から一世紀前のイギリスの、田舎の郵便配達人について詩を書いている。「あいつがやってきたのだ、／騒々しい世界からの伝令が、／泥の跳ね上がった長靴、紐《ひも》でくくった腰、霜枯れた髪、／あらゆる国からの知らせを背負って重々しく進み、／託されたもの、ぎっしりつまった背後の荷物には忠実だが、／みずからがもたらすものには無頓着《むとんちやく》、彼の関心とはただ／それを宛先に届けること／〔……〕悲報だろうと吉報だろうと彼にはどうでもいいこと――」★8。郵便配達人は、もちろん天上的な存在などではないが、誰にもわけへだてなく生や死をもたらす天使に似ている。天使は、自分のもたらす不幸に同情したり、幸福に共感したりはしない。偉大な画家たちは、天使をそんなふうに非情な存在として描いている。実はクーパーのリアリズムそのものに、そういう冷厳な視線が含まれていた。しかしそういう視線の奥に、もうひとつの共感的なまなざしがひそんでいて、それは子供や鳥獣たちと交感しているのだった。こういう指摘はほとんどハーンという文学者自身の特徴にも重なるように思えるが、決してクーパーやクラッブだけが彼に重なるわけではない。ハーンが共感をこめて語る詩人・作家たちの特徴は、多くの場合ハーン自身の一部でもある。ハーンの講義では、そういう共感が交響しあって、やがてひとつの巨大な文学的宇宙を出現させるのだ。

五　視覚的記憶

「クーパーとクラッブの時代以前の昔の詩人は、ただ壮大な主題、英雄的な行為、理想的な事柄についてのみ書いた。しかしクーパーとクラッブの二人は、馬、犬、牛について、あるいは貧しい無知な人々や、山間の農夫や、町の労働者の苦悩について、美しい詩が書かれうることを示したのであった」★9とハーンは書きながら、ワーズワスについて語り始めている。ワーズワスは膨大な数の作品を残したが、ほんとうに価値のあるのは、そのうちわずかで、壮大な事柄よりもむしろ「日常生活」について書いた詩のほうである、とハーンは断言している。モーパッサンの自然主義に傾倒し、日本に着いてからも、ありふれた庶民や女性の生活に注目し続けたハーンの傾向が、ここにも投影されている。ただしハーンのこういう一面を、ただ文学史上の一流派の傾向に還元することはできない。ハーンの自然主義的な傾向は、一方ではウィリアム・ブレイクなどに共感する幻想的傾向を、決して排除するものではなかった。ありふれた人々の普通の生活を注視する視線は、未知の世界に遠く想像を羽ばたかせるエキゾティスムと共存しえた。そういう多面性の間にハーンの一徹な自然主義もあったこと、それが興味深いのである。

　ワーズワスの名高い詩「水仙」The Daffodils の最後の節にハーンは注意をうながしている。「なぜならうつろな心で物思いに沈み／ときおり私が長椅子に横たわるとき、／水仙の花々は心の眼《め》に向かって光を放つからだ。／すると私の心は歓喜にあふれ、／水仙とともに踊りだす」[★10]。水仙の黄色と湖水の青色の鮮やかな対照は確かに印象的だが、この詩の核心は、決してそういう描写そのものにあるのではない。こう指摘するハーンは、むしろその描写が、夜の部屋で想起された「残像」によるものであることに注目している。「これは何度も何度も眼の前に立ち現われる――夢の中にも現われて、きっとそれを忘れることができなくなる。年老いたものは、若者よりもいっそうはっきりとその残像を見るといわれている。しかも誰でも、ときおりこの残像を見るのである。これは通常いわゆる想像力とか記憶とか言われているもの以上のものである。おそらくわれわれはそれを、完成された視覚的記憶と呼んでもよかろう」[★11]。「完成された視覚的記憶」について語りつつ、ここでハーンはいわゆる〈無意志的記憶〉（レミニセンス）がもたらすような残像に言及しているのだろうか。とにかくハーンが注目しているのは、それが目の前にあるものの描写ではなく、「残像」であることであり、この「像」がまったく鮮明なことである。この残像は、記憶というよりも、現に知覚されている最中の視覚的、聴覚的状況であるかのようである。ハーンは、彼自身の文章においても、そのような強度の視覚的、聴覚的状況を作り出すことをとても重視していたことはすでに述べた。ハーンが「残像」と呼ぶものは、物語を構成するための描写からほとんど逸脱するようにして、それ自体ただ見られ聞かれるような知覚の状況なのである。ピエール・ロティのような作家の描写の鮮明さを、「まだ発明されていないカラー写真」[★12]のようだと説明したハーンには、やがて映画がもたらすような「純粋な光学的音声的状況」（ドゥルーズ）という発想に近いものがあった。物語や行動の枠組から離脱して、ただ純粋に世界を見つめ聞くような知覚の状況は、ハーンにとってとても重要な何かだった。

　ワーズワスの膨大な作品の中でも、ハーンはとりわけ子供について、あるいは幼くして死んだ子供について歌った詩に着目している。そしてワーズワスが、「子供の魂は、誕生前に暮らしていたより美しい世界をまだよく覚えている」と考えたことを強調している。これはつまり、詩人の残像（レミニセンス）を超えて、一般に子供は、他界（天国）のレミニセンスを持って生まれるというような発想につながる。子供の魂の中に「前世」の残像があるかのような考えは、まったくキリスト教の原則に反するように思える。ワーズワス自身もそのことを憂慮したと言うハーンは、もちろん仏教的輪廻《りんね》のことを考えている。しかしひとたび誰かが下界で子供を身籠《みごも》ると、神は天国で子供の魂をつくってそれを下界に届ける、というような発想がキリスト教にないわけではないと述べている。ワーズワスの詩における「素朴な、ありふれたもの」、「小さい事柄」にとりわけ注目して、その詩について語ってきたハーンであるが、こういうところでもハーンは、彼自身のモチーフにしっかり引き寄せて、子供について、転生について考えているのだ。

六　子供のように

『文学の解釈』の講義は、じつはワーズワスについて語る前に、ロマン派詩人の元祖であったといっていいウィリアム・ブレイクに触れている。数々の幻想、幻視、そして神秘主義によって知られるブレイクに関しても、まずハーンは、ほとんど子供のまま大人になったかのような詩人の一面に注目しているのだ。「多くの感じやすい子供は、七歳くらいまでに幽霊や悪鬼などあらゆる物の怪《け》を見てしまい、そしてたいていの場合、そのような幻影はたちまち脳裏を去ってしまう。ところがブレイクは、生涯を子供のこの幻想状態のまま過ごしたのである」[★13]。「ブレイク以前に、彼に似た言葉遣いで、つまり子供のような言葉遣いで自己を表現しようとした神秘主義的詩人は、一人として存在しなかった」[★14]。今日のブレイク研究者に、こんな言及はほとんど何も意味しないにちがいない。しかしブレイクが「幼児の喜び」(Infant Joy) のような詩を書く詩人であったことは、ハーン自身にとって何よりも決定的なことを意味した。

ハーンが講義で紹介していくブレイクの詩の中身はおよそ、次のようなものである。友達に対して怒っていたら、その怒りは「輝くばかりのりんご」となった。自分の敵は、そのりんごの木の下でのびのびと「大の字に横たわった」。

森の奥で迷い、ライオンに世話してもらった少女があった。

小さな蠅《はえ》をたたき殺してしまった。自分もいつかそんなふうにたたき落とされる蠅みたいなもの。それでも「私は幸せな一匹の蠅／生きていようと／死んでいようと」。

誰でも自分をいちばん愛し、大事にする。だから僕自身に比べればお父さんなんか、小鳥みたいなもの……そんなことを口にした子供が悪魔とみなされ、火あぶりにされる。

無心に眠る子供の心にしのびこむ企み。「お前の小さな心が目覚めるとき／恐ろしい稲妻が閃《ひらめ》く」。

少女と少年がただ純真に愛しあう。それで処女を失う娘を待っているのは、地獄の運命だ。……

ハーンの語るブレイクという詩人は、天使のように純真な魂と、それに襲いかかる残酷な運命との救いがたい対立に、とりわけ取りつかれたのだ。この世界で人々は、「地獄の絶望の淵《ふち》に天国を打ちたてる」一方で、「天国を見下して地獄を打ちたてる」ようなことを繰り返している。子供のような神秘主義者ブレイクと、いたるところに出現する悪魔の脅かしに警戒をうながすブレイク。ハーンのなかにも、もちろんこういう二つの存在がそれぞれの分身のように存在したにちがいない。ワーズワスについては、出来不出来がはなはだしく、ほんの一部しか読むに値しないと述べたハーンは、ブレイクに関してはほとんど留保のない共感と賛辞を示している。

それにしても、イギリスの詩人たちについて語るハーンが、彼らの中の「子供」について繰り返し触れていることは印象的だ。コールリッジの書簡に触れても、「彼はちょうど子供のように、無邪気に、感情的に、また惚《ほう》けたような状態で書いている」と指摘し、実生活をみれば、この詩人は「彼の無力さ、彼の弱さにおいて子供であった」と述べている。[★15]もちろんコールリッジは、融通無碍《むげ》な韻律法の創造者であり、霊的（ghostly）にして、超自然的な感覚を英語の詩に注ぎいれた詩人でもある、と指摘することをハーンは忘れていない。

それにしても、この「子供的なもの」（infant）は、ハーンの詩学をつらぬく重要な主題であった。ハーンにとって子供は、ただ純真で、素朴で、無力、無害なのではない。子供になることは、たとえばルイス・キャロルやカフカの作品においてもそうだったように、小さくなること、無能になることによって、ほとんど知覚されないものとなり、大人の権力と体制を斥《しりぞ》け、別の次元に脱走するという意味をもっている。ハーンの中にも、そういう「子供」が確かに存在し続けた。

七　悪魔のような詩人

「バイロンは悪魔派の首魁《しゅかい》である」とハーンはバイロン（Lord George Gordon Byron 一七八八―一八二四）について講義を始めている。社交界から追われ、イギリスを出て二度と帰ることがなかったこの反逆児は、ヨーロッパの寵児《ちょうじ》となり、熱狂的な一大ブームを巻き起こした。若者たちは、彼の髪形や服装までまねた。バイロンには二つの面があった、とハーンは説明している。「ひとつには生まれつきの向こう見ず、利己的、官能的な面である。もうひとつは、寛大で、英雄的、真に高貴な面である」[★16]。この詩人がすべてを投げうって、ギリシアの独立戦争に参戦し病死したことは、よく知られている。ハーンのバイロンに対する評価は微妙である。一時期には、（ゲーテの言うとおり）「ヨーロッパ的現象」といわれるほどの偶像となったバイロンは、明らかにロマン主義の先駆者であったが、彼にはまたロマン主義的な欠陥もありあまるほどあった。明治の日本でも広く読まれることになったバイロンだが、同時代のヨーロッパではもはや「死んだも同然」とハーンは突き放している。バイロンの詩は、情熱の発露そのものにほかならず、綿密な推敲を経て鍛え上げられたものでなかったというのだ。「わが心は猛《たけ》り狂う溶岩流の洪水に似たり」と書いたバイロンのあまりに直截《ちょくせつ》な情熱の表現を、もちろんハーンは評価しつつ、それがあまりに直截なことを批判もしているのだ。これと同質の批判を、ハーンはあとでホイットマンのようにまったく型破りな詩人にもむけている。

ハーンの気質は、ロマン主義的なものにすっかり共感しているのに、一方で彼は形式や文体を彫琢《ちょうたく》する芸術家の〈仕事〉をとても重視した。噴出した溶岩には、たくさんの不純物が含まれる。詩人の仕事とは、その溶岩を精錬し、さらに鍛え上げることである。バイロンの場合も、シェリーの場合も、彼らのロマン主義的な衝動は、社会、良俗、道徳へのあからさまな反逆となって悪魔的様相を呈することになった。バイロン以前の文学における悪魔は、超人間的な神話的存在にすぎなかった。ところがバイロンの詩は、人間にほかならない悪魔の歌であり、しばしば反逆そして悪の賛歌である。ハーンはおよそこんなふうにバイロンを讃《たた》え、同時にこきおろしている。

アメリカのジャーナリストとして、繊細な日本研究者として、ハーンはしばしば保守的なモラリストの顔を見せてきた。「この宇宙は道徳的なものなのか」という日本の知的青年（「ある保守主義者」）に託した問いは、もちろんハーン自身のものでもあった。そういうハーンが、ここではロマン主義の悪魔的主題について、かなり大胆な意見を率直に披瀝《ひれき》している。バイロンの作品は、しばしば不道徳であり、シニカルであり、卑猥《ひわい》でさえある。イギリスの国民にとってもっとも尊重すべきもの、つまり法、秩序、宗教に対する反逆が、バイロンの創作の強烈なモチーフである。ロマンチストでありモラリストであるハーンは、この相反する方向についてまじめに考えている。

たった一ドル盗んだ人間が、泥棒として処罰され監獄に送られることもある。しかし五億ドル盗むことのできる人間は、社会から処罰されるどころか、むしろ尊敬される。彼の罪は五億倍重いとしても、彼は「法律よりも強い」からである。つまりわれわれが普通いうところの道徳・道徳律とはまったく違う次元の道徳・道徳律というものがある。どんな宗教・道徳よりも強い宇宙的な法があって、これはわれわれの知っているモラルとは異なる、とハーンは講義で教えている。善とか美徳といわれているものは、この宇宙的な法から見れば、弱さ、臆病さの別名でしかない。進化論者ハーンは、進化もまたこの宇宙的な道徳律とともにあると考えている。こういうハーンはほとんどニーチェ主義者と言ってもいいくらいなのだ。人を殺す戦争は、一ドル盗む人間を罰する道徳にとっては、やはり悪であるにちがいない。しかし戦争は、別の次元の道徳律にとっては正しく必要なものとされている。「単なる善によっては、生において最良のものを維持することはできない」。こんなふうにして、ハーンは「単なる道徳」を超える宇宙的次元の「道徳」のあることを、

かなりシニカルな調子で指摘しているのだ。★17

それならバイロンは、悪魔的なロマン主義によって何をもたらしたのか。バイロンは「人々に新しい方法で考えることを強いた」とハーンは述べている。ヨーロッパの文学に「悪魔的精神」を吹き込んだバイロンは、いわゆる「道徳律」とは別の道徳律があることを知らせた。単に悪を肯定したというよりも、むしろ既知の道徳をはるかに逸脱する問題があることを知らせた、と言うべきだろうか。人間は悪を肯定することも否定することもできるが、いわゆる「道徳」の次元を超えたところにある法則の影響を誰もまぬかれることができない。ハーンは、裏切りやアイロニーや反逆といった次元を少し超えていて誰もまぬかれることのできない「生の法則」を、バイロンの詩に読みとっているのだ。

別の講義で、ヴィクトリア朝の哲学的な詩人として、ジョージ・メレディス（George Meredith 一八二八―一九〇九）をとりあげたときも、ハーンは『大地と人間』のような作品を例に、悪の問題について触れている。「自然は恐ろしいと同時に不可解な性質をもっている」。ハーンはそういう自然は道徳的なものか、とまたしても問うのである。さらにそういう自然を前にして人間は道徳的でありうるか、と問うている。弱い動物を殺して食べるライオンや鷲《わし》のほうを、メレディスは羊や鳩《はと》よりも好ましいと考えた。「メレディスの考えによれば、善と弱さが結びついた場合、それは善を少しも含まない力や勇気よりも価値において劣るのである」。「憐憫をもたない力、同情心のない勇気は非常に恐ろしく、悪魔的にさえ思えるだろう。しかしこういった場合でも、それはより大きな生命力、高度な発展へとむかう傾向がある」[★18]。ここでも進化論に依拠するハーンは、道徳さえも〈進化〉の枠組みのなかで考えている。

道徳とは、決して弱さではなく、生命の力の展開（進化）とともにあり、そもそも進化した知性の力である。「善は弱いものには決して訪れないだろう」。ただ「恐怖によって」善であることは、決して道徳的とはいえない。理知と意志の力によって善であるのでなければならない。無力によって善であることよりも、理知と意志の力によって悪であることのほうに進化の道理がある。そのようにして道徳は進化を遂げ、やがて到来する「別の宇宙」において、それは完成されるであろう。「このことは誤解をまねきやすい」、とメレディスの〈哲学〉を解説しながら、講義の最後でハーンは結んでいる。そして「この世では自分の好きなように生きなさい。ただし同胞に苦しみや損害を与えないように」[★19]というまったく無害な結論に落ち着いているのだ。しかし、ハーンの道徳をめぐる思索は、これだけの振幅を含んでいた。封建制が解体してもなお強大な近代天皇制の秩序に唯々《いい》諾々《だくだく》としたがう日本人を肯定し、ほとんどそれを美化するようにも見えたハーンの中に、道徳をめぐって、これだけスケールの大きい展望があったこと、これは決して見落としてはならない点である。

もちろんハーンは、バイロンの文学に「別の道徳律」だけを読みこんで、その詩的創造のほうをただ古びたロマン主義とかたづけているわけではない。『ハロルド卿《きょう》の巡遊』のような作品の描写が与える鮮明な光景（視覚的記憶）には、あいかわらず細かい注意をむけている。また「暗黒」と題された詩の描き出した終末論的な光景の「恐怖」について語っている。「彼らは、たがいのあまりの醜さゆえに死んだ、／相手が誰かわからず、いったい誰の額に／悪魔が刻み込まれたのかも、わからずに」。終末の地上に残り悪魔になった二人の人間がにらみ合う。この二人は、たがいがあまりに醜いので死んでしまった。いったいどちらが悪魔だったのか。この悲惨な場面は、ほとんど「恐怖のための恐怖」だけを表現している、とハーンは言う。こうしてロマン派は、新しい恐怖のイメージを文学のなかに注入した。道徳を超えた次元の道徳があるように、既知の恐怖を超えた次元の恐怖がある。ハーンが言いたかったのは、そういうことだったのか。

八　ハーンの詩学

講義録『文学の解釈』のハーンは、バイロンにつぐもう一人の「悪魔派」としてシェリー（Percy Bysshe Shelley 一七九二―一八二二）をあげている。シェリーを賛美しては弾劾するハーンの語り口は、バイロンについて語ったとき以上に激しく揺れている。「彼はバイロンよりもずっと激しい反逆者であり、社会の敵であった。しかし彼はいっそうすぐれた才能をもっていた」。「シェリーの生涯は、英国文学史における最も悲哀にみち、かつきわめて数奇なもののひとつである」。「シェリーは愛すべきところのある人物であると同時に、また大ばか者であった」[20]。「シェリーには、真に偉大なところはほとんどない」。イギリスロマン派の詩人たちに共感する講義を続けながらも、反因襲的、反社会的な詩人たちの過激な姿勢から、ハーンは距離をおこうとしたことがここでも感じとれる。

抒情《じょじょう》詩人シェリーの詩には、「形象」がない、とハーンは言う。バイロンの詩があまりに直截な情熱の表現であったことを非難したのと同じ留保を示しているのだ。「手で触れることのできる温かいはっきりしたものは何もない。あるのはただ声ばかりである」。「しかしその声はたいへん甘美である」。「その声は耳を傾けていると、たとえその意味がわからなくても、心に響いてくるのであり、偉大な詩人だけがもつあのぞくぞくするような感激を与える」[21]。

しかしこう語るハーンは、まだシェリーという詩人の一面だけを誇張しているにすぎない。講義を進めて、シェリーの「雲」のような作品を読み解きながら、その表現の細部に注意をうながしている。「風と陽光がその凸面の輝きをもって／大気の青いドームを築き」という詩句の中の「凸面の輝き」(convex gleams) という言葉は、光学的なニュアンスによって透明なイメージを強化している。しかもこれは、たえまなく姿形を変える雲についての詩であり、その変幻のうちにかいまみられた澄明なイメージなのである。「雲はどこからともなく幽霊のように空に現われるように見える。そして雲は立ち昇ってゆき、最初に見たのとはまったく異なった形になる。雲はさまざまに形を変え、あまりにも急速に、かつ全面的に形を変えるので、それを正確に描くことさえできない」[★22]。こういう幽霊、不定形、流動のような要素に対してじつに敏感なハーンは、一方ではまた、つかの間出現する強度の明瞭なイメージに、いつも注意をはりめぐらせている。

「西風の賦」と題された詩で、シェリーは「おお荒々しい〈西風〉よ　おまえ秋の精の吐息よ」といった詩句で擬人法を用いている。ハーンはそこにギリシア精神の反映を見ている。「ギリシア人たちは風を擬人化して名前をつけ、神々として祈り、神殿を建立した。〔……〕まず古代ギリシア人のように、彼は風のあらゆる属性と威力を繰り返し語っている」[★23]。こんなふうに〈ギリシア風〉は、ハーンの文学論のいたるところにまいもどってくるのだ。

そしてロマン主義の詩人たちをめぐるハーンの講義は、キーツ（John Keats 一七九五—一八二一）を論じるときに、もっとも一貫している。ハーンの詩的感性は、どうやらキーツの中にこそ、ほんとうに親密な何かを見出したようである。キーツはロマン派のさまざまな特性を凝縮しつつ、すべて活用した「折衷的」な詩人であった、とハーンは述べている。そのうえキーツには「一種の古代ギリシア人的感性」があった。シェリーには優れたギリシア的教養があったが、キーツはあまり教養がなくても、感性においてはギリシア人であった。そう語ったのは、ほかでもないシェリー自身であった。

確かにギリシアは、ハーンの母の国であるという意味でも、ハーン自身の文学の幻想的源泉であり続けた。すでに見たように、ハーンは「祖先信仰」という特徴においても、日本をギリシアと結びつけることができた。ハーンの幻想と思考のなかで、ギリシアは母の国であり、ヨーロッパの一源泉であり、この源泉はアジアに所属していないとしても、少なくともアジアに隣接するのだ。ハーンにとって、このギリシア的なものは、ある特別な〈明るさ〉に結びつく。それはニーチェがアポロン的と定義したような、静かで明晰《めいせき》な形象を創造する力にほかならない。キーツのギリシア性はそれと関係があって、「ある情念的事実のまさに中心と核心を一瞬のうちにつかみとり、それを読者の前に一条の雷光のような眩《まばゆ》い詩句として提出する才能」にほかならない。

ところがそのキーツさえもまた、ただ〈ギリシア的〉であっただけでなく、イギリスの詩にあって「最も薄気味悪いもの」とハーンが形容するような別の側面をもっている。「つれなき美女」のような詩は、中世の俗謡（バラッド）調で、この世のものでない妖婦《ようふ》に恋し、死ぬまでさまよう騎士を描いている（「おお騎士よ、いかがなされた」）。そういう詩を書いたキーツは、北方的な憂愁や幻想を通じて中世の騎士物語のような雰囲気を色濃く漂わせている。

このようにいくつかの顔をもつキーツの詩は、「単純で不気味なほどの美しさ」に達しているとハーンはいう。キーツの単純さ・複雑さ、明るさ・暗さのように一見矛盾する性格を、ほとんどハーン自身の性格を投影するかのようにして高く評価している。まさにそのことが印象的なのだ。

ハーンは、音楽にもダンスにも、そして言葉の詩的創造という側面にも、つねに敏感に反応した。アメリカ、マルティニック島、そして日本においても、それは彼の特別な注意の対象であったが、決して詩そのものへの関心として表現されてはいなかった。ハーンの文学史、文学論の講義のじつに多くが詩歌にささげられ、ときにはイギリス詩の韻律法にまで及んでいる。それは単に詩がイギリス近代文学に大きな場所を占めていたからではない。散文の作家、エッセイストとして知られるハーンの表現の根底に、じつはイギリスロマン主義の詩学に属する要素が、深く刻み込まれている。ハーンの講義で紹介される詩人たちは、一見矛盾するかに見えるいくつもの顔をもっている。それはハーン自身の顔でもある。これはただ詩人たちの個性の問題にかかわることではない。ロマン派詩人の多様な側面は、ハーンがきずきあげていく〈世界文学〉のミニチュアとなり、構成要素ともなっている。

九　宇宙的感情

『詩の鑑賞』と題される講義録のハーンは、ヴィクトリア朝時代の詩をあつかっている。そのはじめの講義「英詩における愛について」で、ヴィクトル・ユゴーの詩の英訳を示し、

「宇宙の神」God of Space についてハーンは語っている。こうしてハーンは、ユゴーの詩における「宇宙的感情」について語り始めるのだ。イギリス・ロマン派の詩において、自然と激情の表現は、しばしば反社会的、反道徳的なものになった。ハーンはこのことを彼自身の問題として深く受けとめていた。しかし「宇宙的感情」は、何かしら個人の感情や自然の風景を超える広がりをもっている。そういえばブレイクの神秘主義にも、すでに「宇宙的感情」のような何かがあった。

十九世紀はすでに近代科学が成立し、進化論が唱えられ、いわば人間と地球の外に広がる広大な時間と宇宙にまで思考と想像が広がった時代である。そのような変化は、単に知的なものにはとどまらなかった。また宇宙の広がりに対する知覚は、ただ神秘主義的な幻想にもとどまることがなかった。郷土や民族や国民にまつわる強い感情が存在する一方で、やがてそういった領土性を離脱し、さらに外部に広がる感情が表現されるようになる。「人は大地から飛び立とうとして衝動的に試みを繰返す。けれども次の段階に移ると〔……〕重力に勝利した遠心的な力の圏内に入って、実際に大地から舞い上がっていくのだ」[★24]。これは画家のパウル・クレーが、おそらく二十世紀に入ってから書いたことだが、クレーは人間が実際に大気圏外を飛行したりするはるか前にこんなことを書いたのだ。

ハーンが「宇宙的感情」といいながら、それを神秘主義としてではなく、民族や国民の感情を超えるものとして位置づけていることはとても興味深い。「普通の感情でも、それが関係するものによっては、個人を越えることができる。つまり諸君の感情は、諸君自身の人生のみならず、さまざまな他人の人生に関することを考えたり知ったりしても感動を受けるということである。このような普通の感情の最も大きな形式は、国民感情とも呼ばれるもの、すなわち、諸君自身と国民全体や民族全体との関係についての感情である。しかし、それよりもさらに高尚な感情がある。諸君が感情的に母国や自国民との関連においてばかりでなく、人類全体との関連のもとに自分のことを考えるときには、諸君は第二級か第三級の宇宙的感情を持つことになる」★25。そう語るハーンは、「宇宙的感情」が人類を「一つのもの」と感じる段階にあるだけなら、それはまだ第二級か第三級にとどまっているという。最高級の宇宙的感情とは、「諸君がこの世界ばかりでなく、幾億もの恒星や惑星のある全宇宙との関連のもとに――つまり存在の全神秘との関連のもとに――自分のことを考えるとき」に出現するものである、と彼はいうのだ。

「存在の全神秘」というような言葉を用いるハーンは、確かに神秘主義的な一面をもつが、ハーンは自然科学の成果として進化論を採用し、生命誕生以前と以後の遠大な時間を思考するような想像力をもち続けた。人間の外部に広がる広大な世界を思考し、それにただ知的にむかうのではなく、感情的に連帯するような視線をもち続けたのである。ロマン派の芸術が〈祖国の大地〉という観念と強固に結びついたとすれば、十九世紀の芸術は、それを徐々に離脱して、宇宙にまで知覚を伸張していった。進化論や天文学の認識や、電気の発明などが開いた新しい交通（コミュニケーション）が、その背景にあったにちがいない。エドガー・アラン・ポーのように独特の宇宙論を展開する詩人までが現れた。ヴィクトリア朝の詩人たちもまた、自然というよりも、宇宙のほうに知覚を広げていったのである。

ヴィクトリア朝の詩人ロセッティ（Dante Gabriel Rossetti 一八二八―一八八二）は、いわゆるラファエル前派の画家として知られているが、ハーンはむしろ詩人ロセッティを高く評価して、『詩の鑑賞』の講義（「ロセッティ研究」）では誰よりも多く時間をかけている。ロセッティの書いた「海のはて」の最後の詩句は次のようなものである。「散らばった浜辺から貝殻をとり／その口に耳を傾けよ／そのため息は同じ欲望、同じ神秘／海全体の語る言葉のこだまなのだ／こうして全人類はみな心の底では／いまのおまえ自身にほかならない／陸と海と人とはみな同じひとつのもの」。

ハーンはこの詩句をこんなふうに読解している。「どの貝殻からも同じ海の音が聞こえるように、どの人間の心にも同じ宇宙の生命の幽幻な囁《ささや》きが聞こえる。海の音、森の音、都会の人間がたてる音は耳に同じものと聞こえるばかりでなく、同じ苦痛の物語を語っている。海の音は永遠の争いの音、風による森の音はたえまない闘争の音であり、大都会の喧騒《けんそう》もまた苦闘のざわめきなのである。この意味では三つの音はすべて一つのものにほかならず、その一つとは、どこにでもある生命の音である。生きることは苦痛であり、したがって悲惨なものである。世界それ自体、この音が充満する大きな貝殻のようなものだ。

しかしそれは無限と縁を接する貝殻である」。
絵画でも詩でも、悲劇的な愛や「運命的女性」（ファム・ファタル）のイメージに強く執着したロセッティの表現の根底に、ハーンはこんなふうに「宇宙的感情」が広がっていることに注目した。しかしハーンは、そのロセッティが決して「神秘家」ではなく、あくまで「芸術家」であることを強調している。「生命の感覚的魅惑や造形的な美と優雅さの魅力を、彼ほど鋭く感じたものはいない」[27]。あるいはまた、ロセッティの特質とは、「感覚的なものと神秘的なものの混合」であるとも言っているのだ。

もう一人のヴィクトリア朝時代の詩人スウィンバーン（Algernon Charles Swinburne 一八三七―一九〇九）についても、ハーンは多くの言葉を費やしている。ハーンよりも長く生きのびたこの詩人は、もはや文学史のなかの存在ではなく、ハーン自身と多くの問題を共有する同時代人である。キリスト教を激しく批判したスウィンバーンは、壮大な自然を歌い上げた、いわば汎神論《はんしんろん》的な思想詩人である。ハーンは、ロセッティとスウィンバーンに共通の特徴として、詩的修辞が「暗示的」であることを指摘している。「何ひとつとして完全に描かれるものはなく、ある比喩《ひゆ》か象徴によって一部分が讃えられ、全体の姿は、不思議な旋律の伴奏をともなった色彩の輝きのなかで、ぼんやりと想像力に訴えかけてくるのである。たとえば諸君は、どの顔も充分には描きつくされていないことに気づいたことだろう」[28]。さらにハーンが指摘するのは、それらの比喩、象徴が、中世前期の文学（騎士物語、奇跡劇）や聖書からきていることである。これらは、まさに絵画史上の「ラファエル前派」の傾向でもあったが、また晩年のハーンの美学にも通うところがある。「ラファエル前派」が中世に執着したように、ハーンは日本に執着したのである。

スウィンバーンには、ほとんどニーチェを思わせるような大胆な反キリスト教、反道徳の詩人という一面があった。この詩人は、古代ギリシア詩の韻律法や、ラテン語語源の語《ご》彙《い》や、古い英語をたくみに用いてそれらに新しい生命を吹き込んだ。英語は、「不道徳な事柄を優雅に語ることができる」という点ではフランス語ほどに洗練されていないが、スウィンバーンは英語の詩にそういう「優雅な不道徳」をもたらしたとハーンは語っている。[★29]

結局ハーンはこの詩人の反道徳的、異教徒的立場を、壮大な汎神論的な宇宙観に結びつけている。つまりそれは「人間や神々や宇宙自体よりも大きな力、すなわち、生や死をもたらし、永遠の変転を創りだし、人間が愚かにも不変と信じているすべてのものを運び去る未知の力」を信じるからこそ、これに反する「死の宗教」としてキリスト教を弾劾するという立場である。「波頭の頂は高く空の極みにある星々のごとく／大地の果てはその力に震え、時間があらわになる」[★30]。

こういうスウィンバーンの詩句において「あらわになる」時間とは、まさに宇宙と人間を貫く時間である。「あらゆる種類の因襲と偏見の敵」であったスウィンバーンのそういう思想を、ハーンは「東洋の哲学と少しも衝突しない」と学生に説明している。それはまさに「宇宙的感情」と共振するような思想なのである（「ヘルン氏は万象の背後に心霊の活動を見るというような一種深い神秘思想を抱いた文学者であった」[★31]と書いた西田幾多郎は、ハーンのこういう面にきっと気づいていたにちがいない）。

十　ヴィクトリア朝の小泉八雲

ハーンが、将来の文学においては、「エッセーと素描文《スケッチ》が重要になる」と学生に予言し、みずからも日本について書きながらそれを実行したことはすでに述べた。ハーンがそんなふうに語ったのは、『人生と文学』という講義録中の第七章「散文小品」でのことである。そこでハーンは、まさにわずかな「素描」によってイタリアの南部の「すべて」を適確に描くことのできたジョン・ラスキン（John Ruskin 一八一九―一九〇〇）を例としてあげている。ハーンは『英文学史Ⅱ』でも、「偉大なヴィクトリア時代の散文」として、やはりラスキンの業績を讃えている。ラスキンがラファエル前派を理論的に支えるような役割を果たしたこと、中世のゴシック建築を再評価して新たに美学的ロマンティスムを形成したことを説明したあとで、ハーンがとりわけ注目しているのは、ラスキンの宗教に対する態度である。「彼は偉大な宗教はどれも好きで、キリスト教、異教を区別せず、その中に美を見出すことができた」。しかしラスキンはただ美学的に宗教に対したわけではない。彼はもっと深い意味で、宗教の区別を超えたところで宗教的であった、とハーンは説明しているのだ。

ラスキンは、キリスト教の父、子、聖霊からなる三位一体について書いていた。父としての神を信じないことも、また神の子キリストを信じないことも、許されていい。しかし「自分は聖霊だけは信じる」とラスキンは書いた。「理不尽に生命を滅ぼしたものは美を滅ぼし、善を滅ぼし、そうすることによって、生命に対して、神に対して、つまり聖霊に対して冒瀆《ぼうとく》を働いたことになる。ラスキンにとっては、この聖霊という考えが、キリスト教の概念よりもはるかに重要なものであった」★32。こう述べるハーンは、ラスキンのいう「聖霊」を人間の道徳や宗教を超える次元に位置づけている。進化における無数の生命の交替と連鎖をめぐる「宇宙的感情」とは、まさにそのような「聖霊」の感情でもあるにちがいない。

ラスキンは、このような思想と美学を結合して、「カンパニー・オブ・セント・ジョージ」のようなユートピア的教団を形成し、産業社会のあらゆる不正にたちむかおうとした。その教団に入るための宣誓文の一部を学生に読んで聞かせさえしているハーンは、これに深い共感を示している。ラスキンの構想した学校は、論理や知識ではなく、ただ美と感情の力を伝えていくための教育を実践しようとした。ラスキンもまたヴィクトリア朝の、そしてラファエル前派の典型的な知性である。十代にアイルランド、イギリスを離れ、アメリカと日本で生涯の大部分をすごしたハーンは、ラスキン、ロセッティ、スウィンバーンたちのいたイギリスから遠くにあった。しかしハーンの講義をたどっていくと、ハーンが極東の国にありながら、ヴィクトリア朝イギリスの芸術家たちのすぐ隣にあって、多くのことを共有していたことがよく見えてくるのだ。

確かにハーンはただ日本を欧米に知らせることだけに終始して、同時代の欧米から孤立し、日本人になりきった文学者ではなかった。イギリスにおけるロマン主義やラファエル前派の美学や同時代の思想を深く理解し、遠くからそれらと対話し続けたハーンの足跡は、これらの講義録に鮮明に刻まれている。

もちろんここで言いたいことは、ハーンのなかにイギリス的な性格がいつまでも生き続け、最後までハーンがイギリス人であったというようなことではない。ヴィクトリア朝のロマン主義は、すでにワーズワスからキーツにいたるロマン主義よりもはるかに国境を越えて、その外部の宇宙に意識を広げている。ハーンが共鳴したのは、あくまでそのようなイギリス旧来の領土と境界を離脱しようとしたヴィクトリア朝の思考だったのである。

終章

一　ハーンのユートピア

一九〇四年（明治三十七年）にハーンは『怪談』を出版し、彼の日本研究の集大成である『日本――一つの試論』を書き終えた。この年、早稲田大学に招聘《しょうへい》され、再び英文学についての講義を始めていたハーンは、九月に心臓発作を起こし、さっそく遺書をしたためた。死の予感はまったく正確で、一週間後にもう一度発作を起こして逝去した。東京・池袋の近くの雑司《ぞうし》ヶ谷《や》霊園に、いまも夫人の節子といっしょの墓がある。東京帝国大学でハーンの後をついで英文学を講義した夏目漱石の堂々たる墓も同じ墓地にあるが、小泉八雲の墓は少し薄暗い木陰にあって、いかにもつつましい。

ハーンの生涯にそれほど詳しくない読者のことも考えて、この本にはところどころに最小限の伝記的言及を挿入するようにしてきたけれど、私のめざしたのは、あくまでもハーンの書いた言葉が形成する一大宇宙をたどることであった。すでに膨大に積み重ねられてきたハーンの伝記的研究を重視しないからではない。精密な伝記的事実と作品研究とをあくまで一体にして、文学と歴史とを同時に追求しようとしたフランスの批評家サント・ブーヴの方法を、ハーン自身がよく知っていて尊敬していた。ハーンは、そのサント・ブーヴの文学観を彼なりのやり方で消化し、実践したのである。

サント・ブーヴの批評は、まさに十九世紀の歴史的思考の鏡のようなところがあって、やがて批判され、乗り越えるべき対象となった。サント・ブーヴ的批評のあとには、作品を歴史からも作家の人生からも自立した言葉とみなすような見方が、二十世紀文学の革新を牽引《けんいん》してきた（プルーストはまさに「サント・ブーヴに抗して」という作品を書かねばならなかった）。

しかし、批評をめぐるそのような論争をさんざん経てきた現在でも、作家の実人生と作品との関係は、決して自明なものになってはいない。作品はまったく人生と一体であるということも、作品と人生はまったく無関係だということも、断言することができない。むしろそれぞれの作家が、みずから書く作品との関係を、それぞれに独自な関係として生きるということができるだけである。作家は作品を作り出すと同時に、作品と人生との関係をおのおの作り出し、作品を通じて自分の生さえも作り出すのだ。

この本で私は、ハーンの書いた書物（そして記事、書簡など）を読み解くことにほとんどのページを割いてきたが、ハーンのすべての作品には、成人する前のヨーロッパ内での移動（ギリシア、アイルランド、フランス、イギリス）、アメリカへの移動、そしてアメリカ大陸での移動（シンシナティ、ニューオリンズ、マルティニック）、また日本への移動と日本の中での移動、さらにそれぞれの場所における人々との出会いの痕跡《こんせき》が、いつも深く刻みこまれている。そしてまた再話、創作、記事、エッセー、研究的・思索的な文章、講義録というふうに、いくつかのジャンルの間を往復し続けたことも、ハーンの〈文学〉の大きな基本的要素といえる。

ハーンの業績を、日本を紹介し日本に帰化した小泉八雲に還元する傾向は、これまでとても強かった。ハーンの書物のなかで広く読まれてきたのは、主に小泉八雲による『怪談』をはじめとする日本の物語であり、彼の日本紀行であったからだ。日本の読者も研究家も、とりわけハーンの「日本」に関心を持ち、日本に入れこんだハーンという人物に興味をもってきた。合衆国とマルティニック島でジャーナリズム活動を続けながら、そのいまに執筆を続けた時期と比べれば、日本に来て持続的に本を書き続けたハーンは、はじめて彼独自の充実した著述活動をすることができたといえる。しかし、ハーンの探求のすべてを、日本に還元することはできない。

確かにハーンは、日本のイメージを作り出すことに大きく貢献した。明治の日本人が、日本とはどのような国であり、場所であるか、必ずしもはっきりとイメージすることができたとはかぎらない。たとえばインドネシアのバリ島がどのような場所であるかについて、バリ島の人々さえも、そういう〈自分たちのイメージ〉をいつも明確にもっていたわけではない。バリ島を愛し、長く住んだドイツ人画家ヴァルター・シュピースのような外来の人物が、バリ島の美学的な理解者であった以上に、ほとんどバリ島の観光的イメージを創造するプロデューサーの役割を果たしたことは、よく知られている。

新渡戸稲造《にとべいなぞう》のような明治の人は、ハーンのように日本のよき「弁護士」がいたからこそ、世界にむけて「武士道」について書き、こんどはまさに「被告」として、日本の武士道とは何か考察することができた。新渡戸自身が「武士道」の序文にそのように書いたことにはすでに触れた。もちろん明治以前にも、それぞれの時代に、さまざまな立場から日本のイメージが制作されてきたのである。江戸時代に形成される「国学」は確かに、そういう文脈において新しい段階を画したということができる。

ハーンの時代にもまたさかんに「日本」(のイメージ)が制作されたのである。歴史、政治、産業、芸術、宗教などにかかわる多くの要素の混沌《こんとん》のなかから、日本のイメージが切り出された。ハーンはこういう過程に対して、結果的に大きな役割を演じることになった。ハーンや新渡戸稲造や岡倉天心《おかくらてんしん》などのあとに、大正、昭和の知識人たちは、はるかに安定した確信をもって、まさに確かな「自己同一性」(アイデンティティ)を前提として、「日本」について語ることができるようになった。しかし明治の人々のように、新しい時代の混沌のなかで、あくまで外部の視線に照らし合わせて日本を見つめることを、もはやしなくなっていったのである。和辻哲郎《わつじてつろう》『風土』や、九鬼周造《くきしゅうぞう》『「いき」の構造』のように、西欧についての豊かな知見に照らして日本を語った識者の本においても、すでに日本をいわば内部化して、ほぼ自明の対象であるかのようにあつかい、「いき」や「家」の特性について語る傾向ははっきり見えるようになっている。

そういう意味で、私たちは、ハーンが彼の時代の混沌のなかで、日本のイメージを制作していった過程に対して、想像をたくましくしてむかう必要がある。ハーンが、そういう「制作」を実行するためには、ただ日本にやってきて、これに驚き、これを愛するだけでは不十分だった。アメリカからマルティニック島へと移動し、文学だけでなく、美や道徳や文明や歴史について考え、ますます欧米の外へと移動することを必要としたハーン独自の大きな問いが形成されていなかったら、日本との豊饒《ほうじょう》な出会いもありえなかった。

ベンチョン・ユーの『神々の猿』は、「芸術」、「批評」、「哲学」という三つのパートを設けて、ハーンの著作活動を体系的に読みこもうとしている。ハーンの人生よりも、あくまでその著作に光を当てようとしたという点で、ほかにあまり例のないすぐれた研究といえる。

ベンチョン・ユーは、ハーンの〈翻訳〉の仕事を、単に作品の翻訳にとどまらない広大な文脈に位置づけて評価している。「ハーンが、翻訳を、この表現手段として選び、それを可能な限り発展させたことは正しかった。長い探索によって、再話伝説、批評、紀行文が生まれたが、これらは、肉体と精神の再生——彼に定められた主題の本質——に向けて努力した結果得られたものとして、最大、最良の意味で、彼の翻訳と称してよい。最初の決心にもかかわらず、翻訳は、文学的経歴のたんなる第一歩以上のものとなっていった。ハーンの業績は、創作家や発明家のものではなく、翻訳家、発見家のものであった。翻訳家として人生に乗り出したばかりでなく、皮肉なことには、それをまっとうしたのである」[★1]。ユーは、ハーンの著作を、ある壮大な「翻訳」の活動としてとらえ、西洋と東洋の交流を、より高い次元において総合する思想的試みとして理解している。

　ハーンはアメリカで、フランス文学やオリエントの書物を翻訳しつつ、再話による二冊の本を編んだ。この作業を日本でも続けたのだが、彼の日本論は、しばしば周囲の人々の助力によって英語に訳された資料や物語を新たに書き直し、編集し、それらを材料に思考した結果でもあり、その意味で、まったく彼の翻訳作業の延長上にあった。彼はこうして〈日本〉そのものを無数のモザイクによって構成し制作したのである。あるいは日本そのものを翻訳したといえる。日本人は、少なからず、それをさらに日本語に翻訳しながら日本のイメージを手に入れたのである。

二　ハーンのエキゾティスム

アメリカ時代のハーンのジャーナリズム活動は、それ自体が十九世紀後半のアメリカの巨大な混沌を映し出している。南北戦争、奴隷解放、政治、道徳、宗教、そして文学、音楽、マイノリティたちの生活、こういったことすべてに、彼は注意をむけていた。それでもハーンの考えが、大きな政治をめぐる議論よりも、人々の日常の機微のほうにむかっていたことは、はっきり感じられる。黒人の女性を愛し、歓楽街や場末の歌を書きとめ、そういう世界の日常や事件について細かく報告したハーンの姿勢は、すでに欧米の伝統的な価値の外をむいている。やがてニューオリンズで、クレオールの言語と文化を知ることになるが、もはやそれは偶然の出会いではない。文学的活動においても、同時代のフランス文学を訳しながら、オリエントの物語を渉猟《しょうりょう》し続け、やがてそれを翻訳し再話した書物を編むことになる。

彼のジャーナリズムも、また著述も、ますます欧米世界の外部や周縁にむかい、まずマルティニック島について、後に日本について書くものに劣らない豊かな本を書き上げることになった。紀行、エッセー、物語、民俗学、民族学のような要素を、じつに注意深く組み合わせた『仏領西インドの二年間』によって、そしてニューオリンズで書き続けたこのクレオール的都市の肖像によって、ハーンは日本に着く前に、マルティニック島やニューオリンズのイメージを創出するかのような仕事をすでに残していたのである。

ハーンの「異国趣味」（エキゾティスム）は、確かに観光やエロティスムや審美的な次元にとどまるものではなかった。そういう次元にとどまるエキゾティスムさえも、何か深い次元での突然変異をもたらすことがありうるので、決して私はこれを否定しようとは思わない。そもそもエキゾティスム一般というようなものより、個々のエキゾティックな出会いにおいて、いったい何が起きたのかをつぶさに見てみなければならない。ハーンは、アメリカからクレオールに、さらに日本へと移動しながら、じつに目覚ましい繊細なかたちでエキゾティスムを生きたということができる。こうして彼は、すでにエキゾティスムという言葉の含む紋切り型なニュアンスのはるか外に出ていたのである。

ハーンは、人間も文明も道徳も、しばしばスペンサーゆずりの進化論的な発想に照らして考えた。日本に着いてからは、ますます大乗仏教の思想に同調し、自我を虚妄とみなし、ひとつひとつの生命が、過去に存在した無数の生命の記憶を含んでいるという意味で、「輪廻《りんね》」の観念にさえも共感した。キリスト教の深い刻印をかかえたまま、どこまでも拡張的で侵略的であり続けた西欧の帝国的支配に、彼はいつも嫌悪を示した。仏教と進化論を総合したところに成立しうるような道徳的ユートピアが、決してハーンの頭から離れなかった。ハーンにとって進化論とは、必ずしも人間の直線的な進歩を信ずる思想ではなかった。人間は、過去に存在したあらゆる生命の記憶を遺伝しながら、必ずしも自分の意識によらずに、生命そのものの自律的な生成の力によって変化をとげていく。そう考えたハーンの思想は、決して仏教的な転生の思想と矛盾するものではなかった。

西洋と東洋という大きな文明的、歴史的枠組を受け入れながら、その交点に立ち、真剣に矛盾をのりこえていこうとしたハーンの試みを、ベンチョン・ユーは、まったく留保なく評価している。東洋と西洋は合体して「完全な球体」を形成しうる。ユーは、そういう構想をハーンの中に見ていたのである。個人や人格にあまりにも執着した西洋が崩壊しつつあるとすれば、「まさに光は東方からさしてくる」とハーンは書いた。もちろん東方だけに希望を見出したのではなく、あくまで西洋と東洋との出会いに、つまりは両世界の〈混血〉に、ハーンは希望を見出したのである。

そういうハーンを、根無し草のディレッタントにすぎないと誹謗《ひぼう》する評価は、ハーンの存命中から絶えたことはない。日本の大学で教師を務められるほどの学識など、じつはまったくもたなかった、ろくに日本語もできなかったし、じつは日本のことなど何もよくわかっていなかった、日本を愛するふりをし続けたが、手紙や雑談では、しばしば日本人の悪口をいっていた……、あげくの果ては、ハーンを根っからの人種主義者、人種差別主義者として糾弾する「研究」までが出現している。

ベンチョン・ユーは、まったく真剣にハーンを思想家として評価している。「人生と芸術の親和性を確信していたハーンは、人間と宇宙のあいだの関係の再評価の可能性を見出すことができた。それゆえに、近代人特有の混乱した多様性を統一しようと試みた」。「ハーンは、西洋人なるがゆえに、東洋を必要とした。彼にとって、西洋は半世界にすぎず、西洋人は半人間でしかなかった」などと書いたユーは、「統一」とか「総合」という言葉をまだそれほど疑わずに、ハーンの探求を大きな歴史的な文脈に位置づけることができた。彼のハーン論のタイトル「神々の猿」とは、ハーン自身の作品に出てきた表現である。人間は進化した猿にすぎないが、しかし神とともにある猿である、というのだ。もちろんハーンは、神よりもむしろ生命の進展を信じようとしたのであって、「統一」とか「総合」といったヘーゲル哲学を思わせる尊大な用語を、それほど不用意に用いる人ではなかった。一九六四年にこのハーン論を発表したユーの読解の本質性は高く評価されるべきだと思う。しかしそのうえで、二十一世紀にいまハーンを読み返す私たちにとって、「統一」とか「総合」という言葉は空《むな》しく響くことをあえていわなければならない。進化論や輪廻について、また「宇宙的感情」について語るときのハーンは、「人類」を思考しながら、確かにある種の包括的な展望を示しているように見える。ハーンの思考には、確かに二つの極があった。事物、生命、日常の細部にかぎりなく知覚をとぎすまし、個々の存在の差異に細やかな注意をむけることがひとつの極である。もうひとつの極は、かぎりなく広大な宇宙的広がりに照らして世界を、生命を、人間を展望するような見方である。しかし、ハーンにとって、二つのことは決して矛盾しなかった。個々のそれぞれの存在は、決して統一もされないし、総合もされずに、ただ異なるものとして対面し、対面しながら、共振し、協和し、共存しうるのだ。

東洋と西洋という区分は、世界の各地域における自然、人間、社会を把握するには、いまではあまりに粗大すぎる。そのことをふまえたうえで、西洋と東洋のいろいろな要素は、対面しつつ、差異をたたかわせつつ、共鳴しうる。男性と女性が決して統一されたり総合されたりしないように、東洋と西洋を形成する無数の要素のあいだにも、そのような対面と対話が成立しうる。ハーンが、さまざまな次元での翻訳によって試みていたのは、まさにそういう対話の行為であったかもしれない。スペンサーの進化論哲学に震撼《しんかん》され、ニーチェの超人の思想にさえも、自分流の見解をはっきり示すことのできたハーンの中には、確かに十九世紀西洋の知識人が共有したダイナミックな哲学的展望があった。『フランス革命史』を書く一方で、『鳥』や『山』や『海』といった書物を残し、自然史と人間史を一体とみなした歴史家ミシュレの壮大な構想にハーンはすっかり共鳴していた。また一方では、世界の実在をまったく否定した十八世紀の哲学者バークリーのあの極端な観念論を、仏教的世界観とつなげるという大胆な発想をすることもできた。観念論にとって、存在するすべてのものは観念でしかなく、仏教にとって、自我も事物もすべて幻影にすぎないからである。

にもかかわらず、ハーンは文学者であり続けた。観念を操作することよりも、はるかに感覚（視覚、聴覚……）に密着した言葉によって、感覚された世界として、この世界を再構築することを、彼の文学、物語、研究の第一の課題にしたのである。確かにハーンの中には巨大な宇宙と、それに対応する観念の極があり、また微小な個物とそれらが感覚に送ってくるたえまない信号というもうひとつの極がいつでも共存していた。

つまるところ、西洋と東洋の対立をのり越えて人類を統合しうる理念を構想するようなことは、決してハーンの関心ではなかった。そういう理念よりも、虫の声や、霜の描き出す模様や、宍道湖《しんじこ》の光景のたえまない変化や、カリブ海の青の微細なニュアンスを精密に知覚することのほうに、はるかに注意を傾けた。そういう知覚をめぐって書くことは、また新たに知覚を作り出すことでもあった。「この宇宙は道徳的なものか」というような問いをハーンは問い続け、決して忘れたことはなかったが、まさに個々の現象をめぐる知覚や感覚を通じて、そういう問いを投げかけ続けたのである。確かにその思考の根底にはひとつの広大な哲学的態度が形成されていたが、現実の世界には、ハーンはあくまで芸術家として対した。

『天の川綺譚《きたん》』に収められた、ほとんど最後の文章のひとつ「日本だより」で、ハーンは、日露戦争を戦う日本について語るよりも、戦争を歴史的な一大事として語るよりも、その戦争のイメージから作り出されたさまざまなガジェット商品（版画や小間物類）や、子供たちの玩具《がんぐ》や遊びについて、ハーンは詳細に語っている。強力な軍隊よりも、民衆のしたたかな反応のほうに注意をむけている。戦争について語るのに、ほとんど奇妙なほど偏った視点をハーンはわざと選んでいるように見える。しかしそういう選択を、ハーンはほかの場合もしばしば続けてきたのである。

三　祖先信仰と日本

先に見たように、『日本——一つの試論』でハーンが、日本（人）とは何かを解明しようとしていちばんこだわったことのひとつは、「祖先信仰」という問題であった。仏教よりも神道《しんとう》よりも古い祖先信仰を、ハーンは古代ギリシアに存在した祖先信仰に相似するものと考えた。この祖先信仰は、明治時代においてもまだ日本人の精神の底流をなしていて、その点で、日本はほぼ古代ギリシアの段階にある、と彼は述べた。もちろん、祖先信仰によってよく組織された社会であるからこそ、日本は急速な近代化を実現することもできたが、近代化をとげつつある日本はあくまでも祖先信仰という根底を保持し続けており、こうしてハーンはあくまでも、民族の「血」は不変、と考えたのである。日本も、東洋の国々も、やがて「混血」によって変化するだろうと述べたが、一方でハーンは、「人種」において遺伝する強固な民族的性格のようなものを信じ続けた。ハーンは、定義しがたい異才の文学者であったが、同時に、十九世紀の西洋に浸透していたイデオロギーから、まったく自由であったわけではない。

「祖先信仰」については、柳田國男《やなぎたくにお》の『先祖の話』のような書物が、やはり日本人の信仰の原型をなすものとして、これに触れている。すでに公刊されていたハーンの日本論を、柳田がどの程度つまびらかに知っていたかわからない。それぞれの土地における「氏神」信仰として組織されてきた祖先信仰は、日本列島においてゆるやかな一様性をもちながらも、きわめて多様であったことを、柳田は指摘している。それがいよいよ神道として画一的に組織されるには、権力と結びついた特定の神社勢力の介入がなければならなかった。

仏教は、日本人のそういう祖先信仰をある程度まで尊重しながらも、やはり抑圧していったのである。こうして柳田國男は、仏教が日本古来の祖先信仰を曲げ、祖先の霊の集まりと楽しく交わるよりも、個々の死者の霊を恐れて慰藉《いしゃ》しようとする陰鬱《いんうつ》な性格をもたらしたと考えて、あからさまな敵意を示している。「仏法の教化が汎《ひろ》く及ぶとともに、おいおいに近い者の供養に力を入れることになって、先祖の方はただその序《ついで》をもって祭られるように考えられ始めたのである」[★2]。「この宗教はまだ祖霊の融合ということを認めず、むやみに個人について年忌の供養のみを強調していた[★3]」。

仏教は、古来の祖先信仰と共存しながら、日本列島にイコン（偶像）の芸術をもたらし、かなり洗練された輪廻と自我否定の思想をもたらした、とハーンは考えた。しかし柳田のようには、日本に渡来した仏教と、古来の祖先信仰とをそれほど先鋭に対立するものとは考えなかった。それでも〈氏神〉をめぐる多様な祖先信仰が、強大な権力によって統合される以前の姿を、日本人の信仰の原型とみなしたという点では、ハーンと柳田は共通している。そして日本における祖先信仰の本格的な民俗学的研究のためには、まさに柳田のような異才をまたなければならなかった。

明治の中ごろ日本に着いたハーンは、どれほど適確な視点をもってしても、日本人の信仰を研究しようとすれば、市井の学者や、僧侶《そうりょ》や神主の断片的な話を手がかりにするしかなかった。それでもハーンのこの「祖先信仰」という主題に関する関心は、決して的をはずしてはいなかったのである。

一国の起源を知ろうとして、外国からの影響を除去し、その「純粋なアイデンティティ」を確かめようとする研究は、歴史をさかのぼればさかのぼるほど逆説に遭遇せざるをえない。稲作が導入される以前にも、日本には北から南から、大陸沿岸のさまざまな場所から、人々と文明が移動し続けた。日本語そのものも、すでに音韻において、文法的構造において、それぞれ異なる起源から合成された可能性が強い。ひとつの純粋な起源を求める考古学的研究は、必ずいくつもの未知の流れ（人間、技術、言語、信仰等々）に遭遇せざるをえない。そもそもヨーロッパやアメリカの由来について、決して無知でなかったハーンは、日本も、日本人も、いくつもの名前のない流れから、長大な時間を経て編み上げられたことを、決して考えなかったはずはない。

そのうえで、日本とは何かという問いを、あえて彼はたてたのである。とりわけ『日本——一つの試論』では、日本人の信仰、社会組織、道徳、そして統治のメカニズムについて、確かに総合的に考えようとした。徳川時代の微細な単位における統治の技術には、特に関心をもった。それはもはやハーンみずからのエキゾティスムを投影した美学的な日本ではなかった。

十九世紀西洋のイデオロギーは、しばしば人種や国民国家の概念を基本的な背景として、人間と世界をとらえようとした。ハーンも決してこれから自由ではなかった。しかしハーンにはそういう概念をはるかに超える宇宙的進化論の思想と、個々のありふれたものにいつも微細な注意を働かせる詩的美的な知覚があった。彼はそういう大きな宇宙と小さい宇宙とのあいだで、日本と日本人をとらえることができた。そういう点において彼は、国民や人種の概念を超える思考に、日本論を結びつけることができた。ハーンの日本論は、彼の他の著作とともに、注意深く読むなら、そういう開口部をいたるところにもっている。ラフカディオ・ハーンは、やがて帰化して小泉八雲となり、明治の日本にすっかり溶け込んだように見えたが、大学の講義では、イギリスをはじめとするヨーロッパの文学・思想について、広大な視野で同時代のヴィクトリア朝イギリスの知性のように思考し、語り続けていた。また一方で彼は、アメリカの都市の場末や、クレオール圏の真っ只中《ただなか》で体験した混成的なマイノリティの生命力や創造力を忘れたこともなかったはずだ。いくつもの流れのあいだで、ほとんど雑種的な主体としてみずからを形成することと、日本のなかに深く入っていくことが、ハーンにとっては決して矛盾するプロセスではなかった。巨大な宇宙的次元と、虫のように微細な次元と、人間の次元を、ハーンは同時に、連続するもの

として生きた。小泉八雲の見た〈日本〉もまた、そういう彼の思考の広がりの中で、観察
され発見されたのである。

補論　究極の怪談――十六年後の感想

一　二つの〈怪談〉

ハーンの最晩年の書物、『骨董《こっとう》』、『怪談』、『天の川綺譚《きたん》』は、どれも彼が採集した説話を書き改めた短編と、それらに多少とも関連する随想を組み合わせた書物である。なかには「虫の研究」(『怪談』)のように蝶《ちょう》を詠んだ発句のコレクションや、俗謡、短歌、諺《ことわざ》のアンソロジーまでが含まれている。ハーンはこの融通無碍《ゆうずうむげ》の構成をよしとして、楽しんだにちがいない。けれども「ハーンの文学」として記憶されているのは、とりわけ「耳なし芳一の話」や「雪おんな」のような「怪談」のほうで、ハーンが日本を研究しながら同時に進行させていた独自の思想的追求のほうは、どれだけ読者の関心をひいてきたかわからない。

そういう感想をもちながら著作を読みなおすと、『骨董』の最後のほうに収められた

「真夜中に」や「夢を食うもの」は、かなり特別な、そして重要な小品であることに気づく。末尾に配置された「夢を食うもの」(The Eater of Dreams) は、もとは中国の伝説に由来する動物「獏《ばく》」を主題にした掌編で、その獏がまさに「悪夢を食べる」という話にかかわっている。

「獏」に関する故事を引用した短い前置きのあと、「私」は悪夢を見て目覚めたところで、ちょうどそのとき「獏」が窓から入ってきた。すかさず「私」は「獏」にその悪夢について語るのだ。

私は白い壁の部屋に立っていたが、そこの床に私の影が映っていない。目の前の寝台に横たわっているのは、なんと私の死骸である。通夜に来た六、七人の女の姿があるが、いやに空気が重苦しく、やがてみんな「影のようにふわふわ部屋を出て」、私の死骸と私だけが残った。私も逃げたくなるのをがまんして、自分の死骸をよく調べてみることにした。やがて死骸の顔が変形しはじめ、その目があき、いきなりそいつが私に飛びかかってきた。あまりの気味悪さに動転し、引き裂かれそうになったとき、どういうわけか私は手に斧《おの》をもっていて、それでその死骸をめった打ちにし、八つ裂きにした。そういう怖い夢を見たのである。「獏よ、この悪夢を食べてくれ」。獏が答えるには、「そんなめでたい夢は食べませんん。実によい夢ではありませんか」。「妙法の斧で、〈自我〉の怪物がとうとう退治された。上々吉の夢です[★1]」。

この短い物語を、こんなふうに短縮して語ると、「怪談」にしては、少し教訓的すぎる印象を与えるかもしれないが、ハーンの語り口にひきこまれ、少しぎくっとして、混乱させられもする。しかし、それは「自我」(Self)という「怪物」を食べてしまうという「悪夢」だったと教えられる。むしろその「悪夢」とは、「獏」が食べるまでもない「吉夢」だったと。

明治の日本で暮らしたハーンは、西洋近代における〈自我〉への執着を、まるで癒《いや》しがたい妄執であるかのように批判する姿勢を固めていた。仏教と神道をほとんど葛藤《かっとう》なく調和させて生きている日本人の日常に敏感に注目し、またそれらの教えにしたがう生活を細かく観察し続けた。そこに見てとれる「自我」を退ける集団性を、はじめは驚嘆しつつ褒めたたえた（本書ですでに指摘したように、むしろ「個性」をないがしろにするその集団性に対して、ハーンは徐々に強い批判をもつようになっていく）。日本をじかに見聞し、数々の物語を渉猟《しょうりょう》しながら書き改め、ジャーナリズムの豊富な経験を生かしながら自己流の民俗学を実践してきたハーンの探求が、「夢を食うもの」のような思想的怪談には見事に結晶している。

その前のもう一つの掌編「真夜中に」も、ほとんど散文詩のように凝縮された、特筆すべき思想的怪談のひとつである。

「まっ暗だ。寒い。そして静かだ。〔……〕おれは、自分のからだがまだあるかどうかと思いながら、自分で触ってみる」[★2]。自分がまだ地面の下に埋められてはいないことを確かめる。もう一度太陽を見るだろうが、いつかは決して明けることのない夜が来る。おれはすべてを疑う。しかしただ一つのこと、いつか無限の、見えない、暗黒の実在にもどっていくことだけは確かだ。一切のものにこの闇《やみ》がやってくる。自分の消滅を信じなければならない。なのにおれが生きていることを、どうして信じられようか……。

恐怖に震えて、そのような自問自答を繰り返している「おれ」に、そのとき話しかける影がある。「わたしはただの影だ」。この影の「わたし」の中には、光があり無数の太陽もある。しかし実在がやってくるだろう(The reality will come)。実在がやってくれば、わたしも光も太陽も消えてなくなるだろう。

徐々に「おれ」は眠りから覚め、恐怖からも立ち直るが、「影」はまだそこにいて、ますます重くのしかかってくる。しかし奇妙なことに、目覚めた「おれ」は理解するのだ。「おれが死ぬように見えたって、それはただ、幾百万億の変化した形になるだけだ。形としては、おれはただ波にすぎない。本質としては、おれは海なのだ。岸辺なき海なのだ(As form I am only Wave; as essence I am Sea. Sea without shore I am.)。——疑惑と、恐怖と、苦しみは、おれの深さの表面を飛び交う薄闇にすぎない。眠っては時間の幻想をいだき、歩いては時間を知らないおのれに出会う〔……〕」[★3]。

もはや悪夢の話ではないが、ここでも話者は、目覚めかけた半睡状態について語っている。無限の「闇」に転落しかかっている「おれ」に、ある「影」が語りかけてくる。この「影」の中には、光があり太陽がある。しかし実在（the reality）がやってくれば、すべてがなくなり暗黒につき落とされる、と言う。つまり眠りから覚めかけている自分は、「暗闇」の恐怖からも立ち直りかけているが、「影」のほうは、光とともにありながら暗黒に転落しようとしている。「おれ」の形は不安な波である。しかしそれが本質として所属するのは岸辺なき海、つまり暗黒であり、生から死へと、死から生へとたえず往復している形のない生命である。その暗黒が光を放ち、そこから太陽も登場するのだ。……

これも短い、ほとんど形而上学《けいじじょうがく》的な怪談である。ハーンは仏教も、神道《しんとう》も、あるいは西洋の哲学もいっしょに念頭においているかもしれない。彼は西洋文明の原理的なあり方を批判的に見つめながら東洋とは何かを考え続け、しかも哲学に沈潜するのではなく、あくまで日本の日常生活や習慣や信仰に密着して書き続けた。これはそんな作家ハーン独自の「怪談」だったのである。しかもそれは「形としては波、本質としては海」というような定式に要約される思想に裏付けられていた。

二　ハーンと進化論

すでに触れたように、ハーンはアメリカにいた時代からハーバート・スペンサーの哲学に深く触発され、ダーウィンではなくスペンサーを通じて、進化論の発想を受け取っていた。それによって、人間社会の歴史を生命有機体の進化と重ねて考えていたハーンは、のちに批判されるようになる「社会ダーウィン主義」を共有していた、と言えないことはない。しかし「未開の」人間と「進化した」人間を差別する、いわゆる「優生思想」のようなものをハーンが育《はぐく》んでいたとは思わない。むしろハーンは、自然、生命、人間を貫いて連続する変化と反復を独自に考え、彼自身の「進化論」をつくりあげていた。彼は日本の「祖先崇拝の思想」（『心』）について書きながら、この主題にも彼の「進化論」を適用している。いやむしろ、日本の「祖霊信仰」の発見によって、「進化論」の理解を補強してもいる。「進化論はまた、われわれがあの未知の〈究極〉（that unknown Ultimate）とひとつのものであり、物質も、人間の精神も、ただ刻々に変りつつあるその表出にすぎないことを教えている。進化論はまた、われわれのひとりひとりが多数のものであること、しかし、われわれすべては、なおそれぞれの他者とともにあり宇宙とともにある、ということを教えている。そして、われわれはあらゆる過去の人間性をわれわれ自身のうちに認め、同様にすべての同胞の生命の貴さと美しさのうちにもそれを認めているにちがいないこと、われわれは他人において自身を最もよく愛しうること、また他人において自身を最もよく役立てうること、物の形とは、ほんの見せかけか幻にすぎないこと、生者であれ死者であれ、すべての人間の感情は、ほんとうは形のない〈無限〉に属しているということを、教えているのである★4」。

ここで、生物学における進化論に厳密に照らして、あるいは科学的な真実として、ハーンがどれだけ正確なことを言いえていたか問題にしようとは思わない。しかし進化論が、生物と人間との完全な連続性を主張し、無数回の突然変異の結果として人間という〈生物種〉の〈歴史〉を浮かび上がらせたことを、ハーンは確かにふまえている。過去の無数の遺伝子と突然変異の結果をうちに蓄えているという意味で、それぞれの人間は過去の痕跡《こんせき》をたくわえ、祖先の形跡を、そして「前世」さえもうちに保存している。これは究極の保守主義とも言えるが、「私は群れである」などとも言ったハーンに、そのレッテルはふさわしくない。

ハーンがこだわった数々の幽霊の話（怪談）は、その「進化論」と溶け合うことになった。多くの幽霊物語は、死者の恨み、怒り、呪《のろ》いがモチーフになっているが、ハーンがこだわっているのは、決してそのような心理的面（ルサンチマンの霊）ではない。むしろ多くの生者・死者の生の痕跡そのものが、一つの個人のなかに数えきれない「群れ」として合体され、内包されているという発想のほうが、ずっと重要だった。

すでに本書の第四章の最後で、死後に刊行された『天の川綺譚』のなかの「究極の問題」（Ultimate questions）というエッセーを私はとりあげていた。進化論に触発された発想を、日本で考えたすべてのことと融合する思索を続けてきたハーンが、最後にそれを凝縮した一文のようである。その直前には「化けものの歌」（Goblin Poetry）という文章があり、これは古本屋で見つけた『狂歌百物語』という歌集から、妖怪《ようかい》について詠んだ短歌だけを拾って注釈したものだった。「究極の問題」は「妖怪」に関係するわけではないが、ここでもハーンの思想的追求は「怪談」のすぐ隣にある。

正午の日ざし、花崗岩《かこうがん》のビル、舗道、日蔭、熱した大気、自分の靴音……「私は奇妙な気持に襲われた。——この宇宙は幻ではないのか」[★5]。いま知覚しているすべては「実在の幻影」にすぎない。そういう非実在の感触の体験は、それほど稀有《けう》なものではないだろう。あのデカルトのように、そのような懐疑から、すべてを疑うにしても、疑う私自身の実在は疑えない、という確信をひきだした画期的な例だってある。しかしハーンが唐突にひきだすのは、「この大宇宙は、人間の言語などではとうてい言い切ることのできない、ある無限の霊気が顕現したものなのだ」という奇妙な確信なのだ。

この体験は、二十年以上前に友人に勧められたスペンサーの本を読んだことがきっかけになっていた。そのスペンサーの遺した論文「究極の問題」[★6]を読んだばかりのハーンは、あらためてその体験にたちもどって、この文を書き、その題名も「究極の問題」とした。

三　死後の意識、無限の空間

ハーンの要約によると、スペンサーの問いはまったくありふれたものでもある。人は死ぬとどうなるのか、魂は不滅なのか。頭脳の働きが停止し、意識が存続しえないなら、死後の人間は、今まで生きていなかったかのように、何も痕跡を残さず、それぞれ同じものになるだけか。これは変ではないか。意識が終わると、意識は何になるのか?

意識とは、人の知識も想像も超えた「無限にして永遠なる力」が分化して個々の意識になったものであり、そのような「無限にして永遠なる力」に意識は戻っていくだけだ。スペンサーのそういう見方では、意識は死に絶えるが、意識を生み出した力は不滅だということになる。それなら個人が死に、いつか人類も滅亡し、地球も太陽系も失われたあと、それら失われたものは、この全宇宙にとって、まったくなかったことになるのか。生命を出現させるエネルギーは不滅で、宇宙はまださらに進化しうる。たとえそのように確信するにしても、すべては幻であるという「私」の発見は、また太陽系さえいつか跡形もなく消えるという予想は、すべては消滅して何ひとつ痕跡も影響も残さないという最終的予想につながるだろう。

しかしスペンサーはこの「究極の問題」に、何も確かな答えを与えてはいない。十九世紀の科学主義を通じて哲学を再構築するような壮大な考えをもちえたこの知性が言うには、意識とは無限のエネルギーの特殊化された表出であり、意識の要素は死によって解体するが、それによって諸要素は無になるのではなく、根源のエネルギーに還元され、「万物に浸透するエーテル」の一要素であり続ける。このエーテルの遍在する潜在力は、人間の神経、感情、意識にまで働きかける。しかし「ある未知の力に作用される宇宙の進行は無慈悲 merciless ではあっても、報復など、どこを探してもない」★7とスペンサーは述べた。ときに「エーテル」と呼ばれた無限の空間において無限の生成を続ける力、その謎《なぞ》、その神秘については、何も確かなことは知りえないと、スペンサーは率直に認めることしかできなかった。近代の物理学がエーテルを真剣に研究対象とした時代はすぎ、エーテルや社会ダーウィン主義をとりいれていたスペンサーの思想もやがて忘れられていった。

しかも、「実在の神秘を看破しえたとしても、まだそれをさらに超越する神秘が残っているだろう」。スペンサーは「究極の問題」のなかで、意識の死、そして根源への回帰という過程をなんとか説明したけれど、晩年には、それをさらに上回る「無限の空間」の知、「永遠の夜」の観念に頭を悩ませた、とハーンは語っている。

「自我」のどんな微粒子も、その名前のない無限空間に浸透され、脅かされ、永遠に閉じ込められている。その「自我」は光以上の速度であらゆる銀河を横断していくのだが、絶対にこの〈空間〉から逃れることはできず、その中心から遠ざかることもできない……。

話は徐々に怪談めいてくる。

あたかも、もう物質など存在しないかのように物質を通じて脈打つこの「測り知れないもの」、「終わりなきもの」、この「奈落《ならく》」は、「幽霊的接触」によって、一つの宇宙を消滅させることさえもできる。スペンサーの考察をさらに加速し、拡大し、誇張するハーンは、ほとんど形而上学的な「怪談」の領域に入っている。もはや悪魔も、亡霊も、妖怪も、妖精も出現しない「無限のもの」、「名のないもの」、「終わりのないもの」をめぐる怪談である。

怪談や奇譚を渉猟し、それを巧みに書き改めたハーンの物語文学が、数奇なものをここまで拡大させる世界観や宇宙観とともにあり、「無窮」、「無限」、「無名」に対する彼独自の思索とともにあったことは、物語のあいまに配置されていた数々の〈随想〉を読みついでいくなら、はっきり浮かび上がってくる。「究極の問題」というエッセーは、「究極の怪談」でもある。

四　ハーンとは誰か

少なからず矛盾する面を持つと言えるハーンの性格と、彼の追究の振幅を、もう一度振り返ってみたくなる。彼の数々の日本紀行、日本論はもちろんのこと、怪談に類するものではない「ある女の日記」（『骨董』）などでも、彼は日常を構成するあらゆる凡庸な細部に、しなやかな注意をむける姿勢を貫いている。「虫の研究」のように、小さな生物の生態と、それにかかわる日本人の習俗や美学についてもそういう視線で書いている。日本におけるあらゆる「小さなもの」を繊細に観察し、それにふさわしい文体を磨き続けたのである。そういうハーンには、〈怪奇〉に執着するような幻想的な暗い体質はあまり感じられない。またスペンサーの「総合哲学」に触発されていた壮大な哲学的思考も目立って見えはしない。

しかし〈怪奇なもの〉に執着して、怪談の収集と再話を続けたハーンが確かにいたのだ。西洋文学に関する帝国大学の講義録のなかにも、「文学における超自然的なもの」や「妖精文学と迷信」について語ったあとがある。アイルランドの根深いキリスト教的雰囲気の中で幼少期をすごしてからアメリカに渡ったハーンは、キリスト教の重圧に対する批判的な見方を、しばしばあからさまに表現した。しかしその批判は、決して「霊的なもの」の批判と同じことではなかった。「いかなる宗教を信じるにせよ信じないにせよ、近代科学の果たした貢献の一つは、これまで物質的で実体があると思ってきたものがすべて、その本質において〈霊的なもの〉であることをまったく疑問の余地なく証明したことである。たとえわれわれが、幽霊をめぐる古風な物語やその理屈づけを信じないとしても、なお今日、われわれ自身が一個の幽霊にほかならず、およそ不可思議な存在であることを認めないわけにはいかない」[★8]。

近代科学はむしろ「霊的なもの」をキリスト教による統制から解放し、逆にその科学によってもなお解明しがたいものを確かに認識させた、とハーンは主張しているのだ。「妖精文学」についての講義でも、キリスト教会はギリシア・ローマ世界の異教の神々や精霊の存在を否定しなかったが、「彼らは真の神々ではなく、神々の形をした邪悪な霊にすぎない」[★9]と扱ってきたので、逆にハーンは妖精たちを救い上げようとしている。

成長するにつれて子供の顔が変わるとき、その不気味な変化のせいで、ほんとうの子は妖精に盗まれ、妖精の子とすりかえられた、と母親たちは考えた。真実を見抜くには、子供を火のうえにのせるしかない。妖精の子供なら消え失《う》せるであろう。こうしてたくさんの子供たちが火あぶりにされた……。同時代のアイルランドの詩人ウィリアム・バトラー・イェイツの詩の引用から始めた講義で、ハーンはこの不気味な妖精物語の様々な異本を紹介している。

ハーンの怪談、奇譚への執着は、キリスト教によって排除され統制されてきた「霊的なもの」、そして近代科学がなお究めがたいものとして、不問にふすしかなかった「無窮」の時空間、エネルギー、力への関心とかかわっていた。

ハーン独自の進化論によれば、「西洋諸国が今日奉じている神という観念は、じつは幽霊の存在を信じた原始的信仰から発展してきたもの」である。★10 幽霊、妖怪、妖精は、神よりも古い。そしてそれらは死滅したのではなく、現代を超えてなお生き延びている。ハーンにとって、古代の精霊（およびその信仰）は、現代物理学を超えて、まだ深い意味をもちうる。

矛盾しているようだが、ハーンの性格にとっても、思想にとっても、これらの考えは矛盾していなかった。経験可能な実在の彼方《かなた》の実在を思うことと、日常のはかない、果てしなく反復される凡庸な、しかし強固な現実を見つめることとが矛盾しなかったように。幻想的にして、きわめて現実的な性格、……現実的であるからこそ幻想的……北方的であり南方的、道徳家であり夢想家、理知的であり霊的、ギリシア人であり、アイルランド人であり、少しフランス人であり、アメリカ人であり、カリブ海人であり*、日本の小泉八雲、そして、ある宇宙人？


*この「感想」を書き終えたとき、ハーンの『仏領西インドの二年間』のフランス語訳(Aux vents caraïbes, Éditions Hoëbeke, Paris, 2004) に、マルティニック島の作家ラファエル・コンフィアンが寄せた序文「ラフカディオ・ハーン、素晴らしい旅人」を読み直した。その実に印象的な部分をここに訳出しておく。

「この素晴らしい旅人は音、色彩に対して、またそれらがいかにカリブのわれわれの日常に律動を与えているかに対して敏感だった。まず彼が見抜こうとしたのは色彩であり、灰色、青色、栗色あるいは紫色が、ヨーロッパの画家たちの描く寒色系に属していないことに気づいたのだ。熱帯の風景において、それらの色は悲しみや憂鬱《ゆううつ》を表現してはいない。一日のどんな時刻でも、ときには分刻みに、多様な形態と色調を見せ、こうして黄みがかった灰、青みがかった灰、赤みがかった灰というふうに変化していくからだ」。

「実際ハーンは、近代における異教徒であり、訪れた邦々と本能的な関係を結んだ汎神論者であった」。

「〔彼が〕私たちに教えてくれたのは、自己同一性はたえず変化すること、それは凝固した永遠の現実ではなく、生きてあるために進化し、新たな影響を包容し、新たな衝撃を受け入れるにちがいないということ。そして人類はこの惑星上の人間の現存形態の多様性をとりいれながら、日々自己を発明し、自己を再発明しうるということである」。

この「素晴らしい旅人」ハーンと、日本にとっての小泉八雲を対比し、合体させなければならない。

〔註釈一覧〕

〈序章〉

★1―『ラフカディオ・ハーン著作集』恒文社、第九巻三八八頁（以下、同著作集からの引用は九・三八八のように、巻名と頁数だけを記す）

★2―「夏の日の夢」、小泉八雲『東の国から・心』平井呈一訳、恒文社、二六頁

★3―九・四〇九

★4―小泉八雲『明治日本の面影』平川祐弘編、講談社学術文庫、四〇五―四一〇頁（ハーンの遺稿の一つとして第一書房版全集第十二巻に訳出されたことがある）

★5―九・四二四―四二五

★6―九・四二六

★7―一五・四一七

★8―一二・一三九

★9―九・一一九

★10―『寺田寅彦全集』第十六巻、岩波書店、一九九八年、六三頁（表記は「青空文庫」にしたがっ

た)

★11―三・二二七

★12―小泉八雲『仏の畑の落穂 他』平井呈一訳、恒文社、八六頁

★13―同、九一―九二頁

★14―二・三三七

★15―ヴィクトル・セガレン『〈エグゾティスム〉に関する試論』木下誠訳、現代企画室

★16―七・九七

★17―一五・二四一

★18―一三・五八三―六一四

★19―一・一八九(ただしこの引用は『小泉八雲コレクション・虫の音楽家』ちくま文庫、池田雅之編訳によっている)

★20―「露のひとしずく」、小泉八雲『怪談・骨董 他』平井呈一訳、恒文社、一一五頁

★21―「虫の音楽家」、『仏の畑の落穂 他』所収(『異国風物と回想』)、三一六頁

★22―「餓鬼」、『怪談・骨董 他』一三〇頁

★23―同、一三一頁

★24―一・一八七(「蝶の幻想」、『アメリカ雑録』)

★25―「夜光虫」、小泉八雲『日本雑記 他』所収（『明暗』）平井呈一訳、三三一頁

〈第一章〉

★1―一・一六四
★2―「古代における娼婦の世界」一・一〇六
★3―Elizabeth Bisland, *The Life and Letters of Lafcadio Hearn, volume 1*, Elibron Classics, p. 64、
手紙の日付は一八九四年三月二十七日
★4―一・一三五
★5―O・W・フロスト『若き日のラフカディオ・ハーン』西村六郎訳、みすず書房、一九六―一九七頁に引用されている。
★6―一・一六三
★7―四・一四一
★8―「失われた音楽」四・四二二―四二四
★9―「音楽についてギリシア人が知っていたこと」四・四二五―四二七
★10―一四・一五〇
★11―一四・一六〇

★12―一四・一六八

★13―一・四〇

★14―一・一二六

★15―一・九五

★16―二・四七五

★17―三・二二四

★18―ベンチョン・ユー『神々の猿』池田雅之監訳、恒文社、二六頁。ベンチョン・ユー（Beongcheon Yu, 1925-2022）は朝鮮に生まれ、アメリカの大学で教えた文学者で、漱石や芥川の研究、翻訳も残している。

★19―Introduction by Michel Foucault, p. xxvi in Gustave Flaubert, *The temptation of Saint Anthony*, The Modern Library, New York. フーコーのテクストは以下に邦訳されている。「幻想の図書館」工藤庸子訳、『フーコー・コレクション2』ちくま学芸文庫、一六四頁。

★20―一四・五二五、一八九三年二月五日チェンバレンあて書簡

★21―大塚英志『「捨て子」たちの民俗学』角川選書、参照

★22―一・一八三

★23―一・二七六

★24―一四・一四六
★25―一四・一四八

〈第二章〉

★1―四・一七七
★2―四・一八〇
★3―四・二二六
★4―四・二三九
★5―四・二六二
★6―「夢の都」、小泉八雲『クレオール物語』平川祐弘編、講談社学術文庫、一七九頁
★7―E・スティーヴンスン『評伝ラフカディオ・ハーン』遠田勝訳、恒文社、二一一頁
★8―フロスト、前掲書、二六七頁
★9―ベンチョン・ユー、前掲書、一三六頁
★10―ラフカディオ・ハーン『カリブの女』(「チータ」／「ユーマ」)平川祐弘訳、河出書房新社、一二頁
★11―同、一二頁

★12―同、四四頁

★13―同、二七頁

★14―同、一〇一頁

★15―ミシュレ『海』加賀野井秀一訳、藤原書店、五一頁

★16―九・一一八

★17―フランスの辞書 *Trésor* による

★18―フランスの百科事典 *Encyclopédie Universalis* の記述による

★19―小泉八雲『仏領西インドの二年間　上』平井呈一訳、恒文社、一四―一五頁

★20―同、一六頁

★21―同、七八頁

★22―同、六七頁

★23―同、六〇頁

★24―平川祐弘『ラフカディオ・ハーン　植民地化・キリスト教化・文明開化』（ミネルヴァ書房）は、ラバ神父の足跡に関する詳しい研究を含み、ハーンの『仏領西インドの二年間』がどう評価されてきたか考察している。

★25―『仏領西インドの二年間　上』二二一頁

★26―同、二二三頁
★27―同、二二四頁
★28―同、二四四頁
★29―同、二八五頁
★30―同、二八八頁
★31―同、二九一―二九二頁
★32―同、二九三―二九五頁
★33―同、三三一―三三二頁
★34―『仏領西インドの二年間　下』平井呈一訳、恒文社、一二〇頁
★35―『仏領西インドの二年間　上』三八八頁
★36―同、三九四―三九五頁
★37―『仏領西インドの二年間　下』一六三頁
★38―同、一五三頁
★39―一・四三七

〈第三章〉

★1―四・四九五
★2―四・五一〇
★3―五・二七九
★4―小泉八雲『日本瞥見記　上』平井呈一訳、恒文社、一七頁
★5―同、一二四頁
★6―同、一二五頁
★7―同、一七四頁
★8―同、一八六―一八七頁
★9―エリアス・カネッティ『もう一つの審判』小松太郎・竹内豊治訳、法政大学出版局
★10―『異国風物と回想』所収の「虫の音楽家」を参照
★11―『日本瞥見記　上』一九四頁
★12―同、一九六頁
★13―同、二二七頁
★14―同、二二八頁
★15―同、二八一頁

★16―同、三四六頁
★17―同、三五八頁
★18―ジャン・ジュネ『恋する虜』海老坂武・鵜飼哲訳、人文書院、七〇―七一頁
★19―『日本瞥見記　上』二七九頁
★20―同、二八〇頁
★21―『日本瞥見記　下』平井呈一訳、恒文社、六頁
★22―同、九八―九九頁
★23―同、九九頁
★24―同、二三六頁
★25―同、一七〇頁
★26―同、一七一頁
★27―同、二四一頁
★28―同、六三頁
★29―『骨董・怪談 他』三二八―三二九頁
★30―同、三三九頁
★31―同、三三五頁

★32―『日本瞥見記　下』四二〇頁
★33―『仏の畑の落穂 他』八六頁
★34―同、九〇頁
★35―同、九一―九二頁

〈第四章〉

★1―小泉八雲『飛花落葉集 他』平井呈一訳、恒文社、五―六頁
★2―同、「トートの書」二六―二七頁
★3―『鶴見俊輔著作集3』筑摩書房、一九五―一九六頁
★4―Antonin Artaud, *Œuvres Complétes* Ⅰ＊, Gallimard, p.207（アントナン・アルトー『神経の秤・冥府の臍』粟津則雄・清水徹編訳、現代思潮社、二二七―二二八頁）
★5―『怪談・骨董 他』八七―八八頁
★6―同、三四三頁
★7―同、九頁
★8―小泉節子「思い出の記」、『小泉八雲』恒文社、二一―二三頁
★9―一四・四〇一（B・H・チェンバレンあて書簡）、一九九二年第二版による。一九八三年第一

版では四〇三頁。

★10―パーシヴァル・ローエル『極東の魂』川西瑛子訳、公論社、一四頁

★11―同、一〇五頁

★12―一五・一三九―一四〇

★13―『日本瞥見記　下』二四二頁

★14―一四・一七二

★15―小泉八雲『東の国から・心』五三八―五三九頁

★16―同、五四四―五四五頁

★17―同、五四七頁

★18―小泉八雲『日本――一つの試論』平井呈一訳、恒文社、四三六頁

★19―同、二五〇―二五一頁

★20―同、四四二頁

★21―林房雄「勤皇の心」、『近代の超克』冨山房百科文庫、一〇七頁

★22―小泉八雲『日本の心』講談社学術文庫、仙北谷晃一による解説を参照、三八四頁

★23―『日本――一つの試論』三八六頁

★24―『怪談・骨董 他』四一七頁

★25―「博多で」、『東の国から・心』八一―八二頁
★26―同、八三頁
★27―一五・三〇二
★28―スペンサーのこの手紙は、E. Bisland編 *The writings of Lafcadio Hearn*, 1922中の*Japan : An Attempt at Interpretation* に付録として収められている。
★29―『怪談・骨董 他』四〇九―四二四頁
★30―同、四二〇―四二一頁

〈第五章〉

★1―六・八―九
★2―一四・四一三、一九九二年第二版による。一九八三年第一版では四一五頁。
★3―一五・一八五
★4―六・一一
★5―一四・一一二
★6―六・三二
★7―六・三六

★8―六・五四―五五
★9―六・九六
★10―六・一〇二
★11―六・一〇三
★12―五・一一四
★13―六・六七
★14―六・九三
★15―六・一三五―一三六
★16―六・一四六
★17―六・一五二―一五三
★18―六・四六一
★19―六・四六四
★20―六・一七九
★21―六・一八九
★22―六・二一〇
★23―六・二一二

★24—Paul Klee, *Théorie de l'art moderne*, Bibliothèque MÉDIATIONS, Gonthier, p. 27
★25—八・四二
★26—八・六七
★27—八・六九
★28—八・一九九
★29—八・一八二
★30—八・二一一
★31—西田幾多郎「『小泉八雲伝』の序」、『思索と体験』岩波文庫、二三三頁
★32—一二・三二〇

〈終章〉

★1—ベンチョン・ユー、前掲書、四九二頁
★2—『柳田國男全集13』所収（「先祖の話」）ちくま文庫、九三頁
★3—同書、一〇三頁

〈補論〉

★1―『怪談・骨董他』一六七頁
★2―同、一五〇頁
★3―同、一五四頁
★4―『東の国から・心』六三七―六三八頁
★5―『怪談・骨董他』四〇九頁
★6―Herbert Spencer, *Facts and comments*, New York : D. Appleton, 1902, p.300-304.
★7―『怪談・骨董他』四一八頁にあるスペンサーからの引用
★8―ラフカディオ・ハーン『小泉八雲東大講義録』池田雅之編訳、角川ソフィア文庫、八二―八三頁
★9―同、一二二頁
★10―同、八二頁

単行本後書き

　ラフカディオ・ハーンにたどりつくまでに、この本の書き手はずいぶん迂回《うかい》することになった。ハーンが最初に住みついて愛着した山陰の町に生まれながら、その町をまったく窮屈に思い、若い頃はそこから脱出することばかり考えていた。フランス文学の何人かの作家に触発されて、大学でフランス語を学んでからはパリに旅立ってしまった。こうしてフランスで出会い、衝撃を受けた表現や思想を、とりわけその後も糧にして、考え、書くことを続けてきた。

　幼少のときには、何度もハーン（ヘルン）と小泉八雲の名前を耳にしたはずだ。それは何か奇妙な呪文《じゅもん》のように頭を通りすぎていっただけだ。あまり意識することもなく、かつてハーンの住んだ家の前を通って五年間、自転車で学校に通い続けた。

　アントナン・アルトーという、フランスの詩人であり演劇人であり、分類不可能な数々の作品を残した人物にとりつかれ、論文を書き、翻訳を続けてきた。そのアルトーの若い頃の習作のあいだに、「哀れな音楽家の驚異的冒険」という一文があった。[★i] ハーンの『怪談』の最初に現れる「耳なし芳一のはなし」を読んだアルトーが自分なりに書き改めたものだった。この印象は強烈で、アルトーとハーンのあいだに、どういうつながりがありうるのか、いつか確かめて見なければなるまいと思っていた。

私の敬愛する画家、中西夏之《なかにしなつゆき》氏は長谷《はせ》川《がわ》等伯《とうはく》についての一文の冒頭で、ハーンの一文「茶碗のなか」に触れている。★ii「どこか古い塔の階段を上って、真っ黒の中をまったてに上っていって、さてその真黒の真中に蜘蛛《くも》の巣のかかった所が終りで他には何もないことを見《み》出《いだ》したことがありませんか」。ハーンのこの話のように、等伯の画論を読んだとき中西氏も、期待を裏切られてあっけにとられたというのだ。その先には何もない……。

これを読んだとき、とても気にかかったので、さっそくハーンの文章を読んでみた。ある侍が茶屋で茶を飲もうとしたら、その茶碗の中の液体の表面に、知らない男の顔が映っている。茶を入れなおさせても、やはり同じ顔が映る。しょうがないので、その茶を飲んでしまったところ、その夜に茶碗の中に映っていた当の若侍が屋敷に現れて因縁をつけるので、切りあいになる。この話に結末らしい結末がないことを、ハーンはむしろ面白がっている。これを引用した中西さんのそこはかとないユーモアとともに、ハーンの未知の面が輝き出て、強い印象を残したのである。ハーンの表現には何か解明すべきものがひそんでいるという思いが、それからずっと後をひいていた。

三十代に、もうあまり小説を熱心に読まなくなっていた頃に、ポーランドの作家ゴンブロヴィッチを発見し、集中して読んだ。そのゴンブロヴィッチについての本を書いたことで私の興味をひいていた西成彦《にしまさひこ》氏が、やがて『ラフカディオ・ハーンの耳』という一冊を発表した（一九九八年、岩波書店）。それは松江の町で、ハーンがどんな音に耳を傾けていたかに着目しながら、聴覚という面に焦点を絞って、ハーンの作品を再読する試みであり、まったく斬新《ざんしん》なハーン像がそこからは浮かびあがった（ハーンの「耳」については、平川祐弘《すけひろ》氏が『小泉八雲　西洋脱出の夢』の冒頭で、つとに重要な指摘をしている）。ついで西さんは『耳の悦楽：ラフカディオ・ハーンと女たち』を発表し、ハーンがマゾッホの小説を愛読していたことに触れている。このことも、まったく印象的で、聴覚の人ハーン、マゾッホを読むハーンのイメージもまた、じわじわ私にハーンの再読をうながすことになった。

　こうした出会いが重なって、ハーンを読み直す動機を与えられていたのだが、それにしても、こんな書物を書くことまでは思い至らなかった。

　角川春樹事務所の原知子さんに偶然出会ったとき、ハーンについて少しお喋《しゃべ》りしたことがあった。それからまもなくしてお手紙をいただき、ハーン論の執筆をすすめられた。私の展望に入っていなかった意外な仕事になる。一冊の書物になるまで書き続けられるか自信はなかったが、他でもなくハーンの言葉そのものが私を導いてくれた。大学の研究休暇でフランスに滞在した一年間（二〇〇六―〇七年）に、およその輪郭を描くことができた。

意外にもパリの国立図書館には、フランス語訳書だけでなく、ハーンの原書の相当な部分も集めてあって助けられた。この間にハーンにとって重要な場所であるマルティニック島に旅することもできた。こういう一連のめぐり合わせは、まったく原さんのおかげである。

〈註釈〉

★i——アントナン・アルトー『神経の秤・冥府の臍』現代思潮社、二二六—二三〇頁

★ii——中西夏之「『等伯画説』そして3マイナス1」、『大括弧　緩やかにみつめるためにいつまでも佇む、装置』所収、筑摩書房、一七三—一八三頁

文庫版後書き

この本の最初のほうで、寺田寅彦が『小泉八雲秘稿画本』によせた短文を私は引用していた。こんど全体を読み返したとき、改めて強く語りかけてきた言葉だ。「小泉八雲というきわめて独自な詩人と彼の愛したわが日本の国土とを結びつけた不可思議な連鎖のうちには、おそらくわれわれ日本人には容易に理解しにくいような、あるいは到底思いもつかないような、しかしこの人にとってはきわめて必然であったような特殊な観点から来る深い認識があったのではないかと想像される」。

「不可思議な連鎖」、「容易に理解しにくい」、「到底思いもつかない」、「きわめて必然」、「特殊な観点」、とハーンの「深い認識」について、いくつもの形容を寺田寅彦は折り重ねている。しかし文中で、その「認識」が何をさしているか、つまびらかにしてはいない。広く親しまれてきた〈怪談〉の文学の背後に、何か得体のしれない動機や関心が潜んでいたと、ただ匂《にお》わせている。しかしことさら秘密とか、謎《なぞ》などが隠れていたわけではなかったようだ。

ヨーロッパですごしたハーンの成人以前の時期については、わからないことが多い。両親から離されてすごした幼児期も詮索《せんさく》したくなるが、やがて十九歳でアメリカにわたったので、それまでの過去とは決定的な断絶があったはずだ。シンシナティ、ニューオリンズ、そしてマルティニック島で、記者、作家として生きた約二十年には、執筆した膨大な文章に表現された以上に、豊富で、複雑な体験をしたにちがいない。しかし寺田の言う「深い認識」は、そのような時間の曲折の細部を貫いて形をあらわすもので、やはりハーンの書いた言葉自体からにじみ出てくる認識だろう。

日本には、ほぼ無名の外国人旅行者として着いたにすぎなかったが、すでにハーンは、アメリカ大陸で無一物の境遇からはじめて豊かな見識を身につけてきた個性的な文化人であった。しかし夢に見た日本に着いて、彼が選んだのは、さらにアメリカとも断絶するようにして日本人になることだった。ヨーロッパを去った後も、アメリカを去り、西洋と決定的に断絶することを選んだことになる。そのような意味深い大移動をした人々は、あの時代にも珍しくはなかったはずである。ハーンが自分の旅の軌跡について、どれだけ意識的、意志的であったかわからないが、彼はその移動を通じて、かなり特異な世界観を形成していたにちがいない。物語を渉猟《しょうりょう》して再話作品を書き続け、しかも同時に西洋とはどんな世界であり、それに対して日本とは何か、と彼は考え続けた。

寺田寅彦が指摘した「不可思議な連鎖」、「深い認識」にあたることを、私なりに想像したうえで、残された膨大な作品、文章を読みこみ、それを見究《みきわ》めようとして『ハーンと八雲』を書いたが、寺田の想《おも》ったこととどれだけ交わる点があったかわからない。ハーンの書いた実に多様、多彩な文章の細部にこだわりながら、特に〈日本〉、〈怪談〉、〈異国趣味〉の枠組を突き破って、ハーンの思考や感覚や想像が、ある未知の相貌《そうぼう》を示すような瞬間に、なるたけ注意深くあろうとした。というより、そういう注意を働かせる閃《ひらめ》きが、おのずとハーンの作品の随所からやってきたのだ。

ハーン研究を専門的に進めてきたのは、おおむね英文学や比較文学の研究家たちで、主にフランス文学・思想を関心の対象としてきた私は、〈門外漢〉としてハーンにとりくんだことになる。

私に〈多少の縁〉があったとすれば、ハーンが最初に日本に親しむきっかけになった松江で青少年期を送ったことであり、そこで小泉八雲は出雲《いずも》神話のように、土地の伝説の一部だったことである。ハーンが十代の一時期にフランスで教育を受け、フランス語を身につけていたことも、ハーンに近づけてくれた一因になっている。しかしこれらが、いちばん重要な契機というわけではない。

二〇〇〇年もすぎて、ハーンのアメリカ時代のエッセーを偶然読んだとき、通念の埃《ほこり》に覆われているかに思えていたハーンが、何かまったく異なる書き手として見えだしたのだ。そのとき閃いた片鱗《へんりん》のイメージがもとになって、読めるかぎりのものを読んでいった。この読書の印象とともに、シンシナティからニューオリンズへ、そしてマルティニック島、さらに日本の各地を旅したかのようだった。読者には、日本に着くまでのラフカディオの軌跡を心に刻んで、小泉八雲にむかってほしいと思う。

ドゥルーズ、アルトー、ジュネ、ベケットなど、奔放な異端の著者たちを翻訳し、彼らに関する本を書いてきたものが突然書いたこのハーン論に対して、内容には触れずに、ただ罵倒《ばとう》する評を寄せた人もあった。そもそもハーンについて、一部の世界でかなり毀誉褒《きよほう》貶《へん》のあることとも思い知らされた。それに対する私の見解も、本文にしるしてある。

この機会に全文を点検し、誤記などを改め、少々手入れをした。またハーンの一部の作品を読みなおした十六年後の感想を、「究極の怪談」として書きおろし、巻末に加えることにした。

私の他の本に比べると、予想もしない道に迷い込むようにして書いたものなのだが、それだけに忘れがたい本になっている。ハルキ文庫にこれが復活することは、ほんとうに嬉《うれ》しい。

二〇二五年二月五日

宇野邦一

本書は二〇〇九年四月に小社より刊行しました。文庫化に際して一部改稿され、「補論」がつけ加えられました。